SUR LA CORDE

CAROL HIGGINS CLARK

Sur la corde

ROMAN TRADUIT DE L'AMÉRICAIN PAR JEAN-MICHEL DULAC

ALBIN MICHEL

Titre original :

TWANGED

Pour Maureen Egen et Larry Kirshbaum,
mes amis très chers,
sans oublier Regan Reilly !
Avec toute mon affection et mes remerciements.

La musique a souvent tant de charme
Qu'elle fait d'un mal un bien et d'un
bien fait un mal.

SHAKESPEARE, *Mesure pour Mesure*.

associé à la danse et à la boisson, était qualifié d'outil du diable. Pour ma part, je le considère plutôt comme l'un des premiers grands tranquillisants. Il aidait les gens à se détendre après une dure journée de labeur aux champs... » Sur quoi, Malachy ralluma sa pipe. Bien carré près du feu dans son fauteuil préféré, il n'aimait rien tant que s'écouter parler en humant ses odeurs de prédilection, la tourbe et le tabac.

Il se qualifiait lui-même de vieux grizzly. De fait, à soixante-quatorze ans, son allure fruste et ses traits burinés dénotaient l'homme ayant passé le plus clair de sa vie exposé aux inclémences du temps. Mais sa tignasse grisonnante était encore parsemée de mèches sombres et son ventre majestueux débordait de sa large ceinture.

« Dans ces parages plus que partout ailleurs en Irlande, reprit-il, la musique est la détente populaire par excellence et elle l'a toujours été. Ici, au beau milieu de nulle part, rien de mieux que de se réunir à la veillée chez un voisin pour se raconter des histoires au coin du feu. Il faut savoir se contenter de peu, Dieu sait ! Tout ce qui passe par la tête, le temps qu'il fait, les esprits, n'importe quoi fournit un sujet de discussion. La vieille mémé McBride était capable d'asseoir un âne sur le cul avec ses contes de fées et de lutins. Et puis, poursuivit Malachy après avoir marqué une pause comme pour mieux savourer le souvenir, quand je sentais que l'atmosphère était mûre, je sortais mon violon magique et je me mettais à jouer. Alors, l'instant devenait grandiose. Avant même qu'on ait eu le temps d'y penser, les bras se levaient, les pieds tapaient d'eux-mêmes la mesure et les soucis du jour s'envolaient tandis que tous, des plus moroses aux plus timides, se levaient de leurs sièges pour danser. Il y a six jours, ma puce, je t'ai légué mon légendaire crin-crin, de sorte que c'est maintenant ton tour d'éveiller la magie en le faisant sonner. Joue, ma Brigid, joue ! Ne fais pas attention à ce qu'on dit de sa prétendue malédiction, ce n'est qu'un ramassis de méchants racontars. Maintenant, écoute. Ce violon-là... »

Ancien violoneux champion d'Irlande et conteur ambulant illustre dans tout le pays, Malachy Steerin s'interrompit et plaça sa pipe sur la cheminée près du verre de whiskey, dont il avala une solide lampée. Puis, au prix d'un effort, il se pencha vers le violon appuyé contre son fauteuil, prit l'instrument de ses doigts déformés par les rhumatismes et le déposa avec l'archet sur ses genoux.

— Je fermerais bien les yeux une minute, marmonna-t-il.

Une minute plus tard, il était endormi. Près de lui, le magnétophone tournait à vide en ronronnant doucement.

Dix secondes ne s'étaient pas écoulées que la porte du cottage s'ouvrit. L'étranger ruisselant de pluie qui épiait Malachy de derrière la fenêtre ne perdit pas de temps. Il s'empara prestement du violon et de l'archet, les plaça dans l'étui qu'il avait repéré dans un coin de la pièce. La vue du magnétophone ayant allumé dans son regard une lueur gourmande, il ôta son imperméable et en enveloppa son butin afin de l'abriter des intempéries — sans remarquer, dans sa précipitation, qu'un morceau de papier, un reçu libellé à son nom, tombait de sa poche et allait atterrir en voletant sur la pile de vieux journaux que Malachy conservait près de la cheminée.

Malachy ronflait doucement, mais son rythme qui se précipitait provoqua l'inquiétude du visiteur nocturne : un ronflement plus sonore que les autres ne manquerait pas de tirer le dormeur de son assoupissement. Sur un dernier regard autour de lui, l'intrus empoigna la bouteille de whiskey, en avala une lampée au goulot pour se donner du cœur à l'ouvrage, se faufila par la porte qu'il referma sans bruit et courut à sa voiture garée dans l'ombre.

Il avait hâte, maintenant, de s'éloigner aussi vite que le lui permettraient les dangereuses routes côtières. Des routes étroites, sinueuses, épousant les anfractuosités des orgueilleuses falaises qui dominaient les vagues rugissantes de l'Atlantique. Le même océan dont, à plus de trois mille milles marins de là, les flots léchaient les aimables plages de Long Island, plus connues sous le nom générique des Hamptons.

2

Dimanche 22 juin, Southampton, New York

De sa chaise longue capitonnée, près de sa piscine au fond de laquelle une gigantesque double
croche peinte en noir était censée témoigner de
sa passion pour les arts en général et la musique
en particulier, Chappy Tinka décocha au soleil un
froncement de sourcils furibard. Pour s'être
assoupi quelques instants, il mijotait déjà dans
une mare de sueur. Son chapeau de paille, orné
du logo du Melting Pot Music Festival, lui déman-
geait les oreilles, sa tignasse poivre et sel débordait de la coiffe en mèches poisseuses, la brise de
mer menaçait d'égailler les journaux du dimanche
répandus en désordre autour de lui et son thé
glacé avait tourné en eau tiédasse. En un mot,
Chappy Tinka était mécontent de tout — y compris de lui-même, ce qui était plus rare.

Il avala une gorgée du breuvage insipide en pes-
tant une fois de plus d'être resté toute la journée
sans aucune nouvelle de ce maudit crincrin tant
convoité. Un violon dont il avait absolument
besoin ! Un instrument qui avait de plein droit sa
place dans son domaine où lui, Chappy Tinka,

devait élever son futur Théâtre de la Mer — si du moins la construction de ce monument à sa gloire voulait bien enfin démarrer !

Il pêcha au fond du verre la rondelle de citron qu'il suça en faisant la grimace. Un observateur non averti n'aurait, à vrai dire, remarqué aucune différence dans son expression. C'était, chez les Tinka, un trait héréditaire. Ses ancêtres, pourtant de braves gens dans l'ensemble, donnaient l'impression d'être tous nés avec une rondelle de citron plutôt qu'une cuiller d'argent dans la bouche. Des plis de mauvaise humeur marquaient, dès leur plus jeune âge, les visages des ancêtres de Chappy, dont les vieilles photos en noir et blanc décoraient le grand hall de sa somptueuse demeure.

Pour le moment, une seule pensée lui tournait dans la tête jusqu'à l'obsession : cet imbécile de Duke avait intérêt à lui rapporter le violon, sinon...

Et dire que lui, Chaplain Wickham Tinka, était en Irlande pas plus tard que le dimanche précédent avec Bettina, sa chère épouse. Le dernier jour de leur tournée des châteaux de la côte ouest, ils avaient atterri dans un pub minable de Ballyford dont le barman leur avait ouvert la porte en bâillant. « On a fait hier soir une fête à tout casser, j'arrive seulement pour nettoyer », leur avait déclaré l'homme en guise d'excuse.

La salle crasseuse, pleine de mégots et de vaisselle sale, empestait la bière rance et la fumée refroidie. Ecœuré, Chappy serait parti sur-le-champ si Bettina n'avait exigé de manger quelque chose au plus vite sous peine de succomber à une crise d'hypoglycémie. Pendant qu'elle se rafraîchissait aux toilettes, le barman avait entretenu Chappy de la fête de la veille, donnée pour l'anniversaire d'une jeune Américaine d'origine irlandaise, prénommée Brigid, qui promettait de devenir une star de la *country music*. Elle avait exécuté une série de duos endiablés avec Malachy Sheerin, l'illustre champion de toutes les Irlandes. Lui, bien entendu, jouait sur son légendaire Violon des Falaises et l'assistance avait manifesté un tel enthousiasme que la fête s'était prolongée fort avant dans la nuit.

— Qu'est-ce qu'il a de légendaire, ce violon ? s'était enquis Chappy, maussade.

— Voyons, mon gars, il est fabriqué dans le bois d'un arbre des fées ! avait répondu l'autre, scandalisé par une telle ignorance. Et il porte bonheur. Celui qui le possède aura toujours la chance avec lui et verra tous ses souhaits exaucés.

Les oreilles de Chappy se dressèrent d'elles-mêmes. Les talismans, il y croyait. Dur comme fer. S'il pouvait entrer en possession de ce violon magique, il réaliserait peut-être enfin son rêve de devenir une star de la comédie musicale.

— Comment faire pour l'acheter ? voulut-il aussitôt savoir.

Le virtuose de la chope de bière le considéra, cette fois, comme s'il était fou à lier.

— L'acheter ? Vous voulez rire ! Un violon magique irlandais doit rester entre des mains irlandaises.

Une fois Bettina revenue des toilettes, le barman leur servit des restes immangeables. Puis, lorsque Chappy lui tendit sa carte de crédit pour régler l'addition, l'homme écarquilla les yeux.

— Chappy Tinka ? s'exclama-t-il. C.T. Les mêmes initiales que celles gravées sur le violon ! Tout le monde a sa petite idée sur la question

15

mais, en réalité, personne ne sait ce qu'elles veulent dire.

Elles veulent dire Chappy Tinka, espèce d'andouille ! se retint de bramer Chappy, désormais certain que l'instrument lui était destiné de toute éternité et qu'il devait se le procurer d'une manière ou d'une autre.

— Malachy Sheerin possède ce violon depuis plus de soixante ans, poursuivit le barman. On le lui a donné quand il était tout gosse et il ne s'en est jamais séparé depuis. Il allait partout dans le pays jouer de la musique et raconter des histoires. Les Irlandais qui ont entendu ce violon sont plus nombreux que...

Chappy n'écoutait déjà plus. Se faire dire d'un objet qu'il ne pouvait pas se l'approprier constituait pour lui un défi qu'il fallait relever à tout prix. En cinquante-quatre ans d'existence, ce que Chappy avait voulu, Chappy l'avait obtenu — la plupart du temps, du moins. Tinka était un nom qui inspirait le respect. Son grand-père avait fait fortune dans la fabrication des punaises, au point que peu d'entreprises aux Etats-Unis jouissaient d'une aussi solide réputation que celle des Punaises Tinka. Malheureusement pour Chappy, la production industrielle et la commercialisation des punaises n'inspiraient aux snobs des Hamptons que dédain ou indifférence. Bettina s'évertuait cependant, avec une louable énergie, à les faire admettre dans le cercle enchanté des privilégiés.

De son côté, Chappy ne restait pas les bras croisés. L'automne prochain, il comptait ériger sur sa propriété un petit théâtre où il serait enfin en mesure de produire des pièces, voire d'y tenir de temps en temps la vedette. Bien sûr, au cours d'art dramatique où il s'était inscrit l'an passé avec l'ardeur du néophyte, on lui avait vite fait comprendre qu'il ferait mieux de ne pas insister. Mais quoi ! Certains des plus grands acteurs au monde n'avaient jamais suivi de cours. Son professeur crevait de jalousie, voilà tout. Oser lui dire que son éducation bourgeoise « restreignait son champ d'expression », quel culot !

Chappy avait au moins retenu un sage conseil, que le professeur lui avait sûrement donné sans le faire exprès : « Si vous voulez paraître sur scène, lui avait déclaré cet envieux, faites-vous donc construire un théâtre. » Chiche, avait répondu Chappy en son for intérieur. Et il s'était promis de suivre le conseil à la lettre.

Et si, maintenant, il avait ce violon magique ? Ce serait l'occasion rêvée de monter *Le Violon sur le toit* et de s'en attribuer le premier rôle, non ? Entre les représentations, il conserverait le violon sous la scène pour y attirer la chance. Le spécialiste du *feng-shui*, recommandé par l'architecte du théâtre pour réaménager leur intérieur de manière à rendre leur vie plus harmonieuse, croyait au pouvoir de certains objets. « Placez un cristal de roche dans le coin gauche de votre chambre, siège de la fortune et du pouvoir, avait dit l'homme de l'art. Vous serez ainsi assuré d'être plus heureux, plus riche et plus célèbre. » Chappy avait refusé de croire à ces sornettes, mais depuis qu'il avait entendu parler des vertus du violon magique, il ne pouvait s'empêcher d'imaginer les bienfaits que lui procurerait cet instrument béni des fées s'il le plaçait sous le coin gauche de la scène de son Théâtre de la Mer. Il en frémissait d'impatience et d'excitation. Ses productions remporteraient à coup sûr les plus prestigieuses récompenses et il démontrerait enfin aux snobs bornés des Hamptons qu'il était un véritable artiste pourvu de dons exceptionnels.

D'ailleurs, sur la photo du mariage de grand-papa et de grand-maman Tinka en 1910, on voyait l'heureux jeune couple flanqué d'au moins trois ou quatre violoneux. C'était bien la preuve qu'il était grand temps de remettre un violon à la place d'honneur dans la demeure des Tinka !

C'est ainsi que, dans ce petit pub perdu au fin fond de l'Irlande, Chappy avait décidé que le crincrin serait à lui, quoi qu'il arrive et quoi qu'il en coûte. Que l'instrument soit censé rester entre des mains irlandaises, Chappy s'en moquait comme d'une guigne, il n'était pas irlandais le moins du monde. La dynastie punaisière des Tinka remontait loin dans ce pays-ci — peut-être pas aussi loin qu'ils l'auraient souhaité, mais très loin quand même. Le *Mayflower* déhalait des quais de Plymouth au moment même où les aïeux de Chappy y posaient le pied avec quelques minutes de retard. Ayant ainsi littéralement raté le coche, ils avaient dû attendre la mort dans l'âme l'embarquement de la prochaine cargaison de pèlerins. Depuis ce jour fatal, leurs descendants étaient obsédés par la ponctualité.

Bien entendu, il était hors de question que Chappy dérobe le violon lui-même. D'abord, il n'en avait pas le temps et, surtout, il ne pouvait pas mettre Bettina dans le secret. Aussi, à peine rentré chez lui, il avait dépêché en Irlande son bras droit, cet imbécile de Duke, avec pour mission de s'emparer de l'objet et de le lui rapporter. C'est pourquoi, depuis des jours et des jours, Chappy ne pouvait rien faire d'autre qu'attendre en se rongeant les sangs.

Bien sûr, il avait reçu des coups de téléphone de Duke, mais pour entendre à chaque fois le même chapelet de mauvaises excuses : « Je me suis trompé de cottage », ou bien : « Le vieux avait des invités qui sont restés si tard que je suis rentré me coucher », ou encore : « Il avait trop bu et a dû passer la nuit chez un ami au village. » Comme si cette andouille avait dû attaquer à mains nues un fourgon blindé de la Brink's ! Ce n'est quand même pas sorcier de voler un violon à un vieil ivrogne dans un cottage isolé au fin fond de l'Irlande ! Il n'y avait sans doute même pas de serrure à la porte.

Chappy cracha sa rondelle de citron dans la piscine, se leva et rentra dans la maison par la baie coulissante du salon, celle pourvue d'une poignée en forme de trompette qui déclenchait les premières notes de *When the Saints Go Marching In* quand on la manœuvrait. Au bruit, Constance, sa gouvernante fidèle mais défraîchie, apparut en trottinant, effarée comme toujours :

— Monsieur désire quelque chose ?

— Rien, grommela Chappy. Rien du tout. Où est ma chérie numéro un ?

Il qualifiait ainsi son épouse Bettina — qui était, en réalité, sa chérie à la fois numéro un et deux. Ils s'étaient mariés pour la première fois vingt-cinq ans plus tôt, après que Bettina eut obtenu son diplôme d'une école de maintien à l'âge tendre de vingt et un ans. Mais les roses de l'amour le plus ardent ne sont pas exemptes d'épines et les cours de maintien ne préparent qu'imparfaitement à affronter les vicissitudes de la vie conjugale ; d'autre part, la mère de Chappy, qui n'avait jamais approuvé cette union, avait fait l'impossible pour semer la zizanie dans le

19

ménage, si bien qu'ils avaient fini par divorcer. « Je n'ai jamais vu de chercheuse d'or avec une plus grande pelle », disait de sa bru la chère maman de Chappy.

L'histoire avait quand même connu un heureux dénouement. Tout juste séparée d'un deuxième mari qu'elle ne pouvait plus voir en peinture, Bettina avait appelé Chappy afin de lui présenter ses condoléances pour le décès de sa mère. Que deux ans se soient écoulés entre les obsèques de Hilda Tinka et le coup de téléphone de Bettina, seul un esprit chagrin aurait pu s'en formaliser.

« Je viens d'apprendre la triste nouvelle, avait-elle déclaré avec des sanglots dans la voix. Mère nous a quittés. » C'est drôle, s'était dit Chappy sur le moment, Bettina avait toujours traité sa belle-mère de vieille chouette. Mais la maturité inclinant à l'indulgence et au pardon des offenses, avait-il conclu, Bettina était sans doute revenue à de meilleurs sentiments...

Ils avaient donc à nouveau convolé et s'apprêtaient à célébrer en septembre le premier anniversaire de leur deuxième aventure conjugale, dont les péripéties se déroulaient entre leur vaste appartement de Park Avenue et leur château de Southampton.

— Madame se prépare pour sa séance avec l'Homme de Paix dans la salle de méditation, l'informa Constance en réponse à sa question. Les autres dames sont toutes arrivées.

— Bon, grogna Chappy, qui traversa le salon au pas de charge en direction du hall.

Il rendit au passage un hommage visuel aux vieilles photos de famille alignées sur les murs, mêlées aux effigies de personnages célèbres solidement maintenus, le temps de la pose, entre ses bras ou ceux de Bettina. Pour la plupart, les infortunés avaient le regard hébété d'animaux surpris en pleine nuit par les phares d'une voiture en train de foncer sur eux. De toutes ces photos, néanmoins, la préférée de Chappy était un agrandissement le représentant à l'âge le plus tendre dans sa voiture d'enfant, un rare sourire aux lèvres.

Après un léger ralentissement devant ce touchant souvenir, il embouqua un long couloir qui l'amena à l'autre bout de sa villa. Une pièce vitrée de haut en bas, dominant les flots de l'Atlantique, occupait tout le rez-de-chaussée d'une tourelle. C'est là que l'Homme de Paix, le dernier en date des gourous de Bettina, tenait ses séances incantatoires. « Ici, nous sommes proches de la mer et de l'air salé qui sont sources de vie. L'Homme de Paix se plaît en ce lieu parcouru de bonnes vibrations », disait-il — car il ne parlait jamais de lui-même qu'à la troisième personne.

Du couloir, Chappy observa les dames, racolées par Bettina dans les plus somptueuses demeures alentour, s'asseoir par terre en prenant la position du lotus et fermer les yeux d'un air pénétré tandis que l'Homme de Paix allumait son encensoir. En extase au tout premier rang de l'assistance, Bettina s'apprêtait à recueillir les moindres parcelles du jargon new age que l'Homme de Paix laisserait tomber de ses augustes lèvres. Chappy ne digérait pas de la voir fascinée à ce point par un énergumène au crâne rasé, affublé d'une sorte de treillis olivâtre comme on devait en vêtir les détenus dans les quartiers de haute sécurité des pénitenciers d'Etat.

Dans un silence religieux, l'Homme de Paix étendit sur ses ouailles des mains tutélaires :

— Etes-vous prêtes, mes sœurs, à entrer en

communion avec la pureté enfantine qui est en vous ?

— Nous le sommes, Homme de Paix, chuchotèrent les sœurs à l'unisson.

— En êtes-vous bien certaines ?

— Oui, Homme de Paix.

— Je veux maintenant que vous vous détendiez. Ouvrez vos cœurs et votre esprit, rendez-les réceptifs à ce que l'Univers nous envoie. Préparez-vous à voir sa Lumière et à capter son Energie qui nous guérit de nos maux ! L'une d'entre vous, mes sœurs, a-t-elle vécu une expérience de mort imminente ?

— Oui, Homme de Paix, moi ! s'exclama sans rouvrir les yeux une blonde platinée, dont la maigreur témoignait de sa dévotion à la diététique végétarienne.

— Parlez sans crainte à l'Homme de Paix, lui enjoignit ce dernier d'un ton apaisant.

— Mon mari m'a supprimé ma carte de crédit de l'American Express, gémit la blonde avec un sanglot étouffé.

Des exclamations horrifiées saluèrent sa confession.

— C'est une épreuve pire que la mort ! nasilla une voix du fond de la pièce.

— Mes sœurs, mes sœurs, de grâce ! protesta le gourou. Ce ne sont pas les possessions matérielles dont nous devons faire l'objet de notre quête ! La spiritualité est une inestimable richesse que l'argent ne peut nous permettre d'acquérir...

— Alors, propre à rien, qu'est-ce que tu fous de tout le fric que tu m'extorques, grommela Chappy en se détournant, écœuré.

C'est alors qu'il vit Constance accourir vers lui, hors d'haleine.

— Monsieur, monsieur !

Quelle journée, bon Dieu, quelle journée ! pensa Chappy.

— Quoi encore ? gronda-t-il.

— Duke est de retour ! Il vous cherche.

— Il est revenu sans même m'avoir appelé pour me prévenir ? rugit Chappy. Où est-il ? Eh bien, parlez, que diable ! Allez-vous me dire où il est ?

— Je l'ai fait attendre dans votre cabinet de travail pendant que j'allais vous chercher, répondit Constance d'un ton lamentable. La maison est si grande que je ne savais pas...

Chappy ne courait que dans des circonstances exceptionnelles et, en règle général, ne s'adonnait qu'avec répugnance aux exercices physiques. L'occasion méritait, toutefois, qu'il pique ce qui, dans son esprit, méritait le qualificatif de sprint effréné, allure qu'il soutint sans faiblir jusqu'à la porte de son bureau qu'il ouvrit en haletant comme un soufflet de forge.

Un sourire béat aux lèvres, Duke se leva du fauteuil où il était vautré et brandit l'étui à violon d'un air aussi triomphant que s'il venait de remporter la coupe Davis à Wimbledon.

— Donnez-moi ça ! rugit Chappy en refermant la porte.

Il empoigna le trésor qu'il posa sur son bureau, authentique copie inspirée d'un style plus ou moins Louis XV.

— Il faudra remplacer ce vieil étui vermoulu, grommela-t-il en soulevant le couvercle avec précaution.

Chappy prit le violon, l'examina, le tourna dans tous les sens tandis que Duke continuait d'afficher son sourire béat.

— J'ai toujours su que vous n'étiez qu'un imbécile ! hurla-t-il soudain, rouge de fureur. Ce n'est pas le bon violon ! Où sont gravées mes initiales ?

Lui-même acteur en puissance, Duke avait consacré les dix dernières années de ses trente-cinq ans d'âge au service de Chappy, quand il ne courait pas le cachet ou n'apprenait pas en vain un rôle par cœur. Il avait d'ailleurs fait la connaissance de son employeur dans un cours où Chappy s'était secrètement inscrit du vivant de sa mère, car celle-ci réprouvait avec autant de vigueur les ambitions théâtrales de son fils que son choix de Bettina pour légitime épouse.

Ulcéré, Duke se permit de froncer les sourcils :

— Et alors ? Ce n'est pas difficile de les faire graver.

— Le violon magique avait déjà mes initiales gravées dans le bois, bougre d'andouille ! Ce violon n'est pas le bon ! D'où vient-il ? A qui est-il ?

Duke prit un air ahuri, comme cela lui arrivait plus souvent qu'à son tour. Il se passa les mains dans sa longue crinière blonde et haussa les épaules en signe d'incompréhension.

— Je n'en sais rien, moi ! Je me suis introduit chez Malachy et j'ai pris le violon posé sur ses genoux. J'étais sûr que c'était le sien, je l'avais vu jouer avec ! Après, je l'ai mis dans son étui et je ne l'ai même plus regardé jusqu'à maintenant.

— En tout cas, gronda Chappy, ce n'est pas avec ce vieux tas de bois que je jouerai *Le Violon sur le toit* !

Sur quoi, il tapa rageusement du pied et se laissa tomber dans son fauteuil.

— *Le Violon sur le toit* ? répéta Duke. Vous avez eu le rôle et vous ne m'en avez même pas parlé ?

— Non, triple imbécile ! Je comptais monter la

pièce dans mon théâtre. Et j'avais besoin du violon pour le *feng-shui*.

— Le... quoi ? C'est une nouvelle pièce ?

— Il est indécrottable, celui-là ! C'est un art chinois qui consiste à disposer des objets dans certains endroits et dans un ordre précis pour que tout aille mieux.

— Ah bon. Je vois.

— Il serait temps... Alors, vous êtes entré chez le vieux barde et vous n'avez pas vu d'autre violon ?

Duke fronça le nez, le regard dans le vague, signe indubitable qu'il était plongé dans une profonde réflexion.

— Non, rien. Sa baraque n'avait qu'une seule pièce, pour ainsi dire pas de meubles. S'il y avait eu un autre violon, je l'aurais vu. Par contre...

— Eh bien, quoi ? Accouchez, bon sang !

— Il parlait dans un magnétophone. Je l'ai embarqué aussi.

Chappy en resta momentanément sans voix.

— Hein ? Pourquoi voler un magnétophone ? C'est idiot !

— Le mien était en panne... On pourrait quand même écouter ce qu'il racontait, c'est peut-être intéressant, répondit Duke en sortant l'appareil de son sac de voyage. Pendant que je surveillais le vieux de derrière la fenêtre, je croyais d'abord qu'il parlait tout seul. C'est en entrant que j'ai vu le magnéto et que j'ai compris...

Tout en parlant, Duke avait posé la machine sur le bureau et branché le fil dans la prise murale.

— Alors, gronda Chappy en piaffant d'impatience, qu'est-ce que vous attendez pour le mettre en marche ?

— Du calme, du calme.

25

Duke rembobina la cassette, pressa un bouton. Les deux hommes se penchèrent pour mieux entendre les radotages du vieux conteur et sursautèrent avec ensemble en arrivant à la fin de son soliloque.

— Il l'a... QUOI ? rugit Chappy. Il l'a donné ? A qui, bon Dieu ? A qui ?

« *Joue, Brigid, joue*, fit la voix de Malachy. *Ne fais pas attention à ce qu'on dit de sa prétendue malédiction, ce ne sont que de méchants racontars.* »

— Brigid ? Malédiction ? hurla Chappy. De quoi parlait-il, ce vieil imbécile ? Que signifient ces sornettes ?

— Ecoutez... Vous entendez le bruit de la porte, le sifflement du vent ? C'est moi qui entre en scène.

Chappy se frictionna les joues avec fureur.

— Brigid, Brigid... C'est le nom de la fille avec qui il jouait au pub, la semaine dernière. Le barman disait qu'elle était sur le point de devenir une star.

— Il y en a qui ont de la veine, commenta Duke sombrement.

— Il faut la retrouver ! Par tous les moyens ! Vous allez retourner en Irlande le plus vite possible.

— Pas tout de suite, voyons ! protesta Duke. Je suis crevé et j'ai une valise pleine de linge sale.

— Bon. Mettons demain matin. N'oubliez pas que je fais cela pour le Théâtre de la Mer et vous savez ce que cela signifie.

— Oui, je sais. Vous n'engagerez un metteur en scène que s'il nous donne un bon rôle à chacun.

— Exactement, bougre d'âne ! Et maintenant, filez faire votre lessive. Vous prendrez demain le premier avion pour le pays des farfadets et, cette fois, vous vous débrouillerez pour retrouver cette Brigid et ce maudit crincrin. Compris ? Exécution !

Cette nuit-là, dans son lit moelleux, l'édredon tiré jusqu'au menton et la télécommande de la télévision à écran géant à portée de sa main crispée, Chappy cherchait en vain le sommeil. De la taille d'un terrain de football, sa chambre à coucher offrait tous les raffinements du confort nés du cerveau de l'homme moderne. La brise océane soufflait librement par les fenêtres ouvertes, mais si la nature se révélait impuissante à assurer une température idoine, la climatisation prenait aussitôt le relais. Bâtie avec l'allure d'un château, la maison était pourvue d'équipements plus sophistiqués que ceux d'un porte-avions.

Dans la salle de bains, autant dire à l'autre bout du monde, Bettina procédait à son rituel nocturne consistant à appliquer sur diverses parties de son corps les crèmes, onguents et lotions censées réparer des ans l'irréparable outrage, sinon l'anéantir. Pendant ce temps, non moins rituellement, Chappy attendait. La télécommande au creux de sa main lui procurait un merveilleux sentiment de puissance tandis qu'il zappait de chaîne en chaîne. Les images défilaient sur l'écran à une telle vitesse qu'elles devenaient pour ainsi dire invisibles. Si un programme ne retenait pas son attention en moins d'un dixième de seconde, défi qu'aucun programmateur normalement constitué ne pouvait espérer relever, Chappy passait sans pitié au suivant.

Ce soir-là, plus impatient et plus intransigeant

qu'à son habitude, il se répétait qu'il n'arriverait jamais à fermer l'œil. « Je ne trouverai pas le repos tant que je n'aurai pas ce violon, marmonnait-il dans sa barbe. Je sais que je n'y arriverai pas, c'est sûr et certain. » En temps normal, il savourait dans la douceur de son pyjama de soie ces paisibles instants de toute-puissance médiatique. Ce soir-là, il ne pouvait penser qu'au morceau de bois d'un arbre mort, abattu quelque part en Irlande Dieu seul savait quand, qui jouissait avec insolence de son statut de violon magique. L'idée que cet instrument serait porteur non seulement d'une bénédiction mais d'une mystérieuse malédiction le lui rendait plus fascinant encore et exacerbait sa convoitise.

Clic ! fit le bouton de la télécommande. « *Bonsoir ! Pour notre Nuit du Loup-Garou, nous avons le plaisir d'accueillir...* »

Clic ! « *Découvrez vite votre potentiel caché en appelant sans tarder le numéro gratuit 0800-01...* »

Clic ! « *Quand j'ai découvert que mon mari aimait passer l'aspirateur nu dans une de mes chemises de nuit, j'avoue avoir eu des doutes...* »

— Quel cochon, grommela Chappy en zappant.

Il ne pouvait se douter que le programme suivant allait lui changer la vie. Pour un temps, du moins.

« *En direct de Nashville, toute la* country music, *rien que la* country music *! Avec nous dans le studio, Brigid O'Neill dont la performance endiablée lui a valu de remporter hier soir le trophée de la Fan Fair. Alors, Brigid, dis-nous : quel effet ça fait ?*

— *Fabuleux, Vern ! Mon maître en Irlande m'a donné son violon. Il avait été plusieurs fois champion d'Irlande avec cet instrument parce que c'est un violon magique. Et je dois dire que quand j'ai commencé à jouer hier, je me suis sentie emportée par son pouvoir. D'après la légende, il a été fait avec le bois d'un arbre très particulier, un arbre qui abritait des fées... »*

La jeune musicienne rousse brandit le violon devant la caméra. En voyant les initiales C.T. se détacher en gros plan sur l'écran, Chappy bondit à bas de son lit en poussant un gémissement déchirant qui alarma Bettina jusque dans la salle de bains.

— J'arrive ! cria-t-elle. Laisse-moi au moins le temps de finir, il me faut de plus en plus longtemps, tu le sais bien.

D'une main tremblante, Chappy mettait déjà en route son magnétoscope.

— C'est bien lui, marmonna-t-il. Cette fois, j'en suis sûr.

« On raconte que ce violon porterait malheur s'il quittait l'Irlande, dit le présentateur.

— C'est une histoire idiote, Vern, répondit Brigid en pouffant de rire. J'ai gagné le trophée hier soir grâce à lui. Si c'est ça la malédiction, je veux bien être maudite tous les jours ! »

A la fin de l'interview, qu'il n'avait pas même écoutée tant il était surexcité, Chappy sortit fébrilement la cassette de l'appareil et quitta sa chambre en courant comme un dératé. Dans sa hâte, il se cogna douloureusement contre une table déplacée par l'expert en *feng-shui*, ce qui ne l'empêcha pas de soutenir un train d'enfer jusqu'à l'aile où Duke dormait du sommeil du juste avant de repartir pour l'Irlande.

Il ne se doutait pas que son voyage était désormais sans objet.

3

A un relais routier, quelque part entre Branson, Missouri, et les Hamptons

L'homme ne pouvait détacher son regard de l'écho dans USA Today annonçant la participation de Brigid O'Neill au Melting Pot Music Festival devant se dérouler le 4 juillet dans les Hamptons.

Il vida nerveusement sa tasse de café et héla la serveuse d'une voix de fausset :

— Ho ! Je peux avoir encore un peu de jus ?

— Tout de suite.

Elle finit de taper l'addition et la déposa devant l'autre consommateur solitaire qui finissait son petit déjeuner au comptoir. Puis elle empoigna la cafetière et traversa la salle pour aller remplir la tasse.

— Je peux débarrasser la table ? s'enquit-elle.

— Non, j'ai pas fini, grommela l'homme.

La serveuse jeta un regard blasé sur l'assiette d'épaisse faïence blanche dans laquelle il ne restait qu'une trace à peine visible de jaune d'œuf ; comme si l'homme avait voulu faire la vaisselle. En vingt-deux ans de métier, elle en avait vu de toutes les couleurs, il en fallait davantage pour l'émouvoir.

— Encore un muffin ? proposa-t-elle par acquit de conscience.

— Non, ça va, répondit l'autre, le nez dans sa tasse pleine.

— Bon. Si vous avez besoin de moi, appelez.

L'homme avait déjà repris sa énième lecture du magazine. *Le Melting Pot Music Festival dans les Hamptons... Tu parles d'un* melting pot *! pensa-t-il avec un ricanement amer. On n'y accepte que ceux qui ont du pognon à revendre, oui. Partout, il faut toujours payer...*

Pourtant, Brigid O'Neill allait se produire aux Hamptons avec son fameux violon. C'était ça l'essentiel. Sa ballade Si j'avais su que tu étais en taule *était sortie sur les stations de radio juste après qu'il se fut retrouvé jeté au trou sans ménagement par ces ordures de flics. C'était un message qu'elle lui adressait, à lui. Il en était certain.*

Du coup, il était tombé amoureux d'elle. S'il pouvait seulement la voir seule cinq minutes, elle tomberait elle aussi amoureuse de lui, c'était sûr. Logique. Comme dans Le Cheikh, *le film que sa mère aimait tant revoir. Rudolph Valentino kidnappait la fille, l'emmenait sous sa tente dans le désert et elle tombait amoureuse de lui. Pourquoi ça ne lui arriverait pas avec Brigid, hein ? Pas de raison, n'est-ce pas ? Il n'avait pas réussi à l'approcher à la Fan Fair ni à Branson, où il campait pourtant dans les bois pour être sur place. Mais maintenant, elle allait venir aux Hamptons. Et là, il serait à pied d'œuvre puisqu'il y vivait, dans sa cabane à l'écart des sentiers battus. Ça aussi, c'était un signe ! Ce serait bien le diable qu'il ne trouve pas le moyen de l'emmener discrètement chez lui.*

L'homme reposa sa tasse. Il était grand temps de reprendre la route, il avait assez traîné comme cela cette semaine.

4

Vendredi 27 juin, Los Angeles

Au quatrième étage du vieil immeuble de Hollywood Boulevard où elle exerçait son activité de détective privé, Regan Reilly prit place à son bureau de bois couturé de cicatrices. En face d'elle, des classeurs ayant à l'évidence connu des jours meilleurs étaient alignés le long du mur, un carrelage en damier noir et blanc recouvrait le sol et une fenêtre plutôt exiguë offrait une échappée limitée mais suffisante sur les collines de Hollywood.

Pour Regan, cette unique pièce constituait une base d'opérations idéale puisque le personnel de l'agence se limitait à elle-même. En cas de besoin, elle disposait pour la seconder de contacts dans tout le pays. Quant aux banques de données stockées dans la mémoire de son indispensable ordinateur, elles lui permettaient d'apprendre ou de retrouver tout ce qu'il fallait savoir sur des personnages qu'il aurait été imprudent de questionner avec trop d'insistance.

Regan prenait un plaisir extrême à fouiner dans le passé d'un suspect, dévoiler son présent et altérer, peut-être, le cours de son avenir. Nora et Luke Reilly, ses parents, attribuaient le choix d'une telle carrière par leur fille unique de trente et un ans autant à ses dispositions naturelles qu'à ses inclinations. « Tu as toujours eu le goût des potins dans le sang », lui répétait sa mère. Mais Nora étant auteur de romans policiers et Luke propriétaire de trois entreprises de pompes funèbres dans le New Jersey, il était somme toute normal que Regan ait été influencée dans son enfance et sa jeunesse par les conversations d'adultes évoquant les mille et une manières, naturelles ou non, de passer de vie à trépas.

Elle se versa une tasse de café de la Thermos qu'elle avait pris l'habitude d'apporter de chez elle tous les matins. Dehors, le soleil de Californie brillait avec une férocité inattendue pour un mois de juin. C'est par des journées comme celle-ci que Regan aimait rester blottie dans la fraîcheur de son bureau et s'absorber dans son travail. Mais on était vendredi et Regan n'était venue au bureau ce matin-là qu'afin d'expédier les affaires en cours. Le soir même, elle devait prendre l'avion pour rejoindre ses parents dans le New Jersey et partir avec eux en voiture le lendemain après-midi pour la villa des Hamptons dont Luke et Nora avaient fait l'acquisition l'année précédente.

Les Hamptons, chapelet de villages répartis le long de la côte sud de Long Island, étaient souvent surnommés « Hollywood Est » à cause des célébrités qui y affluaient l'été. Grâce à leur situation sur la langue de terre s'avançant dans l'Atlantique jusqu'à une centaine de kilomètres au large, les Hamptons jouissaient d'une exceptionnelle qualité de lumière. Mais ceux qui s'y pressaient pour voir et être vus cherchaient d'autres plaisirs que ce que la nature seule pouvait offrir aux estivants, c'est-à-dire les mondanités qui se succédaient sans interruption du début juillet à la fin août.

Pendant la semaine de vacances qu'elle s'octroyait à l'occasion des fêtes du 4 Juillet, Regan comptait partager son temps entre la maison de ses parents à Bridgehampton et la villa que sa meilleure amie Kit, agent d'assurances dans le Connecticut, louait avec un groupe de camarades. Il était de pratique courante pour les jeunes célibataires de New York et des environs de partager les frais d'une villa des Hamptons. Ils avaient ainsi la certitude de s'amuser et de jouir du beau temps — sans oublier l'espoir de rencontrer l'âme sœur au cours d'une des innombrables réceptions qui avaient lieu quotidiennement entre Westhampton et Montauk. Un jeu de cache-cache ou de colin-maillard pour adultes, en quelque sorte.

Regan revenait à peine avec Kit d'un voyage en Irlande, où elles avaient passé une quinzaine de jours. Et me voilà de nouveau à faire l'école buissonnière, pensa-t-elle. Il est vrai que les deux amies s'offraient rituellement tous les ans une aventure touristique, cette année l'Irlande en juin. Mais maintenant que ses parents avaient une maison à Bridgehampton, Regan aurait eu tort de ne pas en profiter pour prendre un supplément de vacances. Elle était son propre patron, après tout, et n'avait de comptes à rendre qu'à elle-même.

Tout en sirotant son café, elle contemplait distraitement les armoiries des familles Regan et Reilly accrochées au mur. Elle les avait achetées au cours d'une excursion en autocar aux environs de Kerry, région essentiellement rurale où les boutiques de souvenirs rivalisaient d'efforts pour attirer les touristes. La devise des Regan : « Toujours fidèles à nos collines » semblait illustrer la vue des collines de Hollywood qu'encadrait la fenêtre. Quant à celle des Reilly : « Avec courage et prudence », elle convenait à merveille à la profession embrassée par la lointaine descendante des ancêtres du clan.

La sonnerie du téléphone la ramena au présent.

— Regan Reilly et associés, annonça-t-elle en se carrant dans le fauteuil pivotant et basculant, son seul véritable luxe, qui obéissait docilement à ses moindres impulsions.

— Regan ? Austin. Ça va ?

Un sourire lui vint aux lèvres. Austin était son jeune voisin de palier, arrivé d'Irlande six mois plus tôt dans la Mecque de l'audiovisuel pour entreprendre une carrière de comédien. En apprenant que Regan projetait de se rendre dans son pays natal, le jeune homme l'avait vivement encouragée à visiter la partie occidentale de l'île et à participer à la fête que sa famille donnait au pub de leur petit village pour l'anniversaire de Brigid, leur cousine américaine, qu'il qualifiait de « chanteuse folklorique ».

— Je m'habitue mal à l'idée de ne plus être en Irlande, Austin. Ta famille est adorable, j'ai été reçue comme une reine. Merci encore.

— Ils étaient ravis de te recevoir, Regan. En fait, c'est pour cela que je t'appelle.

— Vraiment ?

— As-tu entendu parler de ce qui arrive à Brigid cette semaine ?

— Non. Pourquoi ?

Regan revit sans peine la ravissante rousse aux yeux verts, dont l'entrain communicatif avait fait danser l'assistance entière à sa soirée d'anniversaire. Elle savait que Brigid s'était ensuite rendue directement à Nashville pour préparer la tournée de lancement de son nouvel album. Selon Austin, la maison de disques mettait les petits plats dans les grands et comptait sur un succès foudroyant amorcé par la réussite de son single précédent.

— Eh bien, pour commencer, elle était la semaine dernière à la Fan Fair.

— La Fan Fair ? Qu'est-ce que c'est ? demanda Regan, étonnée d'entendre Austin parler d'un ton soucieux.

— Une fête de cinq jours organisée tous les ans à Nashville. Les chanteurs et les musiciens y rencontrent leurs fans. Il y a toujours une foule énorme, des concerts, des réceptions. Les stars signent des autographes et dédicacent des photos à tour de bras. Le dernier jour, il y a un grand concours. Cette année, c'est Brigid qui a gagné le trophée du meilleur violoniste, conclut fièrement Austin.

— C'est sensationnel ! Mais cela ne m'étonne pas. Quand Malachy et elle ont joué ensemble, le soir de son anniversaire, l'ambiance était incroyable. Magique.

— Justement, elle a remporté le trophée avec le fameux violon de Malachy.

— Le violon de Malachy ?

— Oui, il lui en avait fait cadeau pour ses vingt-cinq ans. Le lendemain de la fête.

Au souvenir de ce qu'elle avait entendu dire de cet instrument légendaire pendant la soirée, Regan poussa un sifflement admiratif.

— Il le lui a donné pour de bon ?

— Oui. Il lui a dit qu'il devenait trop vieux et qu'elle devait reprendre le flambeau à sa place.

— Décidément, ce violon porte chance !

— C'est selon. Il peut aussi porter la poisse. Car il s'est produit depuis un certain nombre de choses bizarres.

— Lesquelles ? voulut savoir Regan, intriguée.

— D'abord, un journaliste irlandais qui cherche à faire parler de lui fait une montagne de l'affaire, comme si le violon était une sorte de trésor national. Il prétend qu'il n'aurait jamais dû quitter le pays et qu'il est porteur d'un mauvais sort. Mais ce n'est pas tout, Regan. Quelqu'un s'est introduit chez Malachy dans la nuit de samedi dernier et lui a volé son violon pendant qu'il dormait. Le voleur devait croire que c'était le violon magique. En fait, c'était celui de Brigid, qui avait tenu à donner le sien en échange de celui de Malachy.

— Il était mal tombé, ce voleur.

— Plutôt. Il n'empêche que maintenant toute l'Irlande ne parle plus que de ce violon et du mauvais sort et que Brigid est l'objet d'une invraisemblable publicité aux Etats-Unis.

— Dans un sens, c'est bon pour la sortie de son album, non ?

— Si. Mais écoute la dernière : Brigid est invitée avec son groupe au Melting Pot Music Festival qui a lieu le 4 juillet à Southampton. Tu en as entendu parler ?

— Bien sûr. C'est un gala de charité organisé depuis deux ou trois ans sur un campus des Hamptons.

— En tout cas, Brigid a été vue à la télévision par un type du coin qui s'occupe du festival et qui est plein aux as, paraît-il. Il l'a invitée, elle et son groupe, à passer une semaine tous frais payés dans sa propriété et à se produire au festival.

— Pour un jeune groupe qui se lance, c'est une

occasion en or. Le festival est très coté, on en parle beaucoup.

— C'est ce qu'a pensé Brigid, et ses musiciens sont d'accord. Cela leur fera une pause avant la tournée, qui sera sûrement fatigante.

— Brigid doit être contente.

— Bien sûr. Sauf qu'elle a maintenant un problème : il y a une telle publicité autour de ce violon qu'elle a l'impression de se déplacer avec les joyaux de la Couronne.

— Et la célébrité attire souvent les cinglés.

— Exactement. Elle m'a appelé l'autre soir pour me lire une lettre anonyme qu'elle avait reçue à la Fan Fair. Ça m'a secoué, crois-moi. Je lui ai dit qu'entre cela et le vol du violon de Malachy, la situation devenait plutôt inquiétante.

— Brigid s'en inquiète-t-elle ?

— Oui, mais pas autant que nous. Elle est trop contente de ce qui lui arrive sur le plan professionnel pour penser à autre chose. C'est pourquoi, poursuivit Austin après avoir marqué une hésitation, nous nous demandions si cela t'intéresserait de lui servir de... garde du corps pendant la semaine qu'elle passera aux Hamptons. Elle t'avait trouvée très sympathique, et comme je sais que tu y vas... Ma famille se fait du souci à son sujet, nous serions rassurés de savoir que quelqu'un de confiance garde un œil sur elle. Brigid n'osait pas te le demander elle-même, elle trouvait l'idée un peu ridicule...

Regan réfléchit brièvement. Brigid était si amusante le soir de sa fête, ce serait un vrai plaisir de passer quelques jours avec elle.

— J'ai toujours rêvé d'être une groupie, Austin. Puisque tu m'en offres l'occasion, je saisis la balle au bond.

— Merci, Regan. Nous aurons tous l'esprit plus tranquille.

— Eh bien, d'accord. Faut-il que j'appelle Brigid ?

— Appelle d'abord Roy, son manager, pour régler avec lui les détails financiers. Mais je vais te donner le numéro de Brigid. Pour le moment, elle est encore sur la route entre Branson dans le Missouri et New York, mais elle ne devrait pas tarder à être de retour.

— Qu'est-ce qu'elle faisait à Branson ?

— Elle y a donné deux ou trois concerts avec son groupe pour remplacer quelqu'un qui s'était décommandé à la dernière minute. Comme ils devaient se déplacer de toute façon, ils avaient accepté. Tu sais, Brigid ne recule devant rien pour lancer son album.

— Bravo. Au fait, où séjournera-t-elle aux Hamptons ?

— Voyons, je l'ai noté quelque part... Voilà : Domaine Chappy à Southampton.

— Domaine Chappy ? Pas possible ! C'est là que logera mon amie Kit ! Je crois que ses amis et elle louent les anciens communs, ou quelque chose de ce genre. Je compte y aller moi aussi.

— Ça tombe à pic, alors ! répondit Austin en riant. C'est sans doute M. Chappy en personne qui les a invités. Il donne l'impression d'être un brave type, généreux. Très différent, en tout cas, des snobs qu'on trouve d'habitude dans les parages.

— Sûrement, approuva Regan. Ce Chappy a l'air de sortir de l'ordinaire.

Pourtant, quelque part au fond de sa mémoire, elle se souvenait que Kit lui avait dit avoir trouvé les lieux et leur propriétaire quelque peu bizarres.

5

Samedi 28 juin

Sourire aux lèvres, Brigid O'Neill regardait par
la vitre de l'autocar qui roulait sur la Long Island
Expressway. C'était bon d'être de retour près des
lieux de son enfance. C'était meilleur encore de se
diriger vers l'océan, au bord duquel elle avait vécu
tant de merveilleuses journées d'été.

De Brooklyn où ils habitaient, Brigid et ses
parents allaient souvent à la plage de Rockaway,
la belle saison venue. Ils adoraient les uns et les
autres se laisser emporter par le ressac et sentir
sur leur peau le contact de l'eau salée. Ils riaient
comme des fous en découvrant les invraisem-
blables quantités de sable qui tombaient de leurs
maillots de bain. Le soir, au parc d'attractions voisin, ils faisaient des tours et des tours de grand
huit et d'autotamponneuses en se régalant de
barbe à papa, jusqu'à ce que son père doive porter dans ses bras jusqu'à la voiture une Brigid déjà
endormie à poings fermés. Ces excursions fami-
liales donnaient toujours à Brigid et à son père le
prétexte de chanter ensemble des paroles sans

queue ni tête sur des mélodies qu'ils inventaient à mesure.

Pour Brigid, ces souvenirs étaient les plus heureux de sa vie. Par moments, ils lui semblaient dater de la veille. A d'autres, ils lui paraissaient appartenir à une autre vie.

Elle avait treize ans à la mort de son père. Sa mère avait alors décidé d'aller passer l'été en Irlande auprès de sa famille. Elles y étaient ensuite retournées tous les étés dès la fin des classes scolaires, pour l'une comme pour l'autre car la mère de Brigid était institutrice. C'est ainsi que Brigid avait fait la connaissance de Malachy, qui l'avait prise en affection et dont elle était restée très proche.

Oh ! papa, pensa-t-elle avec mélancolie, quel dommage que tu ne sois plus là pour me voir chanter devant un vrai public et sur une vraie scène au lieu de notre vieille voiture ! Elle prit sa guitare posée sur le siège à côté d'elle, gratta machinalement quelques accords. Avec son sens de l'humour, son père aurait sûrement bien ri en entendant les paroles d'un de ses derniers tubes, *Si j'avais su que tu étais en taule,* ou celles de la chanson écrite pour un de ses anciens bons amis : *Tu me manques, mon chou,* commença-t-elle à fredonner. *J'ai la nostalgie des toasts calcinés que tu me servais le matin, de la piquette imbuvable que tu me versais le soir...*

Depuis sept ans qu'elle fréquentait le milieu du show-biz, combien d'énergumènes de tous poils avait-elle côtoyés ? Combien de sournois, de jaloux et de profiteurs avait-elle dû subir, alors qu'elle ne rêvait que de chanter ?...

Poussée par son amour de la musique, qui était pour elle une véritable force vitale, elle avait

42

chanté partout où elle pouvait mettre la main sur un micro — au pique-nique annuel des pompiers, dans des garages, des bowlings, des débits de boissons ou des pizzerias à cent lieues de toute civilisation. Et dire que maintenant les gens faisaient la queue pour acheter des billets pour ses concerts !

D'une main, elle caressa l'étui à violon dont elle ne se séparait jamais. Il faut que je le surveille de près, se répéta-t-elle. Tout le monde n'a pas la chance de posséder un violon de légende, un instrument magique qui fait gagner des concours. Depuis le cambriolage du cottage de Malachy, il était évident qu'une personne au moins ne reculait devant rien pour s'en emparer. En y pensant, Brigid ne put retenir un léger frisson.

Merci, cher vieux Malachy, se dit-elle. Depuis son trophée de la Fan Fair, tout pour elle semblait tenir du miracle. Les ventes de billets pour la tournée grimpaient en flèche, les stations de radio diffusaient plus souvent ses disques et, maintenant, elle était invitée au Melting Pot Music Festival. La publicité faisait boule de neige d'une manière incroyable. Le rêve de tous les jeunes chanteurs...

Pourtant, au plus profond d'elle-même, elle éprouvait une réelle angoisse à l'idée de posséder un morceau de bois qui suscitait tant de convoitises. Sans même parler de ce journaliste qui provoquait un scandale en Irlande avec ses articles sur le mauvais sort attaché au violon si quelque sacrilège lui faisait quitter le pays ! Malheureusement pour elle, Brigid avait l'âme trop irlandaise pour traiter ce genre de propos par le mépris ou l'indifférence.

Allons, reste cool, se dit-elle en plaquant un dernier accord sur sa guitare. Regan Reilly sera là cette semaine pour veiller sur nous.

Au même moment, plus à l'est sur la même route, Regan Reilly se réveillait dans la voiture de ses parents.

— J'ai dormi, ma parole ! dit-elle en se frottant les yeux.

Nora, sa mère, se retourna avec un sourire amusé :

— Aurais-tu oublié l'existence des fuseaux horaires, ma chérie ?

Luke, son père, pouffa de rire :

— Quand je suis rentré du bureau, tu t'es réveillée de ta sieste, tu t'es écroulée sur la banquette et tu t'es endormie de nouveau sans même me laisser le temps de te demander comment tu allais.

— Très bien, papa, merci, répondit-elle en riant à son tour.

Par-dessus son épaule, Luke lui tendit un journal :

— Tiens, lis donc cela, je l'ai montré à ta mère.

— Qu'est-ce que c'est ?

— Le dernier numéro de l'*Irish Tablet*. Nous le recevons au bureau parce que nous y faisons régulièrement de la publicité.

— Je croyais que tu n'en faisais que dans la presse locale. Ce journal est publié à New York, n'est-ce pas ?

— On meurt aussi à New York, tu sais. Le *Tablet* est très lu par les Irlandais dans toute la région. Je l'ai reçu ce matin, regarde ce que j'ai vu en première page.

L'article annonçait que Brigid O'Neill était depuis peu dépositaire d'un violon magique, grâce auquel sa carrière prometteuse ne pourrait que s'épanouir. La suite était cependant plus inquiétante :

> Selon la légende, ce violon a été fabriqué au siècle dernier, dans le bois d'un arbre favori des fées qui avait été abattu par erreur. La colère des fées ne s'était apaisée qu'en apprenant que le bois de l'arbre serait utilisé pour la fabrication d'un violon dont la musique pourrait dorénavant les charmer. On raconte aussi qu'elles auraient alors décidé de jeter un sort sur quiconque emporterait l'instrument hors de l'Ile d'Emeraude, et que, pour prix de son sacrilège, le profanateur serait victime d'un accident ou même risquerait la mort.
>
> Légende ou pas, Mlle O'Neill se trouve maintenant en butte à la vindicte de nombreuses personnes. Beaucoup la poussent à honorer ses traditions irlandaises en remettant l'instrument à un musicien vivant en Irlande. Quelle que soit sa décision, il va sans dire qu'elle devra monter une garde vigilante autour de ce violon, objet de tant de convoitises.

— On croirait qu'elle a volé la Pierre de Blarney, dit Regan en relevant les yeux. C'est absurde !

— Il n'empêche, répondit Nora. Un accident, la mort. Elle ferait peut-être mieux de le rendre.

— Ce ne sont que des superstitions, maman ! Comme Brigid me le disait au téléphone, Malachy l'a lui-même appelée pour lui répéter qu'elle devait garder le violon. L'instrument lui appartenait, il était libre d'en faire ce qu'il voulait. Et il n'y a pas plus irlandais que Brigid, même si elle est née ici. Malachy lui a simplement recommandé d'être prudente.

— Et c'est là que tu interviens, soupira Nora.

— Bien sûr. Je ne la quitterai pas de la semaine. Entre la lettre anonyme et les rumeurs au sujet du violon, il vaut mieux avoir l'œil sur elle. De toute façon, nous nous amuserons beaucoup.

— Je te crois volontiers... Tout compte fait, Regan, ajouta Nora après une légère hésitation, cela tombe bien que tu ne séjournes pas à la maison cette semaine.

— Pourquoi donc ?

— Tu pourrais y venir la semaine prochaine, quand ta mission auprès de Brigid sera terminée.

— Allons, maman, explique-toi. Pourquoi cela tombe bien que je ne sois pas chez toi cette semaine ?

— Eh bien... Tu ne devineras jamais qui s'est invité pour quelques jours.

— Le cousin Lou ?

— Non.

— Alors, le cousin Pete et ses petits monstres ?

— Non plus.

— J'y suis ! Louisa Washburn et son enquiquineur de mari, Herbert.

— Comment as-tu deviné ?

— Voyons, maman, ils se font inviter partout ! Comme pique-assiettes, on ne trouve pas mieux dans toute l'Amérique.

— Ils sont si cultivés...

— C'est ton qualificatif habituel pour les raseurs.

— Sois charitable, ma chérie. Louisa m'avait téléphoné l'autre soir pour me dire qu'ils étaient en ville et voulaient nous inviter à dîner. Louisa prépare un article sur les Hamptons. Elle sera très heureuse de te revoir, je t'assure.

— Je les aime bien, intervint Luke, mais pas au point de les subir des jours et des jours, je l'avoue. Quand ils arrivent quelque part, ils ont une fâcheuse tendance à s'incruster.

46

Sur quoi, il fit dans le rétroviseur un clin d'œil complice que Regan lui rendit en pouffant de rire.

Une heure plus tard, ils quittèrent l'autoroute pour emprunter les routes secondaires et se retrouvèrent bientôt dans la grand-rue de Southampton. Après avoir traversé l'agglomération, ils finirent par localiser l'entrée du Domaine Chappy, qui se détachait contre la scintillante toile de fond de l'Atlantique. Un panneau gigantesque surmontait la grille : BIENVENUE AU DOMAINE CHAPPY !

— C'est toujours bon à savoir, marmonna Luke en s'engageant au pas dans une longue allée.

A gauche, sur un pli de terrain dominant l'océan, se dressait une bâtisse aux proportions écrasantes, ressemblant de façon troublante aux châteaux de fantaisie qu'on trouve d'habitude dans les parcs de loisirs ou les décors de dessins animés.

— Quelle pâtisserie, murmura Nora. C'est plutôt... vulgaire.

— Dans le genre une chaumière et un cœur, ce n'est pas très réussi, observa Luke.

— Je ne suis pas contre l'idée d'habiter un château, dit Nora, mais celui-ci fait tellement toc qu'il en est ridicule.

— Il faut des siècles pour donner de la patine à un château, commenta Regan. D'après ce que m'a dit Kit, Chappy a fait construire celui-ci il y a deux ou trois ans à la place de la vieille maison de sa mère, qu'il avait rasée après sa mort. Et il a même rebaptisé la propriété Domaine Chappy.

— Pauvre mère ! soupira Nora.

Une cour gravillonnée circulaire s'étendait devant le perron du château, prolongée par une vaste pelouse où un jeu de croquet était disposé selon les règles de l'art. Sur la droite, un joli cottage constituait le seul vestige de l'ancien domaine. Plus près de la mer, une construction néo-classique était sans doute la maison d'amis.

— C'est là que loge Kit, dit Regan.

Luke obliqua dans cette direction et s'arrêta devant la porte.

— Faut-il klaxonner ? demanda-t-il à sa fille.

— Non, papa, je t'en prie ! On ne fait ça que dans les films ! D'ailleurs, c'est inutile. Voilà Kit.

Un peignoir jeté sur son maillot de bain et ses cheveux blonds encore humides, Kit dévala à leur rencontre les marches de la véranda qui entourait la maison et les salua gaiement. Nora, Luke et Regan mettaient pied à terre quand une bruyante fanfare d'avertisseurs éclata derrière eux et les fit sursauter.

— Je croyais que ça ne se faisait que dans les films, observa Luke en riant.

Avertisseur bloqué, un autocar hors d'âge franchit la grille du parc, enfila l'allée sans ralentir et freina dans la cour en exécutant un dérapage incontrôlé... qui eut pour résultat de raboter le flanc de la Rolls-Royce rutilante garée devant le perron.

La porte du château s'ouvrit à la volée et un homme entre deux âges descendit le perron en courant.

— Soyez les bienvenus ! cria-t-il aux nouveaux arrivants.

Il stoppa net en découvrant l'état de sa Rolls-Royce. Ce spectacle affligeant n'altéra cependant pas sa cordialité.

— Ne vous faites pas de souci pour cette petite éraflure ! poursuivit-il à l'adresse du chauffeur du car, rouge de confusion. Ce n'est rien, trois fois rien. Il faut bien donner du travail aux carrossiers, n'est-ce pas ?

— Chappy Tinka, le roi de la punaise, souffla Regan à ses parents. Il est si heureux, paraît-il, de recevoir Brigid chez lui qu'il est au bord de l'apoplexie.

— J'en aurais une sur-le-champ si j'avais une Rolls et qu'on me la saccage à ce point-là, commenta Luke. Il doit vendre beaucoup de punaises pour s'en consoler si facilement.

L'homme est peut-être un peu cinglé, pensa Regan, mais sa baraque est assez grande pour préserver l'intimité de Brigid.

— Veux-tu être présentée au seigneur du castel ? demanda-t-elle à sa mère.

— Je ne le manquerais pour rien au monde, répondit Nora.

Pendant qu'ils s'approchaient, Brigid descendit du car et tomba presque dans les bras tendus de Chappy, visiblement en extase.

— Ah, Brigid ! Cent mille bienvenues, comme on dit en Irlande. J'aurais préféré un million ou même un milliard !

Brigid surmonta son premier effarement.

— Cela fait beaucoup de bienvenues, monsieur Tinka, commença-t-elle en souriant.

— Chappy, voyons ! Appelez-moi Chappy, j'y tiens !

— D'accord, euh... Chappy. Comme l'air est pur, ici ! poursuivit-elle. J'adore l'air marin. Quand nous habitions Brooklyn, nous allions souvent au bord de la mer, mes parents et moi.

— Brooklyn ? C'est vrai, j'oubliais que vous n'aviez pas vu le jour dans la merveilleuse Ile d'Emeraude. Avec tout ce qu'on raconte sur votre violon, je vous croyais pure Irlandaise.

49

Voyant la tournure que prenait la conversation, Regan décida d'aller à la rescousse de Brigid et s'approcha.

— Que diriez-vous d'une autre séance de bienvenue, monsieur Tinka ? lança-t-elle.

Brigid se retourna :

— Regan ! Kit ! Que je suis contente de vous voir ! Il n'a pas l'air normal, cette espèce de zèbre, chuchota-t-elle à l'oreille de Regan pendant qu'elle l'embrassait.

— Il est accueillant, en tout cas, murmura Regan.

— Et pas rancunier pour un sou, ajouta Kit sur le même ton. As-tu vu ce que ton car a fait à sa Rolls ?

— Seigneur ! soupira Brigid en remarquant les dégâts pour la première fois. C'est un miracle qu'il ne nous ait pas déjà chassés d'ici à grands coups de pied dans le derrière.

Regan parvint à présenter Brigid à ses parents avant que Chappy ne s'immisce dans leurs salutations. Il fallut alors à Chappy une fraction de seconde pour se rendre compte qu'il avait affaire à Nora Reilly en personne, qui figurait en bonne place dans le Gotha des Hamptons dont il était exclu et auquel il rêvait de s'intégrer.

— Si vous saviez comme ma Bettina sera ravie de faire votre connaissance ! déclara-t-il avec effusion. Quelle belle journée, mon Dieu, quelle belle journée ! Et vous vous connaissez toutes les trois ? ajouta-t-il en se tournant vers les jeunes femmes avec un étonnement sous lequel perçait une sorte d'inquiétude.

— Bien sûr, répondit Brigid. Kit passe ses vacances dans votre maison là-bas et mon excellente amie Regan restera avec moi pendant mon séjour. Nous avons l'intention de beaucoup nous amuser.

Regan avait averti Brigid de ne pas souffler mot de son rôle de garde du corps. Il est peu courant, en effet, d'arriver chez quelqu'un flanqué de sa force de sécurité personnelle, et son hôte aurait pu à bon droit s'en formaliser.

— Bien, bien. Et vous, madame Reilly, s'enquit-il d'un air gourmand, allez-vous séjourner vous aussi au domaine ?

— Mais non, l'informa Luke. Nous allons chez nous à Bridgehampton. Ne nous attardons pas, ma chérie, ajouta-t-il en se tournant vers Nora, les Washburn vont arriver d'une minute à l'autre.

— Alors, revenez ce soir, déclara Chappy. Je donne un petit cocktail sans cérémonie, quelques amis intimes, un buffet sur la terrasse. Je compte absolument sur vous, je serai enchanté de...

— Ce serait avec plaisir, l'interrompit Nora, mais nous attendons des amis.

— Amenez-les ! insista Chappy.

Les musiciens de Brigid émergèrent à leur tour de l'autocar, ce qui créa une heureuse diversion. Vêtus tous trois en cow-boys de série télévisée, bottes, blue-jean et chemise à carreaux, ils portèrent avec ensemble une main à leur stetson.

— Je vous présente Teddy, Hank et Kieran, annonça Brigid.

Regan s'était entraînée à retenir les traits et les noms des personnes dès la première présentation. Elle n'aurait pas de mal à se souvenir de ces trois-là. Grand et dégingandé, Teddy était le benjamin du trio. Il avait vingt ans tout au plus, des cheveux roux foncé, un visage encore enfantin criblé de taches de son. Les deux autres approchaient sans doute de la trentaine. Hank était un petit blond frisé et trapu à l'épaisse moustache en guidon de vélo, Kieran un brun aux yeux bleus et au sourire éclatant.

— Et voici Pammy, la petite amie de Kieran, ajouta Brigid avec un manque de chaleur si évident que Regan ne put s'empêcher de sourire.

Menue, délicate comme une poupée, vêtue d'un jean serré et d'un débardeur qui mettait ses formes en valeur, Pammy rejeta en arrière ses longs cheveux couleur de miel et gratifia l'assistance d'un sourire radieux en se pendant au bras de Kieran, qui eut l'air gêné de cette démonstration de tendresse un rien ostentatoire.

— Eh bien, soyez tous les bienvenus, déclara Chappy. Et maintenant, venez vous installer et vous mettre à votre aise. Mon assistant va vous aider à porter vos bagages. Duke ! clama-t-il à pleins poumons. DUKE !

— Ouais ! fit une voix de l'intérieur du château.

— Pas très stylé, le majordome, chuchota Nora à Regan.

— VENEZ ICI ! brama Chappy. ET AU TROT ! Bon, poursuivit-il en se tournant vers ses hôtes, quand tout le monde se sera bien reposé ou aura piqué une tête dans la piscine pour se rafraîchir — hein, pourquoi pas ? —, retrouvons-nous tous ici vers six heures pour mon petit cocktail. Alors, qu'en dites-vous ?

— Tu veux revenir ? demanda Regan à sa mère.

— Si Louisa et Herbert sont d'accord, ma foi...

— Mes parents viendront avec leurs invités, déclara Regan à Chappy.

— Parfait ! Oh ! comme la semaine s'annonce bien ! Ce sera merveilleux, vous verrez !

Le chauffeur du car apparut alors, l'air penaud.

— Rudy, notre chauffeur, le présenta Brigid.

L'infortuné n'eut pas droit à un mot de bienvenue.

— Vous restez ici, vous aussi ? voulut savoir Chappy, revêche.

— Non, on vient me chercher, le rassura Rudy. Je reviendrai vendredi soir, nous partirons tout de suite après le concert. Où voulez-vous que je mette mon véhicule, en attendant ?

— Là-bas, derrière la maison, grogna Chappy avec un vague geste de la main. A côté des garages.

Regan étouffa un éclat de rire. Elle aurait juré l'entendre grommeler que Rudy pouvait se le mettre quelque part.

Son corps bronzé moulé dans un collant léopard et ses cheveux oxygénés tirés en queue de cheval, Bettina observait la scène avec horreur par la fenêtre de sa chambre, où elle faisait ses exercices d'aérobic. Mécontent de se sentir négligé, Tootsie, son caniche nain blanc, lui jappait aux talons.

Cet autocar déglingué paraissait sortir tout droit des surplus du cirque Barnum ! Elle aurait eu toutefois mauvaise grâce à récriminer, Chappy ayant bien voulu permettre à l'Homme de Paix de parquer son camping-car pour l'été à côté de la maison. « Avoir notre propre résident gourou, c'est quand même impressionnant, non ? » lui avait-elle fait valoir. Chappy avait fini par accepter en maugréant, ce dont Bettina lui savait gré. Mais un autocar de saltimbanques, c'était une autre paire de manches ! Pourquoi pas une camionnette de marchand de glaces ou de hot-dogs sous les fenêtres ? Il fallait se donner tant de mal pour faire bonne impression sur les gens que le moindre faux pas pouvait ruiner des années d'efforts.

Mais Bettina ne se décourageait pas. Ce n'était pourtant pas facile de revenir en inconnue, autant dire en intruse, dans un repaire de snobs comme Southampton. Elle avait quand même eu de la chance d'avoir récupéré Chappy. Son ex-mari était un minable, un besogneux si fauché qu'il pouvait à peine la sortir le samedi soir dans une boîte à hamburgers. Pas question pour elle de subir une vie pareille jusqu'à la fin de ses jours, ah ça non !

Sa dernière série d'extensions accomplie, Bettina enfila un survêtement et sortit de sa chambre, suivie de Tootsie tout frétillant de la queue.

— Maman doit maintenant se préparer pour la soirée, mon chéri, lui dit-elle en souriant.

Alors, passant dans le couloir devant une photo de son ex-belle-mère, elle lui tira une langue vengeresse :

— Tu as eu beau faire, ton fils et tes bijoux sont à moi, vieille garce, lui décocha-t-elle à mi-voix.

6

Au fond du jardin de son cottage de Sag Harbor, dans la serre qui lui servait d'atelier, le maître luthier Ernie Enders se penchait sur son établi, trop absorbé par son labeur pour prêter attention à ses chères tomates. Par son incessant harcèlement, Chappy Tinka l'avait arraché à une retraite bien méritée. Quand il était encore en activité, Tinka était pourtant passé maintes fois devant sa boutique sans même daigner s'en approcher. Et c'est maintenant qu'Ernie en avait fermé les portes pour de bon que l'autre l'avait traqué jusque chez lui pour solliciter son concours.

— Et il veut un chef-d'œuvre ! grommela Ernie. Un chef-d'œuvre sans même me laisser le temps de le réaliser. Comment croit-il que je peux m'y prendre, hein ? poursuivit-il en levant les yeux vers la photo du modèle épinglée devant lui. Comment donner à un violon un siècle de patine en même pas huit jours ? Dans mon métier, on ne fait pas de miracles. Ces gens riches se croient tout permis ! Quand ils veulent quelque chose, ils le veulent tout de suite. Ça me rend malade.

55

Malade ! Je n'ai pas fabriqué de violon depuis que je me suis retiré il y a sept ans et, à présent, il faut mettre les bouchées doubles, sans parler des initiales C.T. à graver sur le côté, comme sur la photo.

Ernie souleva délicatement son ébauche pour l'approcher du modèle, une photo prise sur un écran de télévision. Un comble ! Enfin, je ne peux quand même pas trop me plaindre, se dit-il, il me paie un bon paquet.

Il étudiait la tache figurant sur le modèle quand la porte de la serre s'ouvrit. Pearl, son épouse depuis bientôt cinquante ans, entra chargée d'une carafe de citronnade et d'une assiette de biscuits sur un plateau.

— Tu vas tomber d'inanition, il faut que tu manges quelque chose, déclara-t-elle. Ton travail avance, au moins ?

— Doucement, trop doucement. Tinka veut que le violon soit exactement pareil à celui de la photo. Mais comment faire ? Il faudrait que je dispose du modèle et que je l'examine de près.

— On étouffe là-dedans, dit Pearl en versant de la citronnade dans un verre qu'elle posa avec le plateau sur l'établi. Bois donc, Ernie. Et ne te fais pas tant de mauvais sang. Tu étais le meilleur luthier de la côte Est, sinon de toute l'Amérique. Veux-tu que je mette tes chaussettes de laine dans la valise ?

— Si tu veux, répondit-il distraitement.

Après avoir vécu toute leur vie dans le charmant village de Sag Harbor, les Enders ne supportaient plus de voir leurs chers Hamptons envahis l'été par des hordes de touristes de plus en plus denses. Aussi, cette année-là, avaient-ils décidé de fuir la bousculade pendant six semaines. Ils devaient partir le mercredi suivant pour assister au mariage d'une de leurs petites-nièces en Pennsylvanie avant d'aller à la découverte de l'Ouest.

Pearl s'assit près de l'établi.

— Ne reste pas plantée là, bougonna Ernie au bout d'un moment. Tu sais bien que je ne peux pas travailler quand on me regarde fixement.

— Je m'ennuie toute seule dans la maison, sans personne à qui parler, plaida Pearl. Je n'ai plus l'habitude que tu travailles.

— Avec ce que ce violon me rapportera, nous pourrons nous offrir des vacances en Floride cet hiver.

— Deux voyages la même année ? Tu as la folie des grandeurs, Ernie ! répondit son épouse en riant. Bon, je te laisse.

Elle se leva, se pencha vers son mari pour déposer un petit baiser sur son crâne chauve. Surpris, Ernie fit un faux mouvement et renversa la carafe de citronnade sur le bois verni de frais.

— Allons, bon ! Enfin, Pearl, fais attention, que diable !

— Je suis désolée, Ernie. Je cours chercher un torchon.

Ernie essuyait déjà le bois mouillé d'un revers de manche.

— Encore un retard, bougonna-t-il. C'est bien ma veine. Toujours des retards ! Il va falloir décaper et tout revernir. Pourvu que Tinka ne s'avise pas de venir encore me harceler en me répétant qu'il est pressé. Quel enquiquineur, celui-là !

7

Quand Luke et Nora arrivèrent à leur maison de Bridgehampton, Louisa et Herbert Washburn les attendaient déjà, assis devant la porte d'entrée. Louisa se leva d'un bond.

— Nous avons fait une moyenne épatante en venant ! proclama-t-elle avec le sourire triomphant d'un gagnant du Loto.

Dix minutes plus tard, bien calés dans un moelleux canapé, ils se faisaient tous deux servir des verres de chardonnay frappé. L'« espace à vivre », qui occupait toute la longueur de la maison, ouvrait par de larges fenêtres sur le jardin et la piscine. Un plancher de sapin blond et des meubles en bois fruitier conféraient à la pièce lumineuse une élégance discrète.

— J'ai entendu parler de ces fabricants de punaises, déclara Louisa. Mon agneau ? ajouta-t-elle en se tournant vers son mari, personnage falot dont le visage exprimait en toutes circonstances une neutralité digne de la Confédération helvétique.

— Oui, mamour ? bêla l'interpellé.

— Il y a des années, souviens-toi, n'avions-nous pas rencontré Hilda Tinka, la mère de ce Chappy ?

Sur quoi, Louisa éprouva le besoin de tripoter sa coiffure, édifice hautement élaboré maintenu en place à l'aide d'épingles en telles quantités que les signaux d'alarme des portiques à rayons X dans les aéroports se déclenchaient régulièrement à son passage. Ce léger travers mis à part, ainsi que sa propension à empoigner ses interlocuteurs par le bras afin de souligner ses propos, Louisa était dans l'ensemble une charmante personne, aux traits harmonieux et au regard chaleureux.

— Alors, mon agneau ? insista-t-elle devant le mutisme de son époux. Nous l'avons rencontrée, n'est-ce pas ?

Sans cesser de regarder fixement la table basse, comme s'il espérait y puiser l'inspiration ou ranimer sa mémoire défaillante, Herbert laissa échapper une sorte de soupir fataliste :

— Cela se pourrait, répondit-il enfin.

— C'est bien ce que je pensais ! approuva Louisa. Je vais lancer une recherche, poursuivit-elle en se tournant vers Nora et Luke, qui s'abstenaient d'intervenir. J'ai entré dans la mémoire de mon ordinateur portable tous mes carnets d'adresses et tous mes agendas depuis vingt-cinq ans. Un condensé de ma vie entière ! Tout y est, les noms, les lieux, les numéros de téléphone.

— La moitié de ces gens sont morts, observa Herbert.

— Voyons, mon agneau, pas la moitié ! Tu exagères toujours. Je suis une mordue d'Internet, Nora, je ne peux plus m'en passer pour mes recherches, c'est une mine de renseignements. Je vous apprendrai à vous en servir d'ici la fin de la semaine.

La semaine ? pensa Nora, accablée, sans oser

regarder Luke. Ils n'étaient censés rester que deux ou trois jours...

— C'est sûrement très intéressant, se força-t-elle à articuler.

— La soirée de tout à l'heure sera passionnante, en tout cas, poursuivit Louisa. J'adore découvrir le cadre de vie des gens.

Et vous y incruster, s'abstint de commenter Nora.

— Vous ne serez pas déçue, se borna-t-elle à dire. Chappy Tinka s'est construit un château de conte de fées, il a rénové les anciens communs et il projette même d'édifier un théâtre.

— Le grand répertoire classique, quelle merveilleuse idée ! s'exclama Louisa en riant d'aise. Il faudra que j'ajoute quelques paragraphes sur Chappy Tinka et sa femme dans mon reportage sur les Hamptons. Pensez donc, un homme qui construit un théâtre dans son parc ! Il est loin le temps où les gens ne venaient ici que pour y trouver la paix des champs et des hameaux de pêcheurs. J'écrirai pourquoi tout a changé à ce point. Bien sûr, certains raffolent de l'atmosphère hollywoodienne alors que d'autres en sont ulcérés... Je sens que je glanerai ce soir une foule de détails intéressants pour mes articles. N'est-ce pas, mon agneau ?

— Sans doute, mamour, opina Herbert.

Luke consulta ostensiblement sa montre.

— Il est quatre heures et demie, ma chérie, dit-il à Nora. Je voudrais finir de décharger la voiture et prendre une douche. Si nous voulons aller à cette soirée, nous ne devrons pas trop tarder, la circulation est difficile à cette heure-là.

— Dites plutôt impossible ! renchérit Louisa. J'en parlerai aussi dans mon article : « Des tracteurs aux Mercedes. » Un bon sous-titre, n'est-ce pas ?

— Très bon, approuva poliment Nora. Détendez-vous donc tous les deux pendant que Luke et moi allons défaire nos bagages et nous préparer.

— Soyez tranquille, nous admirerons la vue. N'est-ce pas, mon agneau ? J'ai hâte de revoir votre chère Regan. Quel amour, cette fille ! Je suis désolée qu'elle ne puisse pas rester ici avec nous.

— Vous la connaissez, le devoir avant tout ! Mais je crois qu'elle entend aussi en profiter pour bien s'amuser.

— Et elle aurait grand tort de s'en priver ! Ah, qu'il est bon d'être jeune ! J'espère bien pouvoir bavarder longuement avec Brigid O'Neill et voir de près ce fameux violon dont j'ai tant entendu parler.

— Elle a l'air tout à fait charmante, lâcha Nora avant de s'esquiver par la porte-fenêtre pour rejoindre Luke, qui s'accoudait à la voiture et se massait les tempes, la mine épuisée.

— Et si nous ne rentrions pas ? demanda-t-il. Crois-tu qu'ils s'en apercevraient ?

— Elle est toujours un peu excitée quand elle arrive quelque part. Elle se calmera bientôt, du moins je l'espère, répondit Nora en prenant son mari dans ses bras.

Le silence n'était troublé que par le pépiement des oiseaux. Luke poussa un soupir résigné.

— Et si on lui suggérait de s'installer chez Chappy pour mieux procéder à ses recherches ?

— Regan nous tuerait ! dit Nora en pouffant de rire. Je me demande quel infortuné elle harponnera tout à l'heure.

— Elle ne peut jamais s'empêcher d'agacer quelqu'un.

Luke ne pouvait pas prévoir jusqu'à quel point...

8

— Chouette baraque, hein, les gars ?

De la table de la cuisine, Brigid héla ses musiciens qui descendaient en costume de bain l'escalier de la maison d'amis. Avant qu'ils aient eu le temps de répondre, le téléphone sonna.

Brigid courut répondre.

— C'est sans doute Roy, mon manager, dit-elle en décrochant.

Duke avait aidé la troupe à porter les bagages, Chappy s'était inquiété de savoir si l'endroit leur convenait, puis il les avait enfin laissés seuls pour aller préparer sa petite soirée. Une fois installées, Regan et Brigid avaient retrouvé Kit à la cuisine pour faire le point.

La maison comportait six chambres à l'étage. Regan en avait choisi une donnant sur la route et le bungalow où logeait Kit. Celle de Brigid, de l'autre côté du couloir, offrait une vue spectaculaire sur l'océan. Dans toutes les pièces, l'ameublement était sommaire et suranné mais relativement confortable, typique de ce qu'on trouve dans les maisons de vacances au bord de la mer.

Les trois jeunes femmes venaient à peine de s'asseoir quand l'appel de Roy les interrompit.

Brigid revint quelques instants plus tard, un large sourire aux lèvres.

— Bonnes nouvelles ? s'enquit Regan.

— Ce violon accomplit des miracles ! répondit Brigid en se laissant tomber sur une chaise. Depuis notre rencontre en Irlande, il m'arrive des choses incroyables. Ecoute : deux types qui ont monté une station de radio dans le coin m'invitent à être la vedette d'une de leurs émissions lundi prochain. Et c'est eux qui présentent le festival ! Tu te rends compte ? En tout cas, je suis ravie de vous revoir, vous deux.

— Nous aussi, Brigid. Mais maintenant que nous sommes tranquilles, montre-moi donc cette lettre anonyme dont m'a parlé ton cousin Austin.

— Il s'affole toujours ! Je la lui ai lue l'autre soir au téléphone et il n'a rien eu de plus pressé que d'appeler ma mère. Je suis contente que tu sois venue, Regan, mais je ne me sentais pas particulièrement menacée. Je connais beaucoup de gens dans le métier qui reçoivent des lettres encore plus inquiétantes.

— Je sais. Sauf que depuis le cambriolage de Malachy, nous devons redoubler de précautions. Alors, tu me la montres ?

— Si tu y tiens...

— Au fait, où est le violon ? demanda Regan pendant que Brigid se levait.

— Sous mon lit, là où personne n'aurait l'idée de regarder. D'ailleurs, Chappy m'a demandé si je voulais bien l'apporter ce soir et jouer un peu pour ses invités.

— Les artistes n'aiment pas beaucoup être traités en bêtes curieuses. Cela ne t'ennuie pas ?

— Pas du tout, au contraire ! Je demanderai même aux garçons de m'accompagner, ils sauteront sur l'occasion. Attends, je vais chercher la lettre. J'en ai pour une minute.

Un instant plus tard, elle revint portant d'une main une enveloppe blanche et, de l'autre, un volumineux sac en plastique qu'elle vida sur la table. Il contenait des dizaines de lettres, de cartes postales et de cadeaux variés dont ses admirateurs l'inondaient depuis sa prestation à la Fan Fair.

— Tout ça pour toi ? s'exclama Kit, impressionnée.

— Oui, tout. Quand je pense que l'année dernière encore je jouais dans des trous perdus devant des rangs de chaises vides ! J'ai lu ces lettres de la première à la dernière ligne. Elles sont toutes gentilles, à part celle-ci, dit-elle en la tendant à Regan.

Regan sortit de l'enveloppe une feuille de papier blanc. Le message était tracé en capitales, comme si l'auteur anonyme avait en plus voulu déguiser son écriture. Avec un frisson involontaire, elle en fit la lecture à haute voix :

CHÈRE BRIGID,
VOUS ÊTES EN POSSESSION DE QUELQUE CHOSE QUI NE VOUS APPARTIENT PAS ET JE NE VEUX PLUS JAMAIS VOUS ENTENDRE CHANTER CETTE CHANSON SUR LA PRISON. SI VOUS DÉDAIGNEZ MON AVERTISSEMENT, JE SERAI FORCÉ DE PRENDRE LES MESURES QUI S'IMPOSENT.

— Sympa, pour un fan, commenta Brigid.

— Tu as donc reçu cette lettre la semaine dernière à la Fan Fair ? demanda Regan.

Brigid confirma d'un signe de tête.

— Il ne fait pas allusion au mauvais sort censé peser sur le violon, mais il est visiblement au courant.

— Qu'est-ce que c'est que cette histoire de mauvais sort ? voulut savoir Kit.

Brigid leva les yeux au ciel :

— Oh ! une ânerie de plus, dit-elle avant de résumer l'histoire en quelques mots. Que veux-tu, les Irlandais raffolent des superstitions. Les fées aiment la musique et elles ne veulent pas en être privées. Comme elles ne quittent jamais l'Irlande, le violon n'est donc pas censé s'en éloigner non plus. Sinon, conclut-elle avec un sourire ironique, tu risques un accident ou même la mort. Le pire dans cette lettre, à mon avis, c'est que celui qui l'a écrite déclare ne plus vouloir m'entendre chanter mon meilleur tube !

— Cela ne t'ennuie pas que je la garde ? demanda Regan en remettant la lettre dans l'enveloppe.

— Tant qu'il te plaira... Moi, je n'en veux plus.

— Beaucoup de cinglés écrivent des lettres anonymes du même genre mais, comme ce sont des lâches pour la plupart, ils passent rarement à l'acte. Ils auraient trop peur d'agir eux-mêmes.

— C'est vrai, approuva Brigid. Plusieurs de mes amis ont reçu des menaces à la sortie de leurs albums et il ne leur est rien arrivé.

— Tant mieux pour eux, commenta Regan avec un sourire.

Elle n'en était cependant pas moins inquiète à propos de cette lettre et de la prétendue malédiction du violon. Un accident ou la mort... Je veillerai à ce qu'aucun des deux n'arrive à Brigid, se promit-elle.

L'homme roulait sans arrêt, la radio à fond, en écoutant la musique et en pensant à Brigid. Il aimait chanter à l'unisson. S'il y avait des informations, il changeait de station.

Ainsi, Brigid serait aux Hamptons pour le 4 Juillet. Quand il était petit, il aimait bien cette fête. Plus maintenant. Cela faisait des années que personne ne l'invitait à pique-niquer ; quant aux feux d'artifice et aux pétards, ils lui faisaient peur. Depuis que le propriétaire de ce fichu poulailler lui avait tiré dessus à coups de fusil, il ne supportait pas les bruits violents.

Cette fois, il aurait enfin sa chance d'approcher Brigid et d'être seul avec elle. Impossible à la Fan Fair. Pas moyen non plus à Branson. Mais aux Hamptons, c'était une autre histoire.

Sur son terrain, il était sûr de réussir.

Depuis qu'ils étaient gamins et avaient grandi dans la même rue de Hicksville, Long Island, Brad Petroni et Chuck Dumbrell avaient tous deux la passion de la musique country. Les garçons de leur âge construisaient des cabanes dans les arbres ou jouaient aux trappeurs. Eux, ils se déguisaient en cow-boys et bâtissaient un saloon en planches, sans oublier les portes battantes à claire-voie. Faute de chevaux, les chiens de leurs familles respectives faisaient de la figuration, attachés par la laisse au poteau *ad hoc* de l'établissement.

Par les belles nuits d'été, ils disposaient de grosses pierres en cercle et s'imaginaient assis autour d'un feu de camp, en compagnie de Roy Rogers et autres personnages mythiques. Lorsque, devenus adolescents, leurs camarades ne juraient plus que par le rock pur et dur, ils se collaient des écouteurs aux oreilles pour étouffer ces sons barbares et ne pas perdre une mesure de Gene Autry, de Johnny Cash ou de jeunes espoirs du genre qui leur inspiraient la même ferveur. Ils ambitionnaient déjà de fonder dans la région de New York une station de radio uniquement consacrée à leur passion, ce qui ne s'annonçait pas facile.

Ce rêve d'enfance, ils ne l'avaient jamais renié.

C'est ainsi qu'à trente-cinq ans, l'un et l'autre mués par le divorce en « cow-boys solitaires », comme ils se qualifiaient eux-mêmes, ils l'avaient enfin réalisé en réunissant leurs modestes économies et en empruntant le reste afin d'acheter à Southampton une petite station qui battait de l'aile. L'antenne était ouverte depuis quelques semaines à peine et ils s'évertuaient encore à remettre leur station à flot quand la chance leur avait souri : ils étaient nommés hôtes et présentateurs officiels du Melting Pot Music Festival. Mieux encore, leur station obtenait l'exclusivité des droits de retransmission. Le festival jouissait déjà d'une large renommée. En voiture ou chez eux, les gens écouteraient la radio et, la Providence aidant, garderaient peut-être l'habitude de laisser leurs postes réglés sur la fréquence de Country 113...

Car s'ils se sentaient investis de la mission sacrée de servir et glorifier ce style de musique, ils devaient aussi en faire leur gagne-pain.

Aussi, sept jours sur sept, ils étaient tous deux à l'antenne matin, midi et soir — et parfois même la nuit. Quand ils n'y étaient pas, ils passaient leur temps à imaginer des concours et autres méthodes de promotion, car tout leur était bon pour inciter les auditeurs à se brancher sur leur fréquence. Ces derniers temps, ils se concentraient sur les moyens de faire rejaillir à long terme sur leur station la renommée du festival, qui ne durait qu'une journée.

Chuck se gratta l'occiput et remonta ses petites lunettes à monture de fer sur son long nez pointu.

Il épluchait la presse à la recherche d'une idée d'émission en direct quand l'article de l'*Irish Tablet* sur Brigid O'Neill et son violon lui tomba sous les yeux. Sachant qu'une bonne partie de la musique country plongeait ses racines dans le folklore des immigrants irlandais, Chuck s'était abonné au *Tablet*, avec le projet d'y faire de la publicité — quand les finances le permettraient. A notre époque, se disait-il, tout le monde cherche à retrouver ses racines et les descendants des émigrés de la verte Erin ne différaient en rien des autres groupes ethniques composant la mosaïque de peuples qui se proclamaient américains.

Tout en lisant, Chuck tiraillait ses longs cheveux blonds noués, cela va sans dire, en catogan. Dégingandé plutôt que grand et maigre, il cultivait avec soin une barbe de deux jours et mâchonnait en permanence un cure-dent, qui lui pendait avec élégance de la commissure des lèvres.

— Tu sais quoi ? dit-il en levant les yeux.

— Non, répondit Brad distraitement en fourrageant dans les papiers amoncelés sur son bureau.

Aussi trapu, rond et noir de poil que son partenaire était long, osseux et blond, il avait une obsession : payer les factures. Jamais, s'était-il juré, il ne recommencerait à travailler pour un patron.

— L'instant est propice à une séance de *brainstorming*, annonça Chuck.

— Vas-y.

— Je crois savoir comment profiter du festival. Regarde cet article sur Brigid O'Neill et son crincrin. Nous l'avons invitée la semaine prochaine, non ?

Brad donna un coup de paume triomphant sur l'agrafeuse qui transformait trois feuilles éparses en un document d'allure tout ce qu'il y avait d'officiel.

— Oui, répondit-il. Lundi.

— J'apprends que les initiales C.T. sont gravées sur le violon. Si nous lancions un concours à qui en donnera la meilleure explication ? Le gagnant aura droit à deux billets gratuits pour le festival et un exemplaire du dernier album de Brigid, qu'elle dédicacera elle-même à la fin du concert.

Cette fois, Brad accorda son attention pleine et entière à son ami d'enfance.

— Génial, *pard'ner* ! Et qu'est-ce que les gens vont imaginer, à ton avis ?

Chuck caressa son menton râpeux avant de répondre :

— Je n'en suis pas encore là, mais la marmite mijote sur le feu de camp. Le violon est censé apporter la poisse s'il quitte l'Irlande. Brigid O'Neill s'en fiche et j'espère pour elle qu'elle a raison. Nous devrions donc aborder le sujet pendant l'émission. Hein, qu'en penses-tu ?

— Elle acceptera, à ton avis ?

— Bien sûr ! C'est une histoire en or, tout le monde parlera d'elle, de son violon et du mauvais sort. Et pendant qu'on y sera, on évoquera d'autres superstitions irlandaises. Avec en plus des enregistrements de vieilles ballades, ça nous fera quatre-vingt-dix minutes, facile !

— C'est tout bon, approuva Brad en levant les yeux vers le calendrier épinglé au mur. Voyons : le concert a lieu vendredi, nous annoncerons le gagnant du concours jeudi...

La sonnerie du téléphone interrompit ses cogitations. Chuck décrocha. La série d'onomatopées par laquelle il répondit à son correspondant interdit à Brad, malgré sa longue expérience, de saisir la teneur de la conversation.

— Youppppiii ! cria Chuck en raccrochant.

— Qu'est-ce qui se passe ? voulut savoir Brad.

— Notre qualité d'estimables hôtes et présentateurs du festival nous vaut une invitation à aller dîner ce soir avec Brigid O'Neill au Domaine Chappy. On est bien partis, mon vieux Brad !

— Tu l'as dit, Chuck !

Arborant l'un et l'autre un sourire épanoui, les deux amis se serrèrent chaleureusement la main par-dessus leur bureau.

11

En tenue de yachtman d'opérette, blazer bleu, pantalon et mocassins blancs, Chappy attendait d'un instant à l'autre l'arrivée de ses invités en trépignant d'impatience.

— Allez-vous descendre nous aider, à la fin ? cria-t-il en tambourinant sur la porte de Duke.

Celui-ci apparut sur le seuil, une bombe de laque à cheveux à la main.

— Vous en voulez ? proposa-t-il aimablement.

— Bien sûr que non ! Dépêchez-vous, bon sang !

— Une seconde, je suis presque prêt.

Duke vérifia dans le miroir si son pantalon et sa chemisette étaient bien repassés, prit un flacon d'eau de Cologne et s'en aspergea libéralement.

— Vous en voulez ? redemanda-t-il à Chappy.

— Non, je ne veux rien ! hurla Chappy. Combien de temps vous faut-il pour vous préparer ? C'est inconcevable !

Duke, en effet, s'était offert une heure de sains exercices dans le gym pour être au mieux de sa forme.

— Vous attendez des metteurs en scène ? voulut-il savoir en refermant sa porte avec soin.

— Pourquoi me demandez-vous ça ?

— Vous aviez dit...

— Aucun rapport ! l'interrompit Chappy. Cette soirée a pour seul but de mettre Brigid en confiance. De nous en faire une amie pour que nous puissions substituer le violon à la fin de la semaine sans qu'elle se méfie de nous. Comprenez-vous, bougre d'âne ?

— Compris, chef, répondit Duke en saluant militairement.

— Il serait temps, gronda Chappy.

Suivi de son âme damnée, il dévala l'escalier et traversa le hall au pas de charge en direction de la gigantesque cuisine où Bettina, en collant lamé or et talons aiguilles, houspillait la domesticité.

— Avez-vous au moins pensé à la recette de l'Homme de Paix ? demandait-elle aigrement à Constance tandis que les serveurs du traiteur s'affairaient à garnir les plateaux de canapés.

— On n'en trouve les ingrédients que dans la forêt équatoriale et je n'ai pas eu le temps de prendre un billet d'avion, répliqua la gouvernante, ulcérée.

Sentant l'orage près d'éclater, Chappy fit diversion en se raclant la gorge. Toujours prompt à saisir les allusions, Duke renchérit par une bruyante quinte de toux.

— Bonjour, bonjour ! entonna Chappy. Tout va bien ?

Bettina se retourna en arborant un sourire, trop épanoui pour être sincère, qui mit en péril son épais maquillage.

— Ah ! te voilà, chouchou. Constance prépare les petites saucisses en croûte dont tu raffoles. Je pensais simplement que certains de nos invités auraient préféré des choses plus saines.

— Eh bien, répondit Chappy avec un geste dédaigneux, qu'on leur donne des germes de blé et des carottes crues, ils seront ravis. Constance, poursuivit-il, avez-vous dressé le buffet mexicain sur la terrasse comme je vous l'ai demandé, avec des tortillas et de la sauce au piment ?

Constance leva vers son maître un regard chargé d'un respect craintif.

— Oui, monsieur. Et nous avons aussi disposé une table pour les crèmes glacées et les desserts.

— Des glaces ? Chic, alors ! s'exclama Duke.

Avant que Chappy ait pu le rabrouer, le gong tibétain tenant lieu de sonnette à la porte d'entrée retentit. Le maître de céans se contenta de donner une tape sur la main de Duke qui s'égarait vers une assiette de mini-quiches et courut ouvrir. Sa déception fut vive de se trouver nez à nez avec l'Homme de Paix, accoutré d'une sorte de pyjama grisâtre et le cou surchargé de colliers.

— Salut à vous, déclara le gourou d'un ton lugubre.

— Bettina, c'est pour toi ! brama Chappy. Entrez, ajouta-t-il de mauvaise grâce.

— L'Homme de Paix arrive-t-il le premier ? s'enquit alors l'intéressé.

— Evidemment, grommela Chappy. Vous n'aviez qu'à faire le tour de la maison.

— L'Homme de Paix est heureux ici. Les ions émanant de l'océan sont apaisants pour lui. Deux problèmes troublent toutefois son bien-être. Le premier : vous n'avez pas assez d'arbres. L'Homme de Paix aime étreindre chaque jour un arbre différent. Le deuxième : ce vilain autocar le prive des rayons du soleil.

Chappy allait céder à son envie de l'étrangler quand Bettina fit son apparition.

— Salut, ma sœur, dit l'Homme de Paix en inclinant la tête.

Bettina esquissa une révérence :

— Salut, Homme de Paix, soyez le bienvenu dans notre humble demeure. Voulez-vous quelque chose à boire ?

— Scotch on the rocks, répondit le gourou, qui prisait les vertus roboratives de ce breuvage naturel. Double, précisa-t-il.

— Tout de suite, le rassura Bettina.

Pendant qu'elle l'entraînait vers la terrasse où était dressé le bar, Chappy l'entendit déclarer :

— J'avais invité vos fidèles, Homme de Paix, mais comme nous avons organisé cette petite réunion à la dernière minute, elles avaient déjà d'autres obligations. Je suis sincèrement désolée.

— L'Homme de Paix comprend. Viendront-elles néanmoins à notre séance d'illumination spirituelle de demain ?

— Oh ! Elles ne la manqueraient pour rien au monde !

Chappy était partagé entre l'envie de vomir et celle de se taper la tête contre les murs quand l'arrivée de Claudia Snookfuss, l'architecte du théâtre, et de son ami de cœur, Ned Alingham, le spécialiste du *feng-shui*, l'en dissuada.

Sitôt descendus de la luxueuse Range Rover flambant neuve qu'ils avaient pu s'offrir grâce à leurs confortables honoraires, ils gravirent les marches du perron à la rencontre de Chappy, qui les accueillit à bras ouverts :

— Ravi de vous voir ! Comment vous portez-vous, ma chère Claudia ?

— A merveille, répondit-elle avec le sourire de bon ton, mi-amical, mi-réservé, que lui avait enseigné sa mère.

— Je vois que vous êtes équipé, Ned, dit Chappy en tapotant l'appareil photo que le susnommé portait au cou.

— Je compte publier un ouvrage sur le *feng-shui*, expliqua Ned. Si cela ne vous ennuie pas, j'aimerais prendre quelques vues préliminaires du travail que j'ai effectué chez vous.

— Bien sûr, tant que vous voudrez. Et où en sont les plans du théâtre, Claudia ?

— Fin prêts. Les bulldozers entreront en action dès que vous vous serez débarrassé de vos locataires en septembre. Mais nous avons encore des détails à régler. Les sièges, par exemple, coûteront un peu plus cher que prévu.

— Plus cher, les sièges ? s'exclama Chappy. J'espère au moins qu'ils seront confortables.

— Tout à fait, soyez tranquille.

— Et ils seront disposés face à l'ouest, ajouta Ned. C'est la meilleure orientation pour favoriser la détente.

— Tant mieux, tant mieux.

Chappy ne pouvait dissimuler son irritation. Plus les travaux prenaient du retard, plus les devis augmentaient. Vivement qu'il mette la main sur ce violon porte-bonheur ! Les punaises avaient beau se vendre par dizaines de tonnes, la fortune Tinka n'était pas un puits sans fond comme il l'aurait souhaité et la construction du château l'avait déjà sérieusement écornée.

— Allez donc boire quelque chose, dit-il en assenant une claque assez peu amicale sur le dos de Ned. Si, ne m'attendez pas, je dois m'occuper des invités qui arrivent.

Regan, Kit et Brigid discutaient depuis un bon

moment quand elles prirent conscience que l'heure tournait. Kit alla chez elle se changer, Brigid monta prendre une douche. Quant à Regan, elle enfila son costume de bain et se dirigea vers la plage, afin de faire une petite tournée d'inspection dans le parc. Elle constata que, sans être ouvert à tout venant, n'importe qui pouvait toutefois s'y introduire sans trop de difficulté.

Encore mal remise de son vol de nuit et du décalage horaire, elle plongea dans l'océan car elle voulait à tout prix être en forme pour la soirée, au cours de laquelle n'importe quoi pouvait survenir. Au bout de quelques minutes, revigorée par la fraîcheur de l'eau, elle se sentit de nouveau en possession de ses moyens et se hâta de regagner la maison d'amis.

Le soleil déjà bas sur l'horizon baignait le paysage de sa lumière dorée. Brigid et ses musiciens étant dans leurs chambres, Regan trouva la salle commune déserte et en profita pour vérifier quelque chose qui l'intriguait depuis son arrivée : le mur du fond était percé d'une porte, sans poignée ni serrure, qui paraissait condamnée. Donnait-elle accès à la cave ? se demanda-t-elle.

L'exploration du reste du rez-de-chaussée ne lui révéla pas d'autre ouverture. Résolue d'en avoir le cœur net, elle sortit et alla s'accroupir devant un des soupiraux qui éclairaient le sous-sol. A travers l'épaisse couche de poussière qui recouvrait la vitre, elle parvint à distinguer un vaste espace nu, au sol cimenté. Le local était visiblement inutilisé depuis longtemps, ce qui semblait justifier la condamnation de la porte.

Se contentant de cette explication, pour le moment du moins, Regan remonta dans sa chambre. Une fois douchée, elle enfila une petite robe noire sans manches, des sandales et fixa autour de sa taille une ceinture banane. Celle-ci constituait une cachette idéale pour son P. 38, car nul n'aurait l'idée de soupçonner la présence d'une arme dans cet accessoire commode, où les femmes transportent leur poudrier et leur tube de rouge à lèvres quand elles doivent se priver d'un sac à main.

En sortant de sa chambre, elle trouva Brigid qui parlait dans le couloir avec Pammy.

— Je suis vraiment désolée de l'avoir brûlée, Brigid, s'excusait cette dernière qui tenait une jupe froissée. Ce fer est si vieux...

— Aucune importance. C'était très gentil de m'offrir de repasser ma jupe, j'en mettrai une autre, voilà tout.

— Je ne sais pas comment me faire pardonner, insista Pammy d'un air contrit.

— N'en parlons plus, voyons.

Ils se réunirent au complet quelques instants plus tard. En longue jupe à fleurs et gilet brodé, son costume de scène, Brigid tenait son étui à violon. Ses musiciens, Teddy, Hank et Kieran, tous trois en jean et T-shirt noir, avaient posé leurs instruments près de la porte. Pammy se faisait un raccord de maquillage dans le miroir de son poudrier. Kit les rejoignit alors, escortée par les huit autres occupants de la maison qu'ils avaient louée. Les présentations faites, tout le monde se dirigea vers le château.

Chappy accueillit Brigid avec effusion sur le perron.

— J'espère que vous ne m'en voudrez pas, très chère amie, d'avoir invité quelques représentants de la presse. Les deux jeunes gens de la station de radio sont arrivés, ainsi que deux journalistes de la presse locale. C'est bon pour la publicité du festival, ajouta-t-il en un aparté théâtral.

— Bien entendu, approuva Brigid. D'ailleurs, mon manager m'a déjà ménagé une interview à la station.

— Je sais, ils ne parlent déjà que de vous sur les ondes. Et comme ils sont les hôtes officiels du festival, je ne pouvais pas faire moins que de les inviter, n'est-ce pas ? Ah ! Vous avez apporté votre violon, je vois. Parfait, parfait !

Entre les journaux et la radio, pensa sombrement Regan, tout le monde saura où la trouver.

— Mais entrez donc ! clama Chappy en se tournant vers les musiciens et le groupe de ses locataires. Soyez tous les bienvenus ! Vous êtes ici chez vous.

Regan franchissait déjà la porte quand elle s'entendit héler. Eblouissante dans un cafetan à fleurs et une coiffure à éclipser l'architecture du château, Louisa Washburn bondit de la voiture de Luke avant même qu'elle soit immobilisée.

— Regan, ma chérie, quelle joie de te revoir ! brailla Louisa en courant vers elle.

Regan ravala un soupir résigné.

— Je suis ravie moi aussi, Louisa, répondit-elle en réussissant à sourire de manière convaincante.

Louisa la serrait déjà contre son cœur à l'étouffer.

— Quelle joie ! Quelle joie ! répéta-t-elle. Eh bien, Herbert, qu'est-ce que tu attends ? Viens vite dire bonjour à Regan !

Un quart d'heure plus tard, tout le monde était rassemblé sur la terrasse, verre en main. Les propriétaires de la station de radio, Brad Petroni et

Chuck Dumbrell, accaparaient Brigid tandis que Louisa annonçait à tout un chacun son intention d'écrire une série d'articles sur les Hamptons. Accoudée à la balustrade, Regan s'amusait à observer le comportement des invités tout en surveillant Brigid du coin de l'œil.

Un des colocataires de Kit, un golden boy du nom de Garrett, avait déjà essayé de la convaincre d'acheter des actions. Moulée dans un débardeur et un jean trop petits d'une taille afin de mettre ses formes en valeur, une des filles, Angela, flirtait outrageusement avec Duke qui faisait office de barman.

Au bout d'un moment, Kit vint rejoindre Regan.

— As-tu vu le type en pyjama au crâne rasé ? Quelle dégaine !

— Je ne lui ai pas encore parlé, mais j'ai entendu dire qu'il était le gourou personnel de Bettina, répondit Regan en riant.

Chappy demanda alors le silence.

— Mon épouse et moi vous souhaitons la bienvenue à tous, commença-t-il. C'est pour nous un immense plaisir d'accueillir cette semaine Brigid O'Neill et ses musiciens. Nous avons également l'honneur de compter parmi nous ce soir Nora Regan Reilly et son mari, Luke Reilly.

Un murmure appréciatif parcourut l'assistance. Nora sourit poliment et leva son verre.

— J'espère que vous passerez de bons moments chez nous et que vous nouerez entre vous des liens d'amitié, poursuivit Chappy. J'ai toujours beaucoup aimé la musique, ajouta-t-il après avoir marqué une pause censée donner du poids à ses propos. Aussi ai-je pensé qu'il ne pouvait y avoir de meilleur moyen d'ajouter au prestige de notre festival que d'y inviter Brigid, qui représente si dignement la noble tradition irlandaise.

Il attendit en vain les applaudissements du public, car il est pour le moins ardu d'applaudir quand on a un verre à la main.

— Comme vous le savez peut-être déjà, reprit-il, je suis sur le point de construire dans ma propriété un théâtre qui ouvrira ses portes l'été prochain. J'entends contribuer à la vie culturelle de notre belle région des Hamptons en produisant des œuvres théâtrales, pour le plus grand plaisir de mes invités pendant les belles soirées d'été. Mais ceci est pour l'avenir. Dans l'immédiat, mes amis, buvez, mangez et amusez-vous !

Les invités s'étant, entre-temps, débarrassés de leurs verres purent applaudir avec toute la conviction souhaitable. Louisa se tourna vers l'Homme de Paix qu'elle considérait depuis un moment avec curiosité.

— Je suis Louisa Washburn, se présenta-t-elle. Je ne crois pas avoir saisi votre nom.

— L'Homme de Paix, répondit l'interpellé.

— La paix soit avec vous, mais je vous demandais votre nom. Comment vous appelez-vous ?

— L'Homme de Paix est mon nom.

— Intéressant, commenta Louisa. Et que faites-vous dans la vie ?

— L'Homme de Paix ouvre pour ses frères et sœurs les portes de la paix intérieure.

— Passionnant ! Moi, je suis chercheuse de faits. Les faits, rien que les faits, tel est mon credo. J'écris une série d'articles sur les Hamptons et j'aimerais beaucoup vous interviewer.

Pendant qu'ils s'éloignaient et que Chappy escortait Brigid de groupe en groupe, Regan se tourna vers Kit :

— Tes amis sont sympathiques, sauf que Garrett m'a déjà bassinée en me parlant de mon portefeuille boursier.

— Je sais, il est infernal ! J'ai beau lui dire qu'il perd son temps avec moi, il ne se décourage pas.

Grand, brun, en tenue sport chic — pantalon de toile écrue, chemise Lacoste et mocassins Gucci —, le séduisant Garrett bavardait dans un coin avec les deux acolytes de la radio, habillés en cow-boys plus vrais que nature.

— Allons donc les rejoindre, suggéra Regan.

Les deux amies commençaient à peine à leur serrer la main quand Louisa surgit derrière elles.

— Que de beaux jeunes gens, ce soir ! Je suis Louisa Washburn. Qui êtes-vous, vous autres ?

En apprenant que Brad et Chuck dirigeaient la station de radio, elle poussa un hennissement d'extase :

— Mais je la connais, votre station ! Personne n'a jamais réussi à la faire marcher comme il faut. C'est un métier dur, très dur. Mais vous, je suis sûre que vous réussirez. Je suis chercheuse, vous savez, et je m'intéresse aux faits. Alors, je sais tout sur...

— Vous faites de la recherche ? l'interrompit Chuck. Vous pourriez peut-être nous donner un coup de main.

— Avec joie ! déclara Louisa.

Se sentant inutiles, Regan et Kit battirent en retraite vers le bar, où la blonde et voluptueuse Angela poursuivait avec assiduité sa séduction de Duke.

— Quel merveilleux métier que celui d'acteur ! soupirait-elle en papillonnant des cils.

— Elle a décidé de trouver un mari par tous les moyens cet été, chuchota Kit à l'oreille de Regan.

Duke s'enquit aimablement de ce qu'elles souhaitaient boire. Regan le jugea sympathique, mais des doutes lui vinrent à l'esprit sur l'avenir de sa carrière d'acteur. Avec son sourire fat, son physique avantageux et ses cheveux blonds décolorés par le soleil, il semblait surtout doué pour les rôles de séducteur de plage.

Leurs verres en main, les deux amies suivirent Chappy qui entraînait Brigid à l'intérieur avec une partie des invités. Son rôle de garde du corps, qui exigeait de Regan la plus grande discrétion, était d'autant moins facile à remplir que Brigid était censée passer ici une semaine de détente entre deux engagements.

Luke apparut au détour d'un couloir.

— Où est maman ? lui demanda Regan. Je ne l'ai vue nulle part.

— Bettina la gratifie d'une visite guidée. J'espère qu'on va bientôt servir le dîner, je meurs de faim.

— Moi aussi. Sais-tu où est Louisa ? Elle interviewe systématiquement tout le monde... Tiens, la voilà.

— Quelle merveilleuse petite fête ! déclara Louisa en les rejoignant. Je ne me suis jamais autant amusée... Bonjour, vous ! dit-elle à un couple qui passait. Je suis Louisa Washburn ; nous n'avons pas encore été présentés, je crois.

— Claudia, répondit l'interpellée. Ned, mon compagnon.

— Vous êtes amis des Tinka ? s'enquit Louisa.

— Je suis l'architecte du théâtre que Chappy fait construire. Ned se charge des aménagements intérieurs. Il pratique le *feng-shui*.

— Ah oui, j'ai lu des articles sur cette discipline ! Je suis chercheuse de faits, voyez-vous, et j'aimerais vous interviewer pour la série d'articles que je prépare...

Elle les entraînait vers le bar quand Chappy proclama d'une voix de stentor que le dîner était prêt.

— Prenez tous une assiette et servez-vous copieusement au buffet ! Brigid, venez vous asseoir à notre table. Mais si, mais si, vous êtes l'invitée d'honneur.

En passant devant elle, Brigid adressa discrètement à Regan un sourire résigné et leva les yeux au ciel. Elle a vraiment une bonne nature, pensa Regan. Chappy l'étouffe sous les prévenances. A sa place, je l'aurais envoyé promener depuis belle lurette.

Des tables rondes de six couverts étaient dressées dans l'immense salle à manger. Au milieu de chacune, une grosse punaise en verre multicolore tenait lieu de surtout. Après s'être servis, Luke et Regan prirent place à une table où Nora les rejoignit quelques instants plus tard. Herbert, qui s'était éclipsé depuis un moment, reparut muni d'un morceau de bois flotté ramassé sur la plage. Louisa arriva à son tour, porteuse de deux assiettes :

— Heureusement que je pense à toi, mon agneau, dit-elle à son époux. Où as-tu la tête ? Tu ne t'étais pas servi.

Tout en mangeant de grand appétit, elle rapporta aux convives ses conversations depuis le début de la soirée.

— Je me fais toujours un point d'honneur de parler à tout le monde, expliqua-t-elle, les nouvelles rencontres sont très instructives. Cette fois-ci, je crois n'avoir manqué personne. T'ai-je servi assez de poulet, mon agneau ?

La bouche pleine, Herbert acquiesça d'un signe de tête.

Pendant que Louisa pérorait, Regan observait les autres tables. Bettina était assise entre le séduisant Garrett et l'Homme de Paix, Duke à côté d'Angela qui le couvait des yeux. Chappy avait placé Brigid à la « table des médias », avec les associés de la radio et les deux journalistes de la presse locale. Ils faisaient tous poliment semblant d'écouter Chappy, qui monopolisait la conversation.

Voyant le dîner tirer à sa fin, Regan quitta sa place pour se rapprocher de Brigid.

— Restez avec nous, Regan ! lui dit Chappy d'un ton sans réplique. Brigid allait justement nous parler de son violon. Savez-vous que je compte inaugurer mon théâtre l'été prochain ? demanda-t-il pendant que Regan prenait place.

— Oui, se borna-t-elle à répondre, car les deux journalistes, qui s'apprêtaient à noter ce qu'allait dire Brigid, reposaient leurs crayons en constatant que Chappy reprenait la parole.

— Avez-vous peur du mauvais sort prétendument attaché à ce violon, Brigid ? s'enquit alors l'échotière du *Southampton Sun*.

— Pas le moins du monde, répondit Brigid en riant.

— Pourtant, intervint le jeune reporter du *Hamptons News*, c'est une superstition qui a de quoi inquiéter. Prédire un accident grave, la mort...

Celui-là, pensa Regan, il veut en tirer le maximum de copie.

— Les Irlandais sont comme cela, soupira Brigid. Nous avons toujours été superstitieux. C'est une tradition nationale.

Toujours prompt à promouvoir sa station, Brad Petroni saisit la balle au bond :

— Brigid nous en parlera longuement dans notre émission de lundi. Nous passerons en revue toutes les légendes du folklore celte. N'est-ce pas, Brigid ?

— Bien sûr, répondit-elle en réussissant à sourire.

Le dîner fini et les desserts servis, tout le monde se réunit au salon. Radieux, Chappy trônait en majesté sous le portrait d'Alvin Conrad Tinka, son grand-père, fondateur de la fabrique de punaises ayant assuré sa fortune et celle de ses descendants. Regan s'était postée près d'une porte au fond de la pièce afin d'observer la foule.

— Et maintenant, Brigid, nous allons écouter votre violon, décréta Chappy. Jouez-nous quelque chose.

— Si vous le voulez bien, je commencerai par une mélodie pour violon seul. Ensuite, mes musiciens m'accompagneront.

Regan observa la manière révérencieuse avec laquelle elle cala l'instrument sous son menton et se recueillit, les yeux mi-clos, comme si elle priait. Un instant plus tard, elle commença à jouer dans un style très personnel une vieille ballade irlandaise. A mesure que les notes s'égrenaient, elle s'animait, marquait le rythme de tout son corps comme si la musique prenait possession de sa personne et que plus rien ne comptait au monde.

Saluée par des applaudissements nourris et des bravos sincères, Brigid s'inclina de bonne grâce.

— Et maintenant, à vous, dit-elle à ses musiciens.

— Jouez-nous votre grand succès ! suggéra Brad.

— Avec plaisir.

Entourée de ses trois accompagnateurs, elle attaqua avec entrain la chanson qui l'avait rendue célèbre : *Si j'avais su que tu étais en taule*. Elle chantait d'une voix claire et fraîche, les trois autres la soutenaient à la perfection. Ce sont de vrais pros, pensa Regan. Ils iront loin s'ils continuent sur cette lancée.

Malgré le plaisir qu'elle prenait à écouter la musique, elle eut à ce moment-là une sensation de malaise. Elle regarda autour d'elle et remarqua alors que Herbert lançait des coups d'œil anxieux en direction de la porte.

Louisa brillait par son absence.

Elle n'était pas même présente dans la pièce depuis le début du concert, pensa aussitôt Regan avec inquiétude. Elle n'aurait pourtant manqué cette musique pour rien au monde.

Regan sortit du salon, traversa le vestibule, vérifia au passage que les toilettes étaient vides. Pas de Louisa non plus dans la salle à manger, où les serveurs finissaient de débarrasser et de replier les tables. Peut-être est-elle sortie, pensa Regan, de plus en plus inquiète. Il faisait chaud, elle avait sans doute eu besoin d'air.

Regan traversa en hâte la salle à manger, passa la tête par la porte de la cuisine. Elle ne vit que la gouvernante qui rangeait la vaisselle à l'autre bout de la pièce. Plutôt que de perdre du temps à l'interroger, Regan courut jusqu'à la terrasse, où les glaces finissaient de fondre et débordaient des compotiers.

— Louisa ! cria-t-elle dans la nuit. Louisa !

Seul le grondement du ressac sur le rivage lui répondit.

Grands dieux ! pensa Regan. Louisa a bu comme un trou toute la soirée. Pourvu que...

Elle dévala les marches, courut vers la plage mais revint presque aussitôt sur ses pas. Non, se dit-elle, Louisa ne serait pas allée par là, il fait trop noir. Si elle voulait simplement respirer, elle se serait plutôt assise près de la piscine.

Rejetant ses sandales pleines de sable qui la ralentissaient, Regan se précipita vers l'autre côté de la maison.

Personne en vue. Tout paraissait tranquille.

Ce ne fut qu'en arrivant au niveau du plan d'eau qu'elle vit, dans la lumière des projecteurs, le cafetan à fleurs de Louisa flottant à la surface.

— LOUISA ! hurla-t-elle.

Elle défit sa ceinture en un tournemain, la laissa tomber à terre et piqua une tête dans la piscine.

12

Quand il vit qu'on venait repêcher la femme, il tourna les talons et partit en courant.

De retour aux Hamptons, il avait avalé un repas sommaire avant d'aller garer sa voiture dans une rue tranquille à proximité du Domaine Chappy. Il savait que Brigid y était et il avait besoin de se sentir proche d'elle. Il ne pouvait pas encore l'aborder, bien sûr, mais il lui suffisait de respirer le même air qu'elle. Pour le moment, en tout cas.

Qu'est-ce que sa mère lui disait, déjà, quand il tombait amoureux des stars de cinéma ? Ah, oui : « Vis donc dans la réalité ! » Et ça, ça lui avait fait mal. Très mal. Ça lui allait bien de le dire, elle qui adorait regarder des vieux films ! Le Cheikh, surtout. Il n'avait pas de père vers qui se tourner, le sien avait disparu depuis si longtemps qu'il ne s'en souvenait même pas. Brigid aussi avait perdu son père, il l'avait lu quelque part. Ils avaient au moins cela en commun, ils auraient de quoi parler quand ils seraient enfin ensemble. Car il ne lui fallait que l'occasion d'emmener Brigid et d'être seul avec elle

95

pour qu'elle tombe amoureuse de lui. Il en était sûr et certain.

Pendant sa nuit en prison, il avait entendu la fameuse chanson à la radio et il avait tout de suite compris que c'était pour lui seul qu'elle chantait. Alors, il ne voulait plus que ce message qui lui était destiné, son message à lui, elle le chante pour un autre.

Après avoir garé sa voiture, il avait arpenté la plage le long du Domaine Chappy afin d'étudier la disposition des lieux. Il y avait assez de promeneurs pour qu'il puisse s'y mêler sans se faire remarquer, mais il avait quand même pris soin de rester assez au large de la propriété. Après l'avoir dépassée, il était revenu sur ses pas, et il avait alors vu des serveurs et une femme disposer un buffet sur la terrasse, devant l'espèce de château prétentieux. C'était peut-être une occasion à ne pas laisser passer. Aussi, quand les trois larbins se furent éloignés, il avait couru se cacher sous la terrasse qui s'avançait en encorbellement au-dessus du sable.

Une réception ? Parfait !

Les invités étaient arrivés peu après. Il les entendait rire et bavarder. Brigid était là, juste au-dessus de sa tête ! Elle répondait à des questions sur sa musique, elle annonçait qu'elle serait interviewée à la radio le lundi suivant. Elle précisait aussi qu'elle était l'invitée du généreux M. Tinka, qui la logeait avec ses musiciens dans la maison d'amis, le cottage à côté de la piscine.

Après, ils étaient tous rentrés manger. Il s'était senti bien seul, abandonné dans sa cachette, mais il devait faire contre mauvaise fortune bon cœur. Son tour viendrait. Bientôt.

Le sable froid et humide le faisait frissonner, mais il n'était pas question de s'en aller déjà. Les serveurs revenaient débarrasser, il les entendait marcher, traîner des tables, des chaises. En attendant, il prit dans sa poche l'œuf dur qu'il avait pensé à emporter et il le mangea pour tromper son ennui.

Au bout d'un long moment, les invités étaient ressortis se faire servir les glaces et les desserts. Il les avait entendus dire qu'ils rentreraient ensuite écouter Brigid jouer. Le moment, pensa-t-il, serait bien choisi pour aller examiner de près la maison où logeait celle-ci. Il faisait maintenant assez sombre pour qu'il puisse courir jusque-là sans être vu.

Une fois les autres partis, il se glissa hors de sa cachette en essayant de se débarrasser du sable qui lui collait aux cheveux et aux vêtements. S'avançant avec précaution, il dépassa la piscine avant d'oser forcer l'allure jusqu'a la maison où couchait sa Brigid.

C'est alors qu'il entendit le bruit — quelqu'un qui sortait de la grande maison et se dirigeait vers la piscine en poussant une sorte de grognement bizarre. Il n'eut que le temps de se dissimuler dans l'ombre du cottage.

De son poste d'observation, il vit une femme penchée sur la piscine à côté du plongeoir. Et quand elle tomba dans l'eau, il aurait juré avoir vu une silhouette s'éloigner en courant.

On l'avait poussée !

Ne sachant que faire, il resta caché. Presque aussitôt après, quelqu'un sortit à son tour en lançant des appels, découvrit la femme dans la piscine, poussa un hurlement et plongea.

Il ne bougea toujours pas. Personne ne pouvait le découvrir là où il était. Personne ne pouvait le soupçonner d'avoir poussé la femme dans l'eau.

Lorsque des gens surgirent à leur tour de la grande maison en courant et en criant, il comprit

13

Regan se réveilla tôt. Elle avait mal dormi, d'un sommeil agité. Les yeux ouverts dans la lumière du matin, elle se tourna vers la fenêtre dont la brise agitait doucement les rideaux. Quelle nuit ! se dit-elle. Une soirée qui se déroulait à merveille et qui s'était conclue par la quasi-noyade de Louisa !

Pour la énième fois, elle repassa dans sa mémoire la succession des événements. Pendant qu'elle remorquait Louisa vers les marches du petit bain, les deux types de la radio avaient sauté à l'eau pour l'aider. Sans eux, elle ne serait pas arrivée à sortir Louisa aussi vite. Elle leur devait une fière chandelle et, en plus, leurs belles bottes de cow-boys étaient sans doute fichues.

Mais sa plus grosse surprise lui était venue de Pammy. Avant que Regan ait eu le temps d'intervenir elle-même, Pammy avait retourné Louisa sur le ventre, et, assise à califourchon sur son dos, l'avait pompée avec vigueur jusqu'à ce qu'elle recrache de l'eau. La fragile petite poupée maniérée avait en un clin d'œil cédé la place à une fille musclée et sûre d'elle. Tout le monde l'avait applaudie et Herbert ne savait comment exprimer son soulagement et sa gratitude.

— C'est facile, elle n'est pas restée longtemps immergée, avait expliqué Pammy en précisant qu'elle était secouriste à seize ans.

Moi aussi je l'étais, s'était abstenue de préciser Regan, qui observait avec amusement l'aisance avec laquelle Pammy se remettait dans la peau de son personnage habituel. Les journalistes s'empressant de photographier la scène, elle avait aussitôt pris la pose avec coquetterie en feignant de déplorer que son débardeur trempé et froissé dévoile ses formes affriolantes. Kieran la regardait avec une expression dans laquelle la fierté se mêlait à une sorte de regret. Quant à Regan, qui figurait aussi sur les photos, elle avait tout du chien mouillé et se sentait parfaitement ridicule.

Plus elle y pensait, cependant, plus quelque chose la tracassait dans toute l'affaire. Comment Louisa avait-elle pu basculer dans la piscine ? Que s'était-il passé au juste ?

Elle s'étira, se leva, prit un costume de bain dans sa valise. Une petite séance de piscine la réveillerait. Et puis, les événements de la veille lui paraissaient si irréels qu'elle éprouvait le besoin de retourner sur les lieux, de les revoir en plein jour.

D'ailleurs, elle avait le temps. Il était à peine neuf heures du matin. Elle ne devait partir qu'à onze heures chez ses parents, qui l'avaient invitée à déjeuner avec Brigid et Kit. En fait, Regan avait demandé la veille à sa mère si elle pouvait venir dans la journée, car elle voulait faire parler Louisa.

La maison était calme et silencieuse, tout le

monde dormait encore. En passant par la cuisine, Regan avala un verre de jus d'orange avant de sortir. Dehors, il faisait une belle matinée tiède et ensoleillée. L'océan parsemé de voiles blanches paraissait aussi bleu que le ciel. A la piscine, elle trouva Duke en slip de bain qui nettoyait la surface de l'eau avec une longue écumoire.

— Salut, Regan ! lui lança-t-il en la voyant.

Regan jeta sa serviette de bain sur une chaise longue. Elle avait peine à croire que ce lieu si paisible avait été le théâtre d'un tel chaos moins de douze heures auparavant.

— Bonjour, Duke, répondit-elle avec un sourire. Vous travaillez tôt, ce matin.

— Il faut bien, je suis chargé de l'entretien de la piscine. Surtout en ce moment. Chappy tient à ce qu'elle soit impeccable pour vous autres. Bettina était furieuse contre moi quand nous préparions tout, hier après-midi, avant votre arrivée, ajouta-t-il en riant. J'avais plongé par mégarde le manche de l'écumoire dans un pot de peinture blanche.

Regan se souvenait, en effet, que Kit lui avait décrit l'activité frénétique ayant prélud é à l'arrivée de Brigid. La porte de la cabine de bain était encore ornée d'une pancarte ATTENTION, PEINTURE FRAÎCHE.

— Ce sont des choses qui arrivent, commenta-t-elle.

— Oui, surtout à moi. Dites donc, Regan, vous étiez l'héroïne de la soirée, hier. Chappy a dit que Louisa avait eu une chance inouïe que vous ayez eu l'idée d'aller à sa recherche. Vous devez avoir plus que de l'intuition. Un sixième sens, non ?

— Peut-être... C'est vrai que vous êtes acteur ?

— J'essaie depuis quinze ans, du moins. La

chance ne m'a pas encore souri, mais ça va venir, je le sens. Voilà, poursuivit-il en retirant l'écumoire de l'eau, ce sera tout pour aujourd'hui. A moins que Chappy n'y jette encore une rondelle de citron mâchouillée... La barbe ! ajouta-t-il en regardant ses mains après avoir reposé l'écumoire, la peinture n'est pas sèche, il va falloir que je me lave à l'essence. A tout à l'heure, Regan.

— A tout à l'heure, Duke.

Après que Duke se fut éloigné, Regan resta à profiter quelques instants du calme qui contrastait avec l'agitation de la veille au soir, encore fraîche dans sa mémoire. Quelqu'un avait appelé la police, arrivée peu après dans un tintamarre de sirènes et un déploiement de gyrophares. A ce moment-là, Louisa était assise sur une chaise et refusait avec énergie d'être emmenée à l'hôpital.

— Pas question ! protestait-elle, d'une voix que les libations ayant prélude à son bain forcé rendaient pâteuse. Mon pauvre agneau en ferait une maladie.

La gouvernante lui avait donc prêté un peignoir pour qu'elle rentre se coucher, Nora se chargeant du cafetan détrempé dans un sac en plastique.

Regan s'approcha du plongeoir afin de l'examiner. Du peu d'informations qu'elle avait réussi à soutirer de Louisa la veille au soir, elle savait que celle-ci était sortie prendre l'air afin de chasser les vapeurs de l'alcool. Intriguée par la note de musique peinte sur le fond de la piscine, elle s'était penchée pour mieux voir en prenant appui sur le plongeoir, avait perdu l'équilibre et était tombée à l'eau, en se cognant la tête contre le montant de la planche.

A la réflexion, cette version des faits ne tenait pas la route. Compte tenu de la disposition des lieux, comment Louisa aurait-elle pu se cogner assez brutalement pour perdre connaissance au point de ne pas même se débattre au contact de l'eau froide ? Décidément, il fallait interroger Louisa pour en avoir le cœur net.

Regan monta sur le plongeoir, piqua une tête et se sentit aussitôt ragaillardie par la fraîcheur de l'eau. Deux nuits de suite sans dormir ou presque, c'était trop. Dommage qu'elle n'eût pas un océan ou une piscine en permanence à sa disposition pour la remettre de ses fatigues...

Après avoir nagé une demi-douzaine de longueurs, elle sortit de l'eau, se sécha sommairement. Il était temps de finir de se réveiller avec une bonne tasse de café avant d'aller affronter la plus bavarde des miraculées.

— Dans l'impitoyable lumière du jour, Regan, je me sens ridicule ! Humiliée ! J'ai honte de moi.

Louisa gisait sur un canapé, à demi voilée par un linge. Assis à l'autre bout, Herbert lui massait les pieds sans mot dire.

Regan souleva un coin du voile.

— Il n'y a pas de quoi avoir honte, voyons, dit-elle d'un ton réconfortant. Pour une belle bosse, c'est une belle bosse.

— Vous pouvez le dire, ma chère petite Regan, approuva Louisa en faisant mine de se lever.

— Ne bougez pas, vous n'êtes pas encore en état.

— Mais si, je suis en pleine forme. J'ai dû boire hier soir plus que de raison sans m'en rendre compte. Ah ! sans vous, Regan...

Dans un élan de gratitude, Louisa lui saisit les deux mains qu'elle malaxa avec conviction.

— Mon agneau et moi ne vous remercierons jamais assez de m'avoir sauvé la vie, reprit-elle. N'est-ce pas, mon agneau ?

— Absolument, approuva Herbert sans lever les yeux de l'orteil qu'il pétrissait. Merci, Regan.

— Il n'a pour ainsi dire pas fermé l'œil de la nuit, reprit Louisa avec fierté, comme si l'insomnie de son époux était à ses yeux la plus belle des preuves d'amour.

Bon, pensa Regan, amusée, elle va vraiment mieux.

— Les serveurs me remplissaient mon verre sans arrêt, poursuivit Louisa. Et je me suis aussi laissé tenter par ces cocktails tropicaux parce qu'ils me rappelaient nos voyages dans les îles. Herbie adore la plongée sous-marine, précisa-t-elle avec un regard attendri pour son époux. Quoi qu'il en soit, j'étais tellement occupée à parler à tous ces gens que je n'ai pas fait attention à ce que je buvais. C'est quand nous nous sommes tous réunis au salon que je me suis rendu compte que je devais à tout prix sortir prendre l'air. Je suis vraiment navrée de ne pas vous avoir entendue jouer du violon, Brigid, ajouta-t-elle en se tournant vers la jeune fille, assise à côté de Kit sur l'autre canapé.

— Ce n'est pas grave, Louisa, vous aurez d'autres occasions de m'entendre cette semaine. Quoique... je me demande si ce serait bien raisonnable de rejouer de cet instrument, dit-elle en riant. A chaque fois que je m'en sers, j'ai l'impression qu'il arrive toujours quelque chose de bizarre, en bien ou en mal.

— Le mauvais sort ! s'écria Louisa. Je suis au courant. Les deux charmants jeunes gens de la radio m'ont demandé de réunir de la documentation sur les superstitions populaires pour votre émission de demain. Pensez-vous qu'ils parleront aussi de ma quasi-noyade ? ajouta-t-elle d'un air gourmand.

— Je n'en sais vraiment rien, répondit Brigid.

— Je crois qu'ils y feront au moins allusion, intervint Regan. D'autant plus que c'est eux qui vous ont repêchée.

— Les braves garçons ! Et cette jeune fille qui m'a trituré le dos, voyons... ?

— Pammy, précisa Brigid.

— C'est cela. Il faut que je lui écrive un mot de remerciement. Elle est la petite amie d'un de vos musiciens, Kieran, je crois ?

— Oui.

— Quel beau garçon ! Et si sympathique ! Les deux autres sont adorables, eux aussi. Que font-ils, aujourd'hui ?

— Ils sont allés jouer au golf.

— Les hommes adorent ce sport. Mais je me suis laissé dire qu'on voit de plus en plus de femmes sur les greens.

— C'est un excellent endroit pour rencontrer des garçons, déclara Kit. Pour ma part, j'aurais peur de m'y exhiber tant que je ne serais pas sûre de savoir frapper la balle.

— Je passe mon temps à dire à Kit et Regan de prendre des leçons ! cria Nora de la cuisine où elle lavait la salade.

— Vous voyez, Louisa, commenta Regan en riant, ma mère doit avoir hâte de se débarrasser de nous, elle nous donne plein de conseils pour rencontrer des hommes.

— La mienne voulait que j'aille en pèlerinage à Lourdes, dit Kit d'un ton lugubre. Vous vous rendez compte ? Si votre propre mère croit qu'il faut un miracle pour vous trouver un mari, c'est plutôt décourageant.

Louisa pouffa de rire.

— Ne vous tracassez pas, Nora, cria-t-elle pour se faire entendre, ces filles rencontreront l'oiseau rare au moment où elles s'y attendront le moins, croyez-moi. Herbie et moi avons été présentés par nos tantes respectives. Quand je pense que je ne voulais pas y aller !... Mais dites-moi, Kit, comment sont les jeunes gens qui passent leurs vacances avec vous ? Ce Garrett m'a paru tout à fait charmant. Nous avons longuement discuté de la Bourse.

— Il ne sait parler que de cela, répondit Kit d'un air dégoûté.

— Dommage ! Enfin, vous rencontrerez sûrement des tas de gens intéressants cet été.

— Euh... Louisa, intervint Regan en hésitant. Puisque vous vous sentez un peu mieux, je voudrais vous poser une ou deux questions. Quand vous étiez penchée sur la piscine, comment avez-vous fait pour vous cogner la tête contre le plongeoir ?

— Je ne sais pas, Regan, c'est bien cela le plus déconcertant. Je dois avouer que la tête me tournait et que j'ai cru avoir la berlue en voyant quelque chose au fond de la piscine. Alors, je me suis approchée du bord et tout de suite après, j'ai eu l'impression d'être — comment dire ? — bousculée. C'est idiot, n'est-ce pas ?

— Peut-être pas, répondit Regan.

Et même pas idiot du tout, pensa-t-elle sombrement. Ce serait même la seule explication logique.

— Je me rappelle vaguement avoir heurté le plongeoir en tombant. Ensuite, plus rien. Le trou noir.

— En tout cas, reposez-vous bien aujourd'hui.

— Oh, mais il n'en est pas question ! protesta Louisa. Après le délicieux déjeuner que nous prépare votre cher papa...

De la cuisine où il officiait, Luke brandit une spatule pour signifier qu'il appréciait le compliment.

— ... je dois entreprendre des recherches, conclut Louisa. Je vais brancher mon portable sur Internet.

— Ce serait intéressant de voir si vous y trouvez quelque chose sur Brigid, observa Regan.

— J'ai entendu dire qu'on y a reproduit quelques articles de journaux à mon sujet, dit Brigid en riant. Il y a aussi des forums où les amateurs de musique country discutent de l'actualité.

— Je ne manquerai pas de cliquer sur les sites et je vous tiendrai au courant de ce que j'y découvrirai, promit Louisa.

— Seulement si on dit du bien de moi !

— On ne peut dire que du bien de vous, Brigid. Vous êtes adorable. Avez-vous un amoureux ?

— Non.

— Vous avez le temps et vous pouvez vous permettre de choisir le meilleur. Mais ce n'est pas tout. Bettina m'a invitée à la séance de méditation de l'Homme de Paix, cet après-midi. Je ne la manquerais pour rien au monde. Y allez-vous, vous autres ?

— Oui, répondit Regan. Bettina mourait d'envie que Brigid y assiste.

— Parfait ! Je noterai pour mon article ce que dira le gourou.

— A table ! cria Luke, qui apparut chargé d'un plat fumant.

— Excusez-moi une seconde, dit Regan en s'éclipsant vers la salle de bains.

Pendu au-dessus de la baignoire, le désormais célèbre cafetan à fleurs rouges et blanches de Louisa, qui avait échappé de peu au triste rôle de suaire, semblait prêt à glisser du cintre. Instinctivement, Regan tendit la main pour le redresser. Elle tentait de le défriper quand elle remarqua une tache sur le côté du vêtement. Un rond blanc et brillant qui ne correspondait pas aux motifs imprimés. Elle le tâta, le trouva poisseux. Un peu de peinture blanche resta collée au bout de ses doigts.

De la peinture blanche ?...

Elle parlait justement de peinture blanche ce matin même avec Duke. Et le rond avait à peu près le diamètre du manche de l'écumoire dont il se servait pour nettoyer la surface de la piscine. Une écumoire dont, la veille, il avait par mégarde trempé le bout du manche dans un pot de peinture.

Regan sentit son cœur battre plus vite.

Serait-il concevable ou, pis, plausible que quelqu'un ait poussé Louisa dans la piscine à l'aide de cet ustensile ?

Et si oui, pourquoi ?

Il était rigoureusement impossible que Louisa se soit frottée par hasard au manche de l'écumoire, rangée dans le local à outils. Si le manche avait laissé une trace aussi nette sur le cafetan, c'était donc bien parce que quelqu'un l'y avait volontairement appliqué — et avec une certaine force. « J'ai eu l'impression d'être bousculée », avait dit Louisa cinq minutes auparavant.

Regan imagina Louisa, plus qu'à demi pompette, penchée au bord de la piscine pour mieux voir la double-croche qui en ornait le fond... une silhouette s'approchant dans l'ombre, l'écumoire pointée comme une lance... une simple poussée...

Que faire ? se demanda Regan. L'heure tournait, elle devait aller se mettre à table avec les autres. Je ne peux rien dire à Louisa ni même à quiconque. C'est encore trop vague. Il lui fallait le temps de réfléchir, d'y voir plus clair dans cette sombre histoire.

Qui aurait eu un mobile pour tuer Louisa ? Certes, elle ne connaissait aucun des invités avant d'arriver, mais elle les avait abordés les uns après les autres en claironnant son intention d'écrire une série d'articles sur les Hamptons. L'une de ces personnes aurait-elle voulu l'en empêcher de peur qu'elle ne découvre quelque chose de compromettant au cours de son enquête ?

Aurait-elle, au contraire, été attaquée par un rôdeur venu de la plage ? N'importe qui pouvait se glisser dans le parc.

Et si Louisa avait été victime d'une méprise ? Le coup d'écumoire fatal était-il plutôt destiné à Brigid ? Y aurait-il un rapport entre l'attentat et la lettre anonyme reçue par Brigid ? ou le mauvais sort lié au violon ? Ce serait le bouquet ! pensa Regan.

Dans l'immédiat, elle ne pouvait rien faire au sujet de la tache de peinture sur le cafetan. Encore moins soumettre tous les invités de la soirée à un interrogatoire en règle. Je peux au moins redoubler de vigilance à partir de maintenant, se promit-elle. Tant pour la sécurité de Louisa que pour celle de Brigid.

Mais quand elle revint s'asseoir à table, Regan avait perdu l'appétit.

14

— Ce n'est pas trop tôt ! bougonna Chappy quand Duke entra dans son cabinet de travail avec le plateau du petit déjeuner.

Le dimanche matin, Duke courait acheter un assortiment de leurs *donuts* préférés, tout frais sortis du four, qu'ils savouraient ensemble avant de débattre des affaires en cours. C'était devenu pour eux une tradition à laquelle ils prenaient un plaisir toujours renouvelé.

A ce moment de la journée, Bettina était habituellement au gym en train d'exécuter sa série d'exercices. Elle avait maintes fois essayé de convaincre Chappy des vertus de l'effort physique, mais celui-ci déclinait avec vigueur ses offres répétées. « Des générations de Tinka ont vécu en parfaite santé jusqu'à des âges avancés sans jamais avoir mis les pieds dans une de ces salles de torture, lui répliquait-il. Je n'ai aucune raison de ne pas marcher sur leurs traces et de me gâcher la vie avec ce genre de sornettes. »

Pour le moment, il mordait à belles dents dans un *donut* fourré au chocolat. Duke en mangeait un à la confiture. En règle générale, ils ne se parlaient qu'après avoir procédé chacun à l'ingestion complète d'au moins une de ces friandises honnies des diététiciens.

Ayant sacrifié au rituel, Chappy se tamponna les lèvres avec une serviette en papier avant de déclarer :

— Notre invitée d'hier soir s'en est bien tirée, Dieu merci.

— Heureusement, ç'aurait été la catastrophe, approuva Duke en faisant descendre son *donut* à l'aide d'une lampée de jus d'orange. Elle était vraiment bourrée comme une huître.

— Vous aviez mis trop d'alcool dans les cocktails, lui reprocha son employeur avec acrimonie.

Pendant que Duke engloutissait son deuxième beignet, Chappy contempla un instant le panorama qu'il découvrait de la fenêtre. Il aimait les bains de mer, moins par goût de la natation que parce que plonger depuis sa plage privée lui procurait la sensation grisante d'être propriétaire de l'Atlantique. Un sourire lui vint aux lèvres.

— L'article du *Hamptons News* sortira dans le numéro de demain. Une soirée au Domaine Chappy avec Brigid O'Neill et Nora Reilly, quelle belle publicité !

— Mais ils ont aussi pris des photos de la rombière inanimée en train de recracher de la flotte ! observa Duke. S'ils les publient, ça fera mauvais effet.

— Pas du tout, bougre d'âne, puisqu'elle a survécu ! Tout est bien qui finit bien, c'est l'essentiel. Demain, d'un bout à l'autre de la côte, les Hamptons seront informés de mon futur Théâtre de la Mer et plus on en parlera, mieux cela vaudra. Que ça leur plaise ou non, ils sauront maintenant que Chaplain Wickham Tinka, déclara-t-il en ponctuant les syllabes de coups de poing sur son bureau, est un homme avec qui compter.

— Bien sûr, dit Duke sans conviction.

Chappy poussa un soupir résigné. Ce garçon était décidément indécrottable.

— Vous avez nettoyé la piscine, au moins ?

— Bien sûr. Regan Reilly est même venue prendre un bain ce matin, répondit-il en se léchant les doigts. Au fait, j'allais oublier... j'ai entendu dire hier soir qu'elle était détective privée.

Chappy sursauta :

— Hein ? Quoi ? Détective privée ?

— Oui. C'est Angela qui me l'a dit.

— Ah ! Celle-là..., ricana Chappy, les yeux au ciel.

— Elle est disposée à me faire répéter mes rôles ! protesta Duke. Je vous ai déjà dit que j'avais décidé d'apprendre par cœur tout Shakespeare cet été.

Il ne manquait plus que ça, pensa Chappy.

— Ce n'est pas le moment de perdre votre temps, dit-il à haute voix. Occupons-nous d'abord du violon, on verra ensuite si vous avez une chance de devenir acteur. Comment cette Angela sait-elle que Regan Reilly est détective privée ?

— Elle l'a lu dans un article sur sa mère, l'écrivain.

— Nous avions bien besoin de ça ! J'espère qu'elle n'aura pas l'idée de fourrer son nez dans nos affaires quand nous ferons l'échange des violons. Ce serait le comble !

Compatissant, Duke lui versa une tasse de café. Chappy y ajouta deux gros sucres et touilla avec énergie.

— Mes pauvres nerfs ! soupira-t-il. Tant que je

113

n'aurai pas mis ce crincrin en lieu sûr, je ne serai pas tranquille. Voyons, poursuivit-il après avoir bu une gorgée de son sirop de café, vous savez quel jour nous sommes, aujourd'hui ?

— Oui, dimanche.

— Non, bougre d'âne ! Aujourd'hui, nous avons pour la première fois l'occasion de voir de près ce fameux violon.

— On passera par le souterrain ?

— Evidemment ! Par où voudriez-vous passer ? Par la porte, au vu et au su de tout le monde ? Ce sera une répétition du plan A.

— Si le plan A consiste à passer par le souterrain pour entrer dans la maison d'amis, quel est le plan B ? voulut savoir Duke.

— J'ai tout prévu, répondit Chappy avec autorité. Le jour du festival, Brigid m'a dit qu'elle avait l'intention de se reposer et d'y aller de bonne heure. Comme elle veut partir tout de suite après le concert dans ce maudit autocar avec ses musiciens, nous devrons avoir opéré la substitution avant son départ. Si nous n'avons pas encore mis la main sur le violon à ce moment-là, je lui demanderai de venir jouer une dernière fois à la maison et nous la conduirons au festival en grand style dans la Rolls-Royce. Nous mettrons le violon dans le coffre et pendant que je bavarderai avec elle dans la voiture, vous procéderez à l'échange. Compris ?

— C'est trop risqué...

— Taisez-vous donc ! Tout à l'heure, nous irons voir notre ami le vieux luthier.

— Il n'aime pas qu'on le dérange.

— Je sais.

— Mais il a répété vingt fois que...

114

— Je m'en fous, vous comprenez ? cria Chappy, excédé.

Tout en s'efforçant de se calmer, il sortit un appareil Polaroïd d'un tiroir de son bureau.

— Nous prendrons des photos de l'instrument, déclara-t-il, cela nous fournira le prétexte d'aller voir où le vieux en est de son travail. Vous m'avez bien dit qu'ils étaient tous sortis, ce matin ?

— Oui. Les musiciens et Pammy sont partis avec leurs clubs de golf. Et au moment où je rentrais, j'ai vu Brigid, Regan et Kit qui s'en allaient déjeuner chez les parents de Regan.

— Et nous, nous n'étions pas invités ? s'étonna Chappy avec une grimace de dépit.

— Il faut croire que non.

— L'ingratitude des gens !...

Duke se leva en avalant le reste de son jus d'orange.

— Eh bien, allons-y, dit-il d'un air résolu.

Chappy pressa derrière lui un montant de la bibliothèque, qui pivota en révélant une étagère garnie de deux casques de mineur, chacun pourvu d'une lampe. Les deux hommes s'en coiffèrent avant de s'engouffrer dans un escalier dérobé s'enfonçant dans les entrailles du château.

Ils parcoururent un couloir desservant la cave à vins et divers débarras, où s'entassaient la voiture d'enfant de Chappy et autres vestiges du passé, avant de s'arrêter dans un recoin obscur.

A vous l'honneur, cette fois, dit Chappy.

Duke souleva une pierre dissimulant une poignée qu'il tira. Une partie de la paroi pivota sur elle-même, dévoilant l'entrée d'une pièce secrète où les deux hommes pénétrèrent. Ils refermèrent soigneusement derrière eux et Chappy alluma l'unique ampoule qui pendait du plafond.

— Voilà ! annonça-t-il avec révérence. Mon cher grand-père avait créé ce petit *speakeasy* aux temps sombres de la Prohibition pour y recevoir ses amis sans crainte d'être dérangés par les autorités. Grand-papa Tinka était un habile bootlegger, dans son genre. Son puissant canot à moteur allait sur le Boulevard du Rhum chercher la marchandise venue des îles et revenait la débarquer sur la plage au prix de grandes précautions, car il fallait autant se méfier des gangsters que des gardes-côtes. Mais son bateau était conçu pour être plus puissant et plus rapide que les vedettes des gardes-côtes. Oh ! oui, poursuivit Chappy, l'œil embué par l'émotion, c'était un homme exceptionnel, mon grand-papa ! Je n'oublierai jamais la première fois que mon père m'a amené ici. J'avais treize ans...

Derrière son dos, Duke leva les yeux au ciel. Depuis dix ans, il entendait Chappy rabâcher la même histoire à chaque fois qu'ils venaient dans la pièce.

— Longtemps après la fin de la Prohibition, psalmodiait Chappy, ce caveau est resté un sanctuaire pour les hommes de la famille. Notre havre de paix ! Mon grand-père, mon père et moi venions nous asseoir et bavarder entre nous en fumant un cigare. Voilà pourquoi, quand j'ai démoli la maison, j'ai pris bien soin d'en conserver les fondations intactes. Je voulais garder cette pièce telle qu'elle avait toujours été.

Assis dans un fauteuil en forme de trône, il regardait autour de lui avec un sourire satisfait. Des caisses au contenu indéfinissable encombraient le sol, des magazines coquins du temps du grand-père étaient empilés dans un coin. A côté, le violon dérobé par Duke à Malachy était appuyé contre le mur.

— Dire que cet endroit a résisté à l'épouvantable ouragan de 1938 ! soupira Chappy. Oui, je me plais toujours autant ici.

Dans cette cave sinistre ? pensait Duke, qui avait quand même assez de bon sens pour s'abstenir d'exprimer son opinion à haute voix. Il prit place sur le seul autre siège disponible, en bouillant intérieurement de ne pas être plutôt en train de répéter un rôle qui lui apporterait une gloire trop longtemps attendue.

En général, une fois assis l'un en face de l'autre, ils ne savaient trop que faire. Ils ne restaient d'ailleurs jamais très longtemps. Savoir que la pièce était toujours là et en humer de temps à autre l'atmosphère confinée suffisait au bonheur de Chappy. Ce jour-là, certes, ils ne faisaient qu'y passer dans le cours d'une mission bien précise, mais il ne pouvait résister au désir de rendre hommage à la mémoire de son cher grand-papa.

Après avoir écouté un moment les échos assourdis des activités se déroulant au-dessus de leurs têtes, Chappy se leva enfin :

— En avant ! Le devoir nous appelle.

— Oui, chef, approuva Duke.

A l'autre bout de la pièce, ils franchirent une porte secrète donnant accès à un souterrain qui débouchait dans le sous-sol de la maison d'amis. Durant les quatorze ans de la Prohibition, ce souterrain avait non seulement servi au stockage des bouteilles de contrebande, mais aussi d'entrée discrète aux invités du grand-père, qui évitait de les faire passer par sa résidence principale. Il craignait moins, à vrai dire, la vigilance de la police que celle de sa tendre épouse, Agneta, qui aurait

117

à coup sûr exercé de redoutables représailles si elle s'était trouvée nez à nez au petit matin avec une troupe d'ivrognes émergeant dans son vestibule.

Duke et Chappy s'engagèrent l'un derrière l'autre dans l'étroit souterrain sentant la terre moisie. Ici ou là, une araignée, un insecte ou une souris tirait de Chappy un juron ou un cri de frayeur. Au bout du passage, la porte donnant accès au sous-sol de la maison d'amis était dissimulée avec soin de manière à ce que celui qui, par hasard ou malveillance, aurait réussi à s'y introduire ne puisse se douter de son existence. Chappy n'avait en effet pas plus envie de divulguer l'existence de ces boyaux secrets que de révéler les activités délictueuses de son vénérable grand-père. Sa mère interdisait d'ailleurs d'y faire la moindre allusion en respectable compagnie.

La porte du rez-de-chaussée de la maison d'amis ne comportait de poignée que du côté cave, aucun occupant de la maison n'ayant de raison de descendre au sous-sol.

— Nous voilà à pied d'œuvre, déclara Duke en débouchant du souterrain.

— Chut ! Taisez-vous donc, chuchota Chappy.

— Mais il n'y a personne !

— On ne sait jamais.

Ils gravirent en silence les marches, tendirent l'oreille derrière la porte. On n'entendait que le grondement étouffé du ressac et les piailleries des mouettes.

— Allons-y, ordonna Chappy. Vous avez l'appareil photo ?

Duke acquiesça d'un signe.

Tout frémissant d'excitation, Chappy manœuvra lentement la poignée, ouvrit, passa la tête par l'ouverture, regarda. Personne dans la salle commune. Le silence régnait. La brise agitait mollement les rideaux des fenêtres, par lesquelles le soleil entrait à flots.

Il fit signe à Duke de le suivre et entra, en laissant la porte ouverte en cas de retraite précipitée. Les deux complices traversèrent la salle en courant sur la pointe des pieds et montèrent à l'étage. La porte de Brigid était fermée. Ils firent une pause, écoutèrent avant d'ouvrir. Tout était dans un ordre impeccable, le lit fait, les valises rangées dans un coin.

— Une invitée modèle, commenta Duke.

Chappy se jeta à plat ventre, regarda sous le lit et salua d'un cri de triomphe la découverte du violon.

— Le voilà ! dit-il en ouvrant l'étui.

A la vue des initiales gravées sur l'instrument, il se sentit sur le point de défaillir et des larmes lui vinrent aux yeux.

— C.T. Chappy Tinka ! Vous voyez ? C.T. ! Quel dommage que nous ne puissions pas le prendre tout de suite. Et si j'en jouais un peu ? Hein, Duke ? Juste quelques notes ?

— Il vaudrait mieux nous dépêcher de le photographier, ils risquent de revenir d'un moment à l'autre, lui fit observer Duke.

— Oui, vous avez raison, répondit Chappy avec un soupir de regret. Allez-y, opérez.

Il posa le violon sur le couvre-lit blanc et Duke le photographia sous toutes ses faces. Le rouleau de film épuisé, Chappy prit le violon dans ses bras avec la tendresse qu'il aurait manifestée à un nouveau-né.

— A moi, tout à moi... Tu porteras chance à

notre théâtre, je le sens, murmura-t-il en le reposant délicatement dans son étui.

Il venait de le glisser sous le lit quand, par la fenêtre ouverte, leur parvint le bruit d'une voiture s'approchant dans l'allée.

Horrifié, Chappy se releva d'un bond.

— Vite, filons ! cria-t-il à Duke, pétrifié. Venez, bon sang, qu'est-ce que vous attendez ?

Les claquements de portières du break rouge, prêté aux musiciens par Chappy, résonnèrent à leurs oreilles comme des coups de canon pendant qu'ils dévalaient l'escalier.

— Dépêchez-vous donc, bougre d'âne ! chuchota Chappy d'une voix à la fois sifflante de rage et tremblante de frayeur.

Ils traversaient la salle commune quand une bouffée de vent faillit refermer la porte du sous-sol. Chappy n'eut que le temps de la rattraper au vol. Dehors, on entendait des commentaires narquois entrecoupés de rires sur les prouesses de chacun.

— Dis donc, Tommy, disait Kieran, c'était dans le trou qu'il fallait viser. Pas contre un arbre.

— Moi, au moins, je n'ai pas risqué de tuer des poissons en flanquant mes balles dans la rivière, comme certains que je connais.

— Encore heureux, les amis, que vous ayez abandonné au bout de neuf trous, déclara Pammy en pouffant de rire. La partie se serait terminée par une hécatombe.

Chappy dévala l'escalier du sous-sol tandis que Duke refermait laborieusement derrière lui. Alors même que Kieran ouvrait la porte de la maison, Chappy était déjà à l'entrée du souterrain.

— Vous ne voulez pas rester derrière la porte pour écouter ce qu'ils disent ? lui chuchota Duke.

— Non, bougre d'âne, ce n'est pas le moment ! Allons vite donner ces photos au luthier. Et au trot !

15

Ballyford, Irlande

Malachy aimait les belles soirées d'été, quand la lumière se fait douce et que le fond de l'air est tiède. Surtout le dimanche, lorsque tout est calme. Assis devant son cottage, il se laissait bercer par la vue des collines moutonnant jusqu'à l'horizon.

Ce dimanche-là, pourtant, il était loin d'éprouver sa béatitude habituelle. Plus d'une semaine auparavant, un mystérieux voleur lui avait, pour ainsi dire, arraché des mains le violon de Brigid. Depuis, on ne parlait dans tout le pays que du mauvais sort jeté sur le violon magique et du fait que l'instrument n'aurait jamais dû quitter l'Irlande. Pas étonnant qu'il se fasse du souci pour Brigid.

Elle l'avait appelé, au comble de la joie, pour lui annoncer qu'elle avait gagné un concours. Maintenant, elle allait jouer dans un festival aux Hamptons avant de partir en tournée. Tout allait donc pour le mieux. Pourquoi se tracassait-il alors ?

Avec un soupir, il rentra dans le cottage, regarda autour de lui.

— C'est plutôt mal tenu ici, dit-il à haute voix. Je devrais faire un peu de ménage.

Il déplaça quelques piles de vieux papiers, mais le cœur n'y était pas. Il éprouvait le besoin d'une compagnie. Il n'avait même plus de violon pour se remonter le moral... Il faut que je m'en achète un, se promit-il. En attendant, je vais aller au village manger un morceau et boire une bière. J'ai grand besoin de me changer les idées.

Malachy sortit sa bicyclette et se mit en route. Il adorait pédaler dans la campagne. Le vent sur son visage et le bon air frais le vivifiaient. Les vaches et les moutons qu'il croisa sur son chemin paraissaient s'ennuyer, mais guère plus que lui, tout compte fait.

Quand il mit pied à terre devant l'unique pub du village, il repensa à la soirée d'anniversaire de Brigid. Ne remontait-elle qu'à quelques semaines ? Tant de choses s'étaient produites, depuis !

La salle était bondée. Dans un coin, la télévision diffusait un quelconque événement sportif.

— Qu'est-ce que je te sers, Malachy ? s'enquit Eamon, le barman. Comme d'habitude ?

— Comme d'habitude, confirma Malachy.

— Tu as l'air d'avoir le cafard, ce soir, observa Eamon en posant devant lui la chope de Guinness.

Malachy haussa les épaules avec lassitude.

— Bah ! Un peu, oui, depuis le départ de Brigid. Et me faire voler son violon sous mon nez n'a rien arrangé, tu penses bien.

Il portait la chope à ses lèvres quand la porte s'ouvrit devant Finbar, le journaliste à l'origine de la campagne de presse accusant Malachy de sacrilège pour s'être dessaisi du violon.

— Il ne manquait plus que celui-là..., grommela-t-il à l'adresse d'Eamon.

Finbar s'assit au bar, à trois tabourets de Malachy. C'était un petit homme sec et nerveux, aux cheveux noirs plaqués sur le crâne, aux traits sans grâce, au caractère aigri et envieux. A quarante ans passés, la vie ne lui avait procuré aucune satisfaction, il est vrai, et beaucoup estimaient qu'il voulait se venger sur le monde entier des injustices, réelles ou supposées, subies dans sa jeunesse. Rares étaient ceux qui ne se détournaient pas quand ils le croisaient dans la rue.

— Hé, Sheerin ! l'apostropha-t-il. Allez-vous redemander votre violon à Brigid O'Neill, maintenant qu'on vous a volé l'autre ?

— Mêlez-vous donc de vos affaires, grommela Malachy.

— Vous devriez le récupérer, pourtant. Ce violon appartient au peuple irlandais, autant sinon plus qu'à vous.

— Vous vous prenez pour le président du comité de sauvegarde du patrimoine ? gronda Malachy.

Finbar ne releva pas. Il se tourna vers le barman et commanda à boire.

— Moi, ce que j'en dis..., reprit le journaliste après s'être fait servir. Vous auriez quand même dû vous rappeler que ce violon était ensorcelé si on lui faisait quitter l'Irlande. S'il arrivait malheur à Brigid O'Neill, vous l'auriez sur la conscience.

Malachy se leva et posa le prix de sa bière sur le comptoir.

— Merci, Eamon. Il vaut mieux que je m'en aille.

Il passa devant Finbar sans lui accorder un regard, sortit, sauta en selle. Pour lui, la douce et lumineuse soirée d'été avait perdu tout son charme.

Il ne pouvait plus que penser à Brigid et se ronger les sangs.

Le dimanche à midi, le « Snack 24/24 » de South-ampton était en plein coup de feu. La file d'attente habituelle s'étirait devant la porte et, à l'intérieur, régnait le tintamarre des conversations, de la musique, des cliquetis de couverts et des com-mandes transmises à gorge déployée par les ser-veuses aux cuisiniers.

— Je prendrai les œufs brouillés avec des sau-cisses et du café, déclara Chuck en refermant le menu qu'il rendit à la serveuse.

— Pour moi, enchaîna Brad, ce sera une ome-lette western avec des frites, du café et un grand jus de pomme pour commencer.

— C'est comme si vous l'aviez, les gars, dit Lotty, la serveuse.

Fan convaincue de leur station de radio, elle leur réservait toujours un traitement de faveur.

— Ça va, ce matin ? s'enquit Chuck quand elle se fut éloignée.

— Très bien, répondit Brad. Quand je suis ren-tré hier soir, je me suis mis au lit et j'ai dormi comme un bébé. Tu as pu sécher tes bottes ?

— Non, et elles ont salement trinqué, les pauvres. Mais c'était pour une bonne cause.

Pendant que les associés bavardaient, un consommateur solitaire vint prendre place à la table voisine.

— Pour une bonne cause, c'en était une ! approuva Brad. Je n'ai même pas pensé à mes bottes avant de sauter à l'eau. Quand Brigid O'Neill viendra demain à la station, on aura de quoi parler.

— Tu peux le dire, *pard'ner*. Tu peux le dire.

Lotty vint leur remplir leurs tasses de café et, en même temps, tendit un menu à leur voisin de table.

— Je reviens tout de suite prendre votre commande, lui dit-elle.

Brad et Chuck avalèrent leur repas sans s'attarder. Ils avaient hâte de regagner la station afin de préparer leur émission du lundi, sur laquelle ils comptaient pour pulvériser les records d'audience.

Ils venaient de partir quand Lotty revint servir le consommateur de la table d'à côté. Il la retint avant qu'elle s'en aille :

— Dites, mademoiselle, j'ai entendu malgré moi ce que disaient mes deux voisins. Ils ont une station de radio ?

— Oui, depuis peu. Country 113. Ça marche déjà pas mal. Demain ils font une émission en direct avec Brigid O'Neill, la jeune chanteuse. Vous connaissez ?

Sur quoi, Lotty ramassa les assiettes sales des deux cow-boys et disparut derrière les portes battantes de la cuisine.

Si je connais Brigid O'Neill ? pensa l'homme avec rage. Il ne supportait pas d'entendre les gens parler d'elle. Elle était à lui, pas aux autres !

128

Les cow-boys d'opérette étaient à la soirée de la veille, il les avait reconnus. Quelqu'un parmi tous ces gens voulait du mal à Brigid, il en était sûr. Il faut que je lui parle, que je lui fasse comprendre que moi seul suis capable de la protéger. Ce ne sera pas facile de m'approcher d'elle, mais j'y arriverai. Coûte que coûte, il faut que je lui parle.

17

Bettina s'épongea le visage à l'aide de la serviette-éponge qui lui pendait autour du cou.

— Je suis satisfait de votre travail d'aujourd'hui, la complimenta son moniteur, un costaud d'une trentaine d'années au bronzage permanent. Vos abdominaux réagissent bien.

— Je l'ai senti, répondit Bettina en se tapotant le ventre. C'est l'endroit qui a le plus besoin d'exercice, n'est-ce pas ?

Le moniteur approuva avec conviction :

— J'avais de la bedaine, moi aussi. Il m'a fallu énormément de travail pour m'en débarrasser.

Ulcérée, Bettina compara du regard l'irréprochable silhouette de l'athlète à son propre tour de taille.

— Parce que... vous croyez que j'ai de la bedaine ?

— Disons, si vous préférez, que le pourcentage de tissus graisseux dans cette partie de votre anatomie se situe au-dessus du ratio acceptable, déclara-t-il du ton d'un présentateur de télévision annonçant la mort subite d'un chef d'Etat.

Bettina encaissa le coup avec l'équanimité qu'on lui avait inculquée à son école de maintien.

Elle n'en éprouva pas moins de la rancune envers celui qui le lui avait assené, et le sentiment de bien-être procuré par l'exercice physique stoppa net.

— Bien, dit-elle un rien sèchement, en refermant la porte derrière lui. A demain.

Un rictus mauvais au coin des lèvres, elle se rendit à la cuisine en quête d'une victime sur qui passer ses nerfs. Elle n'y trouva que le sac vide ayant contenu les *donuts* de son cher époux et se rappela que c'était le jour de sortie de Constance. En fait, Bettina n'aimait pas se sentir encombrée par le personnel — à moins qu'il ne s'agisse des spécialistes attachés aux soins de son corps, tels que son masseur et son coiffeur, ou de son âme, à l'élévation de laquelle pourvoyait l'Homme de Paix. Une équipe d'entretien venait faire le ménage deux fois par semaine. Dès qu'elle apercevait leur fourgonnette à la grille, Bettina partait faire des courses.

Où diable est encore passé Chappy ? se demanda-t-elle.

— Chaaaappyyy ! modula-t-elle.

Seul le silence lui répondit.

— CHAAAAPPPPYYY ! cria-t-elle à pleins poumons.

Un trottinement de pattes griffues s'approcha sur le parquet du couloir et Tootsie bondit sur sa maîtresse avec des jappements de joie, en frétillant de la pointe du museau au bout de la queue. Bettina se pencha pour prendre dans ses bras son bébé adoré.

— Ce n'est pas toi que j'appelais, ma chérie, susurra-t-elle en enfouissant son visage dans la blanche fourrure bouclée du caniche. Tootsie trouve-t-elle que sa maman a une vilaine bedaine, hum ?

Tootsie répondit par d'affectueux coups de langue.

Ainsi rassurée, Bettina la reposa par terre et réitéra son cri de ralliement avec une puissance témoignant, à défaut d'autre chose, d'une flatteuse capacité pulmonaire :

— CHAAAPPPYYY ! !

Sur quoi, elle décida d'aller voir dans le cabinet de travail de son seigneur et maître si celui-ci y était et pourquoi il restait sourd à ses sommations.

Après avoir frappé, elle ouvrit, entra et ne découvrit, sur le bureau, qu'un plateau chargé de deux tasses à café vides et de miettes de *donuts* dans une assiette. Se doutant déjà de quoi il retournait, elle donna un coup de poing sur un montant de la bibliothèque, qui pivota docilement. Les casques de mineur brillaient par leur absence.

— Le caveau des hommes, évidemment ! ricana-t-elle.

Chappy et Duke étaient encore allés comploter Dieu sait quoi dans cette vieille cave poussiéreuse qui sentait le moisi. Cet endroit lui donnait des démangeaisons. Maintenant, au moins, elle n'était plus forcée de tenir compagnie à la mère et à la grand-mère en attendant que les trois sieurs Tinka daignent refaire surface. Entendre la vieille rabâcher ses souvenirs de jeunesse avait de quoi faire crever d'ennui les personnes les plus endurcies.

Bettina haussa les épaules. Elle referma la bibliothèque, quitta le saint des saints où son mari s'enfermait pour réfléchir aux moyens de gaspiller leur argent et remonta dans sa chambre, Tootsie trottinant gaiement sur ses talons.

La femme qui avait failli se noyer devait revenir dans l'après-midi assister à la séance de l'Homme de Paix, se souvint Bettina. Elle voulait l'interviewer dans le courant de la semaine, montrer qu'elle formait avec Chappy un couple exemplaire, qui apportait à la vie culturelle des Hamptons une inestimable contribution. Si la mère de Chappy savait ça, elle se retournerait dans sa tombe ! se dit Bettina en éclatant de rire. Chappy et moi, un couple exemplaire ! On aura tout vu.

Elle en riait encore en ouvrant les robinets de sa douche, qui faisaient jaillir l'eau dans six directions à la fois. Vous auriez dû voir ça, mémé Tinka ! chantonna-t-elle. Vous auriez dû voir ça.

18

Etendus côte à côte dans le double hamac suspendu dans le jardin de leur maison de Southampton, Claudia et Ned lisaient les journaux du dimanche. L'orientation du hamac n'était pas la plus propice à la prospérité, avait remarqué Ned en y prenant place, mais, si elle l'avait été, ils auraient eu le soleil dans les yeux. Et comme leur prospérité semblait en assez bonne voie, dans l'immédiat du moins, autant choisir le moindre des deux maux.

Vêtu d'un slip de bain, Ned contemplait la photo du salon d'une star, qui avait les honneurs des pages de décoration.

— Il ne sera jamais heureux dans cette maison, grommela-t-il à la fin de son examen. As-tu vu comment il a disposé le canapé ?

Sa gracieuse silhouette mise en valeur par un costume de bain rose soutaché de vert, Claudia jeta sur le document un œil exercé :

— Exact. Mets donc son nom sur la liste des gens à qui envoyer ton livre quand il sortira.

— Il aura eu tellement la poisse dans une maison pareille qu'il aura déjà déménagé, soupira Ned. Tant que tous ces imbéciles de la région n'auront pas pleinement apprécié l'importance du *feng-shui* dans la vie quotidienne, je n'arriverai pas à en vivre convenablement.

Emue, Claudia enleva ses lunettes noires afin de dispenser à son cher compagnon le réconfort d'un regard compatissant.

— Cela viendra, le mouvement se dessine déjà. Il faut du temps, voilà tout.

— Peut-être, ma chérie, soupira Ned en lui prenant la main. Il n'empêche que cette bonne femme qui est tombée dans la piscine hier soir a tout fait pour dénigrer le *feng-shui* et me ridiculiser.

— Comment cela ? demanda Claudia avec précaution.

Elle connaissait la susceptibilité chatouilleuse de Ned, qui souffrait de dépendre d'elle pour décrocher des commandes. Sa spécialité précédente, l'arrosage ésotérique des plantes d'intérieur, n'avait pas été couronnée de succès, il est vrai.

— Elle disait que, dans certains cas, il n'y avait qu'un seul emplacement possible pour un lit ou un fauteuil et que ce n'était pas pour autant qu'on était condamné au malheur toute sa vie. J'ai bien été forcé d'approuver. Et que crois-tu qu'elle a fait, la garce ? conclut-il, les larmes aux yeux. Elle m'a ri au nez.

— Il faut du courage pour être le pionnier d'un domaine d'avenir, mon chéri. Mais es-tu sûr qu'elle t'a ri au nez ?

— Elle faisait une espèce de bruit comme un âne qui brait. Si tu n'appelles pas ça se moquer des gens...

La sonnerie du téléphone retentit dans la cuisine.

— J'y vais, dit Claudia. J'aurais dû prendre le portable.

Ned retint le hamac pour éviter de basculer pendant que Claudia regagnait la terre ferme, puis il ferma les yeux, tout à sa douleur. D'une oreille distraite, il entendit Claudia hausser le ton d'une manière qui ne lui ressemblait pas.

— Qui était-ce ? demanda-t-il, étonné, en la voyant revenir après avoir bruyamment claqué la porte.

— Un des deux cow-boys de la radio ! Ils interviewent Brigid O'Neill demain à l'antenne sur les superstitions, les sorts, les fées et toutes ces idioties new age. Et ils voulaient que tu viennes parler du *feng-shui* ! Comme si c'était une superstition !

Outrée, elle se laissa tomber sur lui. Ned serra très fort dans ses bras la taille souple de sa tendre amie. Le hamac fit entendre un craquement inquiétant, mais résista au choc.

— Allons, ma chérie, allons, dit-il d'un ton apaisant en lui rendant son baiser. Ne dramatisons pas...

Il marqua toutefois une certaine hésitation avant d'enchaîner :

— As-tu une idée de leur taux d'écoute ?

19

Dans la Rolls-Royce cabossée, Chappy et Duke roulaient sous le soleil vers Sag Harbor et la maison d'Ernie Enders, le vieux luthier. La circulation, toujours dense à cette époque de l'année, multipliait presque par deux la vingtaine de minutes du trajet normal, mais Chappy ne s'en plaignait pas. Il aimait s'exhiber dans sa Rolls, même en piteux état et même s'il ne suscitait l'envie admirative que de son voisin d'embouteillage.

Ils passèrent devant des boutiques d'antiquités, des restaurants, des champs cultivés ayant encore échappé à la convoitise des promoteurs, un vieux cimetière, des maisonnettes en briques aux fenêtres fleuries. Ils dépassèrent des joggeurs et des cyclistes. Ils longèrent aussi, bien entendu, d'immenses et fastueuses propriétés dont la valeur se chiffrait en millions de dollars.

— Eh oui ! soupira Chappy, l'émotion d'avoir tenu le violon dans ses bras venant se mêler à ses souvenirs de jeunesse. C'est ici que je me sens vraiment chez moi. Dans mon enfance, je passais tous mes étés à Southampton. Ah ! quand j'y pense... Les châteaux de sable que je bâtissais avec mon seau et ma pelle sur notre plage privée. Et mon cher grand-papa, toujours coiffé de son chapeau de paille et le monocle à l'œil... Que de souvenirs, mon Dieu ! C'est pourquoi, à la mort de ma chère maman, j'ai préféré raser la maison et bâtir le château à la place. La maison était trop pleine d'un passé révolu à jamais et je m'y sentais trop seul...

— Je croyais que vous trouviez la maison trop petite.

— Bien sûr, bien sûr, admit Chappy, agacé. Mais je voulais surtout repartir sur des bases nouvelles. Je ne comprendrai jamais pourquoi les gens d'ici ont fait tant d'histoires au sujet du château.

— Parce qu'il est immense, commenta Duke. Et aussi parce que l'ancienne maison avait été construite par un architecte célèbre. Vous disiez vous-même qu'elle était la seule de la région à avoir résisté à la grande tempête de 1938.

— Et alors, quelle importance ? grommela Chappy. Une fois que mon théâtre sera ouvert et accumulera les succès, ils me pardonneront ma petite excentricité. Bettina sera si heureuse quand nous serons enfin sur la liste des VIP.

— Qui la tient, cette liste ? s'enquit Duke, qui faisait ainsi preuve d'un solide esprit pratique.

— Ce n'est pas une liste que quelqu'un est chargé de mettre à jour, bougre d'âne ! Cela veut dire qu'on est admis dans le cercle des privilégiés. Tout a tellement changé, ici, depuis ma jeunesse ! Depuis l'invasion des vedettes de cinéma, on ne peut même plus se faire un nom. Mais quand j'aurai mis ce violon sous la scène du théâtre, notre vie sera transformée, c'est moi qui vous le dis ! C'est quand même curieux, ajouta-t-il pensivement, que les punaises suscitent si peu de considération chez ces snobs.

— Il faut dire que les Post-It leur ont causé beaucoup de tort.

— Oh ! Bouclez-la ! explosa Chappy. Vous êtes trop bête !

Chappy avait beau le couvrir d'injures, Duke ne se démontait pas pour autant.

— Nous voilà arrivés, annonça-t-il placidement quelques instants plus tard, en freinant devant une coquette petite maison.

A l'intérieur, Ernie et Pearl Enders étaient en train de déjeuner. Penchés sur une carte étalée sur la table entre leurs assiettes, ils discutaient, pour la énième fois, de l'itinéraire qu'ils emprunteraient pour traverser les Etats-Unis après la noce de leur petit-neveu à Gettysburg. Pearl voulait tout voir, mais Ernie avait mis le holà quand elle avait suggéré l'acquisition d'un camping-car.

— Nous n'en aurons jamais l'utilisation, après ce voyage. De toute façon, j'aime rentrer chez moi et dormir dans mon lit.

Pearl avait soupiré avec résignation.

Quand la sonnette retentit, Ernie se servait une copieuse portion de salade de pommes de terre.

— Nous attendons de la visite ? s'étonna-t-il, la cuiller en l'air.

— Non, répondit Pearl avec une grimace. J'y vais.

Un instant plus tard, Ernie l'entendit qui disait :

— Entrez donc. Nous mangions un morceau, mais...

Agacé, Ernie repoussa sa chaise.

— Voilà encore Monsieur l'Important et son acolyte, grommela-t-il en se levant.

— Ah ! mon cher Ernie ! commença Chappy

avec une cordialité trop exubérante pour être sincère. Nous nous étions dit que vous seriez peut-être intéressé par...

Sans même se donner la peine de faire semblant d'écouter, Ernie montra la porte d'un geste sans équivoque et entraîna ses visiteurs importuns en direction de sa serre-atelier.

— Alors ? bougonna-t-il. Quel prétexte avez-vous choisi cette fois pour venir m'empoisonner ?

Posé sur l'établi, le violon était encore manifestement en cours d'exécution.

— Nous avons des photos, déclara fièrement Chappy. Des documents de premier ordre, ajouta-t-il en s'efforçant de ne pas laisser son anxiété transparaître à la vue de l'instrument inachevé.

Ernie jeta un coup d'œil blasé aux Polaroïds.

— C'est vous qui les avez prises ?

— Bien sûr.

— Vous auriez mieux fait de m'apporter le violon. Au moins, j'aurais pu le toucher, l'examiner, le sentir. Comment voulez-vous, sans cela, que j'en fasse une copie conforme ?

— Je comprends, mais — et c'est un grand mais — il appartient à quelqu'un qui en a besoin entre-temps. Je suis très déçu que vous ne soyez pas plus avancé, poursuivit-il avec un regard de détresse à l'établi. Celui-ci a l'air neuf alors que l'original est très vieux.

— Laissez-moi au moins le temps de travailler ! s'écria Ernie, excédé. Vous me demandez un travail urgent et vous ne me laissez pas une minute de répit ! Puisque vous êtes si pressé, ajouta-t-il en empoignant l'ébauche qu'il tendit à Chappy, prenez votre fichu violon et allez-vous-en !

— Ne vous fâchez pas, voyons ! répondit Chappy d'un ton implorant. Comprenez-moi, je

142

vous en prie, j'ai vraiment besoin de cet instrument. Tenez, je suis prêt à vous en payer, euh... le double.

— Le double ? répéta Ernie, ébahi.

— Oui, le double, confirma piteusement Chappy.

Ernie marqua une légère hésitation :

— Bon. Mais ne revenez pas me déranger à tout bout de champ. Je vous ferai signe quand j'aurai fini.

— Oh ! Merci ! Merci !

Chappy lui serra les mains avec effusion et poussa Duke dehors. Les deux lascars passèrent sans ralentir devant Pearl, qui ne se doutait pas encore que son cher époux et elle allaient pouvoir envisager pas un mais deux séjours en Floride l'hiver prochain.

Une fois dehors, Chappy et Duke sautèrent en voiture, claquèrent les portières. Duke démarra à vive allure.

— Voilà une petite visite qui vous a coûté cher, observa-t-il avec beaucoup de bon sens après avoir tourné le coin de la rue.

— Bouclez-la et conduisez ! gronda Chappy, au comble de l'irritation. Et épargnez-moi à l'avenir vos commentaires stupides.

20

Dans la vaste pièce ronde réservée à cet usage, le groupe se préparait à la séance d'éveil spirituel conduite par l'Homme de Paix. Bettina avait jugé que quatre heures de l'après-midi constituait l'heure idéale. Après s'être exercé le corps en nageant, en jouant au tennis ou au golf, chacun pourrait régénérer son esprit avant d'aborder les activités mondaines de la soirée, si souvent éprouvantes pour le mental.

Louisa arborait une combinaison de jogging pastel. Après l'avoir conduite au château, Herbert s'était éclipsé pour aller se promener en promettant d'être revenu dans une heure. Regan était assise en tailleur entre Brigid et Kit. Elles venaient de passer deux heures à la plage et, le moment venu, avaient enfilé un short et un T-shirt sur leurs costumes de bain. Angela était placée derrière elles. Ayant décidé à la dernière minute de les suivre, elle n'était vêtue que du bikini dans lequel elle avait paradé toute la journée. Si elle espérait retrouver Duke, pensa Regan, elle était déçue. A part l'Homme de Paix, Garrett constituait le seul élément masculin de l'assemblée.

Ce jour-là, l'Homme de Paix s'était affublé d'un

mini-short et d'une chemisette. Sa garde-robe ne devait pas lui coûter cher en teinturerie, estima Regan, et son crâne rasé lui assurait des dépenses de coiffeur réduites au strict minimum. Que fera-t-il à partir de septembre ? Partira-t-il dans son camping-car vers les vastes étendues du Far West ? Elle le voyait mal camper sur Park Avenue devant l'appartement de Chappy et Bettina.

Garrett, qu'elle avait catalogué parmi les golden boys typiques dont regorge Wall Street, était assis par terre à côté de Bettina, les yeux clos, les paumes tournées vers le ciel et la mine concentrée. Elle s'étonnait qu'un personnage tel que lui s'intéresse à ce genre d'activités plus ou moins fumeuses. Peut-être expérimentait-il une méthode inédite pour prévoir les fluctuations de la Bourse...

L'Homme de Paix, pour sa part, devait probablement ignorer ce que signifiaient les mots « actions » ou « obligations ». Garrett et lui étaient aussi radicalement différents que peuvent l'être deux individus et, pourtant, Regan sentait entre ces deux-là des affinités qu'elle ne parvenait pas à définir.

— L'Homme de Paix est prêt à prendre soin de votre esprit, annonça celui-ci. Mais vous devez d'abord libérer votre corps de ses tensions causées par de mauvaises pensées, par le stress...

Sans parler des violons ensorcelés, compléta Regan dans son for intérieur. Des gens qui poussent dans la piscine les femmes qui ont trop bu. Ou encore des lettres anonymes.

— Nous allons donc nous lever et crier de toutes nos forces.

Les membres du groupe ayant déjà participé à ce genre de séances se levèrent avec empressement. Regan, Kit et Brigid échangèrent un regard circonspect et les imitèrent sans hâte.

— AAAAHHHH ! ! entonnèrent les fidèles.

— AAAAAAAAHHHHHHH ! hurla l'Homme de Paix.

Le groupe lui répondit en écho. Si une vache folle avait été présente dans la pièce, elle serait en plus devenue sourde.

Satisfait de ce test de capacité pulmonaire, l'Homme de Paix commença alors à agiter les bras et fit signe à ses fidèles de le suivre. Un instant plus tard, tout le monde tournait en rond en battant des ailes et en braillant à qui mieux mieux, comme une troupe de poulets frappés d'une maladie du comportement défiant les ressources de la science vétérinaire.

Je ne me sens pas plus détendue, pensa Regan. Au contraire.

Le vacarme, heureusement, prit bientôt fin. L'Homme de Paix fit rasseoir ses fidèles et leur ordonna de procéder à des exercices d'assouplissement pendant qu'il les haranguait.

— Les choses matérielles ne doivent pas compter dans notre existence, commença-t-il d'un ton pénétré.

Tout en parlant, il se contorsionna pour adopter une variante de la position du lotus qui lui donna la forme d'un bretzel. Puis, son allocution terminée, il leur fit tirer la langue.

— L'Homme de Paix juge la personnalité par la langue et les mains, expliqua-t-il. On observe autant de langues et de mains qu'il y a d'êtres humains. La semaine prochaine, l'Homme de Paix développera ce sujet. Maintenant, couchez-vous.

Tout le monde s'étendit sur le sol. Dans le silence retombé, on n'entendit plus que le grondement étouffé du ressac. L'atmosphère rappelait à Regan l'heure de sieste obligatoire à l'école maternelle et elle en éprouvait le même sentiment de nervosité impatiente.

Au bout de dix minutes, l'Homme de Paix déclara l'exercice achevé.

— L'Homme de Paix vous reverra la semaine prochaine. Dans l'immédiat, il entre dans une période de jeûne et de silence qui durera sept jours et sept nuits. L'Homme de Paix ne se nourrira que de jus de fruits fraîchement pressés.

Des jus de fruits pendant le week-end du 4 Juillet ? s'étonna Regan tandis que l'Homme de Paix éteignait son encensoir. Dans le genre joyeux luron patriotique, on fait mieux ! Quel genre d'énergumène est-ce donc ?

— Voyons, Homme de Paix, protesta Louisa, je voulais vous interviewer pour mon article !

L'interpellé secoua négativement la tête et sortit sans mot dire. Frustrée, Louisa s'approcha de Regan :

— Sept jours de silence ! J'en deviendrais folle. J'essaierai quand même de l'interviewer par téléphone quand il aura retrouvé l'usage de ses cordes vocales.

Brigid et Kit se relevèrent à leur tour.

— Au moins, dit Brigid en riant, je n'aurai pas besoin de lui fournir un billet pour le concert.

— Cela vaut peut-être mieux, lui fit observer Regan. Imagine qu'il s'avise de vouloir se libérer de ses tensions au beau milieu d'une de tes chansons.

— Vous savez quoi ? intervint Louisa. Cet individu m'intrigue encore plus qu'avant. Quel est son vrai nom et d'où vient-il ?

— J'espère que cette séance vous a plu, leur dit

Bettina qui s'était approchée pendant cet échange de points de vue.

— Oui, bien sûr, parvinrent-elles à répondre à l'unisson, sans réelle conviction.

— Où avez-vous rencontré l'Homme de Paix ? voulut savoir Louisa.

— Chappy et moi donnons toujours une grande réception à New York au moment de Noël. L'année dernière, j'avais demandé à Duke d'inviter des élèves de son cours d'art dramatique et il nous a amené l'Homme de Paix.

— Lui, dans un cours de théâtre ? s'exclama Regan, incrédule.

— Il nous a dit qu'il voulait s'y essayer un moment afin de se rendre compte de ce qu'on ressent quand on incarne un autre personnage que soi-même. Il cherchait ainsi à nous comprendre mieux, expliqua Bettina avec un sourire béat. Excellente idée, n'est-ce pas ?

Décidément, s'abstint de répondre Regan, de plus en plus effarée, j'aurai tout entendu dans cette maison de fous.

21

Lundi 30 juin

A sept heures quarante-cinq ce matin-là, dans la voiture empruntée à Kit, Regan et Brigid quittèrent le Domaine Chappy pour se rendre à la station de radio dans le centre de Southampton. Il faisait un beau temps clair rafraîchi par la rosée nocturne, les oiseaux gazouillaient et la circulation était encore clairsemée.

— Quelle belle journée ! s'écria Brigid. Je devrais me lever plus souvent de bonne heure.

— Moi aussi, approuva Regan. Quand je me trouve dehors à cette heure-ci, ce qui ne m'arrive pas souvent, je suis toujours émerveillée.

Moins de dix minutes plus tard, elles stoppèrent dans le petit parking aménagé derrière le siège de Country 113. A l'intérieur, une réceptionniste, ayant une prédilection marquée pour le Rimmel bien noir et bien gras, accordait toute son attention aux viennoiseries de son petit déjeuner qu'elle extrayait d'un sac en papier.

— Qu'est-ce que c'est ? demanda-t-elle sans lever les yeux.

— Brigid O'Neill arrive pour son interview en direct, annonça sèchement Regan.

— Ah oui, c'est vrai, on est lundi ! admit la fille, qui interrompit un instant sa contemplation gourmande d'une brioche. J'aime bien vos chansons, ajouta-t-elle en souriant à Brigid.

— Merci.

— Prenez cette porte et tournez à gauche. Le studio est au bout du couloir.

Dans le studio, un haut-parleur diffusait en sourdine le programme en cours, ponctué de spots publicitaires. Coiffés de leurs éternels chapeaux de cow-boy, Chuck et Brad siégeaient derrière une console pourvue de quatre sièges et d'autant de micros et semblaient plongés dans la lecture de documents. Derrière une grande baie vitrée, on voyait la cabine de régie où officiait l'ingénieur du son.

— Salut, les gars ! leur lança Brigid.

Pendant leur échange de chaleureuses salutations, Regan se rendit compte que Brigid adoptait l'humeur cordiale de la « personnalité en représentation », comportement dont elle savait par sa mère qu'il pouvait se révéler aussi épuisant qu'il paraissait facile. Pour sa part, elle se retira dans la cabine de régie, équipée de quelques sièges destinés aux hôtes en attente de passage à l'antenne. L'ingénieur du son, un gros barbu souriant, la gratifia d'un signe de tête distrait sans se détourner de ses boutons et de ses cadrans.

Regan était à peine installée quand Louisa entra à son tour.

— J'étais aux toilettes, chuchota-t-elle. Je suis arrivée il y a plus d'une heure et je le leur ai communiqué toutes mes recherches sur le sujet. J'ai même apporté mon ordinateur pour me brancher sur Internet s'ils ont besoin d'éléments supplémentaires en cours d'émission. C'est fou le nombre de légendes et de sortilèges que j'ai pu découvrir ! Vous avez lu le journal de ce matin ?

— Non. Pourquoi ?

— Voyez par vous-même, déclara Louisa en extirpant le *Hamptons News* de la besace qui lui tenait lieu de sac à main.

Deux des photos prises au cours de la soirée du samedi s'étalaient à la une du journal : l'une de Brigid jouant du violon dans le grand salon, flanquée de Kieran la guitare à la main ; l'autre de Louisa affalée sur la margelle de la piscine pendant que Pammy lui faisait la respiration artificielle. La manchette posait la question fatidique : CE VIOLON EST-IL RÉELLEMENT ENSORCELÉ ?

— Seigneur ! soupira Regan. Il ne manquait plus que ça...

L'article commençait ainsi :

Tandis que Brigid O'Neill jouait de son violon légendaire, légué par le plus illustre conteur et violoneux de la verte Erin, une invitée échappait de justesse à la noyade dans la piscine de la résidence de Chappy et Bettina Tinka à Southampton...

— Je n'avais encore jamais eu ma photo dans le journal, souffla Louisa, surexcitée, qui lisait par-dessus son épaule.

— Pour un début, vous avez joué le grand jeu. Mais il y avait deux journalistes, ce soir-là. Qu'y a-t-il dans l'autre journal ?

— C'est un hebdomadaire. Il ne sortira que vendredi.

Regan examina Louisa discrètement. En pantalon blanc, chemisier corail à manches courtes et couverte de bijoux en or, elle était resplendissante. Dire qu'à quelques secondes près...

— Comment êtes-vous venue ici ce matin ? demanda-t-elle.

— J'ai pris la voiture toute seule. Je me sens en pleine forme.

— Tant mieux..., commença Regan.

La voix de Chuck dans le haut-parleur de contrôle l'interrompit.

— Nous revoilà, les amis ! annonça-t-il tandis que s'atténuait la musique du dernier spot publicitaire. Et cette fois, nous avons avec nous dans nos studios Brigid O'Neill, l'étoile montante de la musique country, celle dont on parle et dont on parlera de plus en plus, vous pouvez me croire ! Son récent single, *Si j'avais su que tu étais en taule*, est solidement accroché au Top 50 depuis deux mois et a même été numéro un ! Le titre me plaît, Brigid. La chanson aussi, bien sûr.

— Merci, Chuck, répondit Brigid.

— Mais j'aime toute la musique country. Les paroles sont toujours si pleines de sentiment... Et maintenant, son premier album disponible en CD et cassette, intitulé tout simplement *Brigid*, vient de sortir chez les disquaires. Précipitez-vous avant qu'ils ne soient tous vendus ! Quant à Brigid O'Neill, elle est en ce moment même aux Hamptons et se produira vendredi soir au Melting Pot Music Festival. Alors, Brigid, quel effet ça fait ? Excitée ?

— Plutôt, oui ! Je ne peux pas dire à quel point je suis heureuse de jouer devant un public new-yorkais.

— C'est le meilleur des publics, intervint Brad.

— Je suis bien placée pour le savoir, renchérit Brigid, je suis moi-même de New York.

154

— Nous aussi, déclara Chuck. C'est tout dire...
Au fait, Brigid, avez-vous lu le *Hamptons News* de
ce matin ?

— Non. Je ne suis levée que depuis moins d'une
heure.

— Eh bien, chers auditeurs et auditrices,
enchaîna Brad, sachez que nous étions invités
samedi à une soirée où Brigid a bien voulu jouer
de son fameux violon, dont vous avez sans doute
déjà entendu parler... Au fait, n'hésitez pas à appeler notre standard pour nous communiquer vos
suggestions sur la signification des initiales C.T.
gravées sur l'instrument. Mais nous y reviendrons
en détail tout à l'heure...

Il tendit le numéro du journal à Brigid, qui le
parcourut pendant qu'il décrivait aux auditeurs la
manière dont Brigid était entrée en possession du
violon, le sort qui était censé y être attaché et la
chute de Louisa Washburn dans la piscine.

— Alors, Brigid, conclut-il, quelle opinion avez-
vous des pouvoirs magiques de votre violon ?

— Je considère que ce violon est béni plutôt
qu'ensorcelé. Un bon et fidèle ami me l'a confié.
Avec lui ou, plutôt, grâce à lui, j'ai emporté le trophée de la Fan Fair. Vous comprendrez qu'il me
soit précieux et que j'y tienne comme à la prunelle
de mes yeux. Notre amie Louisa est tombée dans
la piscine parce qu'elle s'était un peu trop penchée
pour regarder la note de musique qui en décore
le fond. Sa chute n'a aucun rapport avec ce genre
de superstitions absurdes.

— Merci, Brigid. Et maintenant, une page de
publicité. Nous parlerons longuement de ce violon, que Brigid vous fera entendre. Nous parlerons aussi de vos appels et de vos opinions sur ces

questions. Ne partez pas, chers auditeurs, nous revenons dans une minute...

Assise avec Regan dans la cabine de régie, Louisa était radieuse : on parlait d'elle et de sa quasi-noyade !

A l'autre bout de la ville, Chappy et Duke s'étaient levés plus tôt qu'à leur habitude pour écouter la radio.

— Ces deux zèbres auraient au moins pu préciser chez qui avait lieu cette soirée ! fulmina Chappy. Je les ai nourris, que diable ! Pas même la reconnaissance du ventre !

Duke fit un haussement d'épaules fataliste.

— Sortez la voiture, lui ordonna Chappy. Je veux aller acheter ce journal.

Dans sa cabane, assis sur son lit, l'homme écoutait, prêt à décrocher le téléphone pour appeler la station. Par moments, il vouait à Brigid une adoration fervente, à d'autres il était si furieux contre elle qu'il en avait mal au ventre.

L'interview lui avait plu jusqu'à ce que les types fassent allusion à sa chanson. De quel droit leur permettait-elle d'en parler ? C'était sa chanson à lui ! A Lui et à Brigid seuls ! Au moins, elle ne pourrait pas la chanter à l'antenne, l'individu qui lui donnait la réplique et en chantait un couplet en duo avec elle n'était pas là. C'était toujours ça de pris.

Vautré sur son lit défait, il attendit avec impatience la fin des spots publicitaires.

— Nous voilà de retour, les amis ! annonça

Chuck au micro. Alors, Brigid, croyez-vous aux sorts et aux maléfices ?

— Ma foi, on dit que nous autres Irlandais sommes crédules comme il n'est pas permis. Mais en ce qui me concerne, je n'ai jamais pris ces histoires très au sérieux.

Brad consulta rapidement une page des recherches de Louisa :

— Les fées qui peuplent l'Irlande depuis des siècles sont — ou faut-il dire étaient ? — de sacrées dures, dites-moi. Nous savons déjà qu'elles étaient furieuses qu'on ait abattu l'arbre dont le bois a servi à fabriquer votre violon. Mais saviez-vous qu'elles n'hésitaient pas à enlever des musiciens, choisis parmi les plus réputés, pour les distraire pendant leurs fêtes ? Et si leur invité involontaire s'avisait de goûter à leurs nourritures, il ne pouvait jamais plus reprendre le cours de son existence humaine. Ce serait l'origine de la tradition qui veut qu'on doive manger avant de sortir de chez soi pour aller jouer de la musique.

Brigid éclata de rire.

— Ce n'est pas tout ! enchaîna Brad. On dit que les chevaux éternuent pour éloigner les mauvais esprits. Pas mal, non ? Dis-moi, Chuck, qu'est-ce qui te fait éternuer, toi ?

— Euh... la poussière.

— Bonne réponse. Il paraît aussi que le vendredi est le jour des tempêtes, si bien que les gens n'aiment pas prendre la mer ce jour-là. Mais il y a mieux ! Ecoutez ça, Brigid : rencontrer une rousse avant d'embarquer porte malheur, c'est pourquoi les pêcheurs rentrent chez eux s'ils en aperçoivent une, même de loin.

— On nous accuse de tous les maux, nous autres pauvres rousses ! dit Brigid en pouffant de rire. Il y a une autre légende qui m'a toujours beaucoup amusée : si vous nouez autour de votre cou un petit sachet de terre glaise avant de vous coucher, vous verrez votre futur époux vous apparaître en rêve.

— Tu devrais essayer ça, Brad, commenta Chuck.

— Ah, non merci ! Je ferais un cauchemar en voyant mon ex.

— A mon avis, reprit Brigid, les gens ont inventé ces superstitions au cours des siècles pour se sentir capables d'affronter leurs craintes ou leurs fantasmes. La vie étant trop imprévisible, c'était une manière d'y mettre un semblant d'ordre, sinon de raison.

— Ah ! intervint Chuck en pressant un bouton, je crois que nous avons déjà quelques correspondants en ligne. Allô ?

— Brigid ? fit une voix de très jeune fille.

— Oui, j'écoute, dit Brigid dans le micro.

— Bonjour, Brigid. Je m'appelle Tiffany et je veux juste vous dire que j'adooore votre voix...

— Merci, Tiffany.

— ... et aussi qu'il faut garder le violon. Votre ami vous en a fait cadeau sans condition, n'écoutez pas ceux qui voudraient vous faire croire le contraire. Je ne supporte pas que les gens vous disent tout le temps ce qu'il faut faire et ne pas faire.

— Merci, Tiffany, je suis très touchée.

— Merci de votre appel, Tiffany, enchaîna Chuck en pressant le bouton. Allô ? Allô ? Voulez-vous éteindre votre poste, s'il vous plaît ?

On entendait en effet l'écho de la conversation sur la radio de la personne qui appelait.

— Voilà, c'est éteint, fit la voix d'une femme

d'un certain âge. Je m'appelle Marjie et je voulais dire à Brigid que mes parents avaient émigré d'Irlande. Mon père jouait du violon, lui aussi. C'est pourquoi j'aime tant les ballades irlandaises, les vôtres surtout.

— Je suis heureuse de vous faire plaisir, répondit Brigid.

— Je viendrai sans faute à votre concert vendredi avec mon mari. D'ici là, pouvez-vous me parler un peu de votre nouvel album ? Je compte l'acheter, de toute façon, mais je voudrais savoir quelles chansons vous avez enregistrées.

— Eh bien, il y aura entre autres une de mes préférées : *J'ai un toit mais sans toi je n'ai rien.*

— Oh, quel beau titre ! Au fait, je vais essayer de deviner à quoi correspondent les initiales C.T. Dès que j'aurai trouvé quelque chose, je rappellerai, d'accord ? Mon mari et moi avons très, très envie de vous rencontrer en personne et de vous parler.

— Merci, Marjie. Je m'en réjouis d'avance.

— OK ! Une nouvelle page de publicité, intervint Brad. Ne quittez pas l'écoute, nous revenons tout de suite.

A travers la vitre, il fit signe à l'ingénieur du son de lancer la bande de spots. Regan se retourna en entendant la porte s'ouvrir et vit entrer Ned Alingham, un large sourire aux lèvres et un épais dossier sous le bras. A la vue de Louisa, son sourire s'évanouit.

— Bonjour. Asseyez-vous donc, dit Regan en approchant une chaise à côté d'elle.

— Bonjour, répondit Ned sans conviction.

— Bonjour, déclara Louisa à son tour.

Il lui lança un regard soupçonneux et s'assit

sans répondre, en serrant le dossier contre lui comme si sa vie en dépendait.

— Vous participez vous aussi à l'émission ? s'enquit Regan.

— Un peu plus tard, oui. Ils m'ont demandé de parler du *feng-shui* et de son influence bénéfique sur la vie quotidienne. Il a porté chance à ma grand-mère, en tout cas. Elle pratiquait le *feng-shui* sans le savoir et il lui a permis de démasquer un voleur.

— Ah oui ? Comment cela ?

— Elle prenait des hôtes payants pour arrondir sa retraite. Un soir, elle a changé la disposition des meubles et placé une petite table avec une lampe sur le palier de l'étage. Un de ses pensionnaires, qui cherchait à partir sans payer au milieu de la nuit, s'est pris le pied dans le fil de la lampe et a dégringolé l'escalier. Ma grand-mère s'est réveillée et s'est aperçue qu'il avait en plus volé toute son argenterie ! L'individu s'était cassé une jambe. Ma grand-mère n'a appelé une ambulance qu'après avoir récupéré son bien et lui avoir fait payer ce qu'il lui devait. C'était une forte femme, ma grand-mère.

— Tout cela pour avoir déplacé une table ?

— Exactement. Vous comprenez pourquoi j'ai le *feng-shui* dans le sang, pour ainsi dire. Ma grand-mère adorait changer les meubles de place, chez elle comme chez les autres. Quand j'ai découvert dans un traité de *feng-shui* qu'il s'agissait d'un art authentique, j'ai tout de suite compris que j'avais trouvé ma vocation.

— Ce sujet me fascine littéralement ! commenta Louisa.

— Vraiment ? s'étonna Ned d'un air méfiant.

160

Ce n'est pas l'impression que vous donniez l'autre soir.

— Regardons les choses comme elles sont. Je persiste à croire que dans certains cas, *feng-shui* ou pas, on ne peut placer une armoire ou une commode que contre un certain mur et pas un autre. Je dirais même que c'est un principe élémentaire, en décoration.

— Un véritable expert en *feng-shui* trouverait la solution adéquate, répliqua Ned sèchement.

— En sciant la commode en deux, peut-être ? demanda Louisa en riant.

— Si nécessaire, oui, déclara Ned, ulcéré.

— Vous travaillez sur l'aménagement du théâtre de Chappy, je crois ? intervint Regan pour changer de sujet.

Ned leva les yeux au ciel :

— Ne m'en parlez pas, ce projet traîne en longueur de manière invraisemblable ! A l'heure qu'il est, nous aurions dû avoir tout terminé et je suis assez déçu, je l'avoue, car j'aurais pu prospecter d'autre clients pendant l'été.

— D'où provient ce retard ?

— Il se trouve que la femme de Chappy avait loué les anciens communs, qui servent de maison d'amis, sans en parler à son mari. Nous voulions démarrer le chantier il y a plus de deux mois, de sorte que le théâtre soit prêt pour le courant de l'été. Maintenant, nous devrons attendre au moins jusqu'au début septembre.

— Chappy n'était pas au courant ? s'étonna Regan.

— Apparemment non. Bettina était persuadée que nous ne commencerions pas les travaux avant l'automne.

— Chappy avait déjà loué cette maison auparavant ?

— Mais non, justement ! Il ne l'avait encore
jamais louée. Bettina et lui se sont remariés en
septembre dernier. Peut-être a-t-elle cru bien faire
pour arrondir leurs revenus — non qu'ils en aient
vraiment besoin, croyez-moi. En tout cas, cette
location a bouleversé tous nos plans.

— Vous avez dit qu'ils se sont remariés ?
demanda Regan.

— Oui, vous ne saviez pas ? répondit Ned en
pouffant de rire. Ils s'étaient mariés une première
fois il y a une vingtaine d'années, mais cela n'avait
pas duré longtemps. Et puis, il y a un ou deux ans,
c'est elle qui a repris contact avec lui après la mort
de sa mère. Ils ont dû se rendre compte qu'ils
avaient raté la chance de leur vie.

— S'étaient-ils remariés entre-temps, chacun
de leur côté ?

— Chappy, non. Jamais. Bettina une fois, je
crois.

— Il faut que je les interviewe pour mon
article ! intervint Louisa. Et je tiens aussi à vous
inclure dans mon enquête, Claudia et vous.

Ned se tourna vers elle avec un demi-sourire :

— Cela peut s'envisager, mais...

Une joyeuse bouffée de musique dans le haut-
parleur de contrôle suivie de l'indicatif de la station l'empêcha de poursuivre.

— Nous revoici sur les ondes ! annonça Brad.
Il se passe beaucoup de choses à notre station ce
matin — toute la semaine, en fait. Brigid O'Neill
est avec nous en ce moment. Elle nous a promis
pendant la pause de revenir jeudi matin pour
annoncer elle-même le gagnant du concours.
Alors, qui trouvera l'explication la plus originale

aux initiales C.T. gravées sur son violon ? Violon, je le précise, dont elle jouera pour vous dans quelques minutes.

— J'ai hâte d'entendre les hypothèses des auditeurs, dit Brigid.

— Nous aussi, approuva Brad. Ah ! Voici un autre appel. Bonjour, comment vous appelez-vous ?

— Je ne donne pas ce genre de renseignement à la légère, déclara aigrement une voix d'homme criarde et mal posée.

— Chacun a le droit de préserver son intimité, admit Brad en levant les yeux au ciel. Qu'aimeriez-vous dire à Brigid O'Neill ?

— Je veux dire à Brigid qu'elle doit se débarrasser de ce violon.

— Se... débarrasser ? répéta Brad, incrédule.

— Parfaitement ! S'en débarrasser.

— Pourquoi donc ?

— Parce qu'il lui porte malheur. J'ai vu ce qui s'est passé l'autre soir. La femme a été poussée dans la piscine.

Louisa sursauta.

— Poussée ? répéta Brigid.

— J'y étais, j'ai tout vu. Si vous ne me croyez pas, libre à vous, mais on l'a poussée. Vous comprenez ? Poussée ! Et vous savez quoi ? C'était peut-être Brigid qui était visée. Soyez prudente, Brigid. Vous devez faire attention ! Très attention !

Seigneur ! un fou, pensa Regan, atterrée.

— Vous avez tout vu, disiez-vous ? demanda Brigid calmement.

— Oui ! cria la voix de fausset, de plus en plus excitée. Et je viendrai au concert vendredi.

163

Comme cela, nous irons ensemble jeter ce maudit violon dans l'océan. Vous et moi.

— J'aimerais pourtant le garder, soupira Brigid.

— Il ne faut pas, comprenez-vous ? Il ne faut pas ! J'ai pour mission de vous protéger du malheur qu'il vous apportera. Et arrêtez de chanter devant n'importe qui cette chanson sur votre amoureux en prison, vous entendez ? C'est notre chanson à nous ! A nous seuls !

Sur quoi, le mystérieux correspondant raccrocha brutalement.

Nous voilà bien, pensa Regan. Si je ne me trompe, notre corbeau est arrivé dans les parages.

22

— Tu ne meurs pas de faim, Brigid ? demanda Regan en sortant du studio.

L'émission avait duré près de deux heures. Après avoir répondu à des dizaines d'admirateurs et joué du violon, Brigid pensait avoir terminé quand un nouvel appel lui avait proposé d'acheter son violon cent mille dollars. Devant le refus de Brigid, la correspondante, une dame âgée qui voulait offrir l'instrument à son mari, avait surenchéri pour finalement abandonner à un demi-million. « Veillez sur ce violon comme si votre vie en dépendait », avait déclaré Brad. « Je réfléchis à l'endroit où vous devriez le mettre chez vous », avait enchaîné Ned en se grattant la tête. « Le mieux, ce serait dans un coffre-fort », avait décrété Regan.

— J'ai un petit creux, c'est vrai, admit Brigid pendant que Regan ouvrait la portière.

— Qu'est-ce qui te tenterait ?

— Après une émission comme celle-ci, quelque chose de simple et de bourratif me paraît s'imposer, répondit-elle en riant.

— Alors, je connais l'endroit. Le « Snack 24/24 » de Southampton est une institution, dans la région.

La serveuse, prénommée Lotty ainsi que l'annonçait le badge épinglé sur son tablier, les guida distraitement vers une table. Ce n'est qu'en leur tendant les menus qu'elle remarqua l'étui à violon et reconnut Brigid.

— Mais... vous êtes Brigid O'Neill ! s'écria-t-elle, un sourire épanoui aux lèvres. Je me trompe ?

— Non, c'est bien moi.

— Je vous ai écoutée ce matin, dans la cuisine. Brad et Chuck ont leurs habitudes ici, ils viennent presque tous les jours. J'adore vos chansons, les paroles me font un effet !...

Sur quoi, elle fredonna le premier couplet de *Si j'avais su que tu étais en taule* et s'arrêta au bout de quelques vers en pouffant de rire.

— Excusez-moi, c'est une de mes préférées. Je n'ai jamais pu y résister.

— Vous êtes tout excusée, la rassura Brigid en souriant.

Il faillit s'étrangler avec son muffin en les voyant s'installer a moins de deux mètres de sa table. Il tremblait tellement qu'il ne pouvait même pas prendre sa tasse pour avaler une gorgée de café.

Brigid était là, si près qu'il pouvait presque la toucher ! Il se sentait soudain couvert de sueur, son estomac se nouait. Il aurait voulu s'approcher d'elle, lui parler, mais il n'en était pas question. Elle pourrait reconnaître sa voix.

Et d'abord, qui était cette femme avec elle ? Et pourquoi la serveuse se permettait-elle de

166

chanter leur chanson ? Il fallait qu'il s'en aille, sinon il deviendrait fou de rage et ne se contrôlerait plus.

Regarde-la comme elle est belle...

Il était si amoureux d'elle qu'il en aurait pleuré, comme un bébé. Si seulement il pouvait être seul avec elle pour lui donner une chance de tomber amoureuse de lui, elle aussi. Mais comment l'approcher ? Comment ? Il devait trouver le moyen. Et vite.

Depuis son réveil, ce matin, la journée allait de mal en pis. Tout tournait dans sa tête. Il ne savait plus où il en était.

— Je voudrais déjà être au concert de vendredi, déclara Lotty en leur servant le café. Une seconde, je reviens.

Regan la vit se diriger vers une table toute proche où un jeune homme à la coupe de cheveux bizarre déjeunait seul.

— Ça va ? lui demanda Lotty.

Sans mot dire, il acquiesça de la tête et lui fit signe d'apporter l'addition.

— Vous partez déjà ?

L'autre hocha de nouveau la tête. Lotty se pencha vers lui en murmurant, assez haut pour que Regan l'entende :

— Vous parliez de la station de radio, hier. Eh bien, c'est Brigid O'Neill qui est à cette table-là. Elle était en direct ce matin.

Le jeune homme leva les yeux vers elle mais, en voyant qu'elle le regardait, se détourna à la hâte.

— Il a l'air intimidé, observa Regan.

— Pauvre garçon, dit Brigid.

Et elle le gratifia d'un salut de la main quand il partit.

Lotty revint quelques minutes plus tard déposer devant elles deux assiettes débordantes d'œufs au bacon et de toasts beurrés. Les tables autour d'elles étaient maintenant toutes inoccupées.

— Le type qui était assis là, dit Lotty en désignant du pouce la place que le jeune homme venait de libérer, est revenu trois ou quatre fois depuis deux jours. Matin, midi ou soir, il commande toujours la même chose, deux œufs à la coque et des muffins. Je ne sais pas ce qui lui a pris ce matin de détaler comme un lapin sans même finir son déjeuner, poursuivit-elle en riant. D'habitude, il nettoie son assiette comme s'il voulait faire la vaisselle.

— Il en avait peut-être assez des œufs, suggéra Brigid.

— Ou alors, déclara Regan en mordant avec gourmandise dans une tranche de bacon, il venait de recevoir le résultat d'une analyse de sang et il a paniqué devant son taux de cholestérol.

— En tout cas, il est toujours gentil et discret. Avec lui, au moins, jamais de récriminations. Bon appétit !

fortune tombée du ciel ? Il perd le sens commun, si tant est qu'il en ait jamais eu ! Il se fait bâtir une monstruosité qui écrase les villas avoisinantes et défigure tout le front de mer. Et le voilà maintenant qui s'avise de démolir les anciens communs pour construire un théâtre. Affligeant ! Le pire, c'est que personne ne peut mettre un frein à ses folies. La propriété appartient à sa famille depuis si longtemps que les règlements d'urbanisme et les coefficients d'occupation des sols ne s'y sont jamais appliqués !

Arnold savait aussi que les voisins s'inquiétaient des projets de Chappy, car si le théâtre échouait, ce que beaucoup prédisaient sans aller jusqu'à le souhaiter ouvertement, Chappy était homme à le transformer en cinéma, voire en complexe de six ou huit salles ! De là à ce que le quartier empeste le pop-corn et soit envahi par la faune du samedi soir, il n'y avait, dans ce scénario-catastrophe, qu'un pas que certains n'hésitaient pas à franchir.

Non que ce Tinka puisse être accusé d'avarice, au contraire, pensa Arnold en contemplant, de son élégant bureau, les vertes collines qui jalonnaient le campus. Bien qu'il n'en ait jamais été élève, Chappy avait fait au collège nombre de donations substantielles. Il était, par ailleurs, l'un des principaux commanditaires du Melting Pot Music Festival. Arnold n'aurait donc eu aucun motif de se plaindre de lui si les problèmes ne s'accumulaient depuis que Chappy, à force d'insistance, avait obtenu la participation de Brigid O'Neill au festival. Certes, Brigid était une excellente chanteuse et sa présence ajoutait au programme un lustre tout à fait bienvenu. Mais à cause d'elle, Arnold avait dû jongler avec les temps de présence en scène des autres musiciens, ce qui ne lui valait que des ennuis.

Darla Wells était furieuse. Elle avait même « pété les plombs », pour reprendre une expression favorite de ses élèves. La semaine précédente, Arnold s'était vu dans la pénible obligation d'informer Darla que la participation de la jeune et déjà célèbre Brigid O'Neill la contraindrait à raccourcir son numéro d'une, voire de deux chansons. Les trois groupes masculins, dont la réputation n'était plus à faire, avaient accepté sans difficulté de céder un peu de leur temps à leur jeune collègue. Il en allait tout autrement avec Darla.

Quel que soit son talent réel ou supposé, à trente-cinq ans elle attendait encore de percer dans le show-biz. Jusqu'à présent, elle avait gratté sa guitare dans des boîtes plus ou moins confidentielles des Hamptons avec l'espoir d'y être « découverte ». En vain... Aussi son mari avait-il eu l'idée géniale de faire bénéficier le Welth College d'une mirifique donation — a la condition expresse que sa femme se produise au festival. Darla était sûre que le public serait truffé d'agents des maisons de disques et qu'elle aurait ainsi enfin une chance de se faire « découvrir ».

A défaut de chance, se disait Arnold non sans amertume, Darla possédait l'agressivité indispensable à qui veut se lancer dans la jungle du show-biz. Elle en avait usé sans compter à son égard quand il lui avait annoncé la mauvaise nouvelle. Car Darla savait trop bien que, sans même le faire exprès, la jeune, belle et brillante Brigid O'Neill l'éclipserait à coup sûr.

Depuis ses débuts modestes deux ans auparavant, le festival avait grandi en notoriété au point de mériter une couverture médiatique à l'échelle nationale. Arnold ne pouvait que se féliciter de son initiative, car c'était lui qui avait eu l'idée d'organiser des concerts sur les pelouses du campus à l'époque de l'année où les célébrités les plus diverses venaient se montrer aux Hamptons. La recette était facile, somme toute : trouvez une bonne cause sur laquelle la faune de Hollywood ne rechigne pas à jeter un peu de son éclat, annoncez que la soirée est organisée à son bénéfice, ajoutez une dose de publicité, agitez, servez frais et vous obtenez l'un des événements médiatiques et mondains les plus courus de l'année.

Alors, compte tenu de la générosité du mari de Darla, pourquoi Arnold avait-il pris le risque d'encourir sa fureur ? Tout simplement parce que la contribution de Chappy Tinka aux finances du collège était encore plus considérable que celle de M. Wells. Vouloir concilier des intérêts aussi inconciliables était, pour Arnold, une mission impossible. Il s'y était quand même attelé avec courage et, jusqu'à présent du moins, avait réussi à éviter le pire. Mais qu'attendre du déferlement de publicité qui se produisait autour de Brigid O'Neill ? On ne parlait que d'elle dans la presse locale et il avait entendu une partie de son interview à la radio de sa voiture en venant au bureau. Etait-ce bon pour le festival ? Les époux Wells en seraient-ils ulcérés au point de provoquer un scandale ?

Il se posait encore la question quand sa secrétaire sonna.

— Oui, Dot ?

— On vient de me remettre un paquet pour Brigid O'Neill.

— Apportez-le.

La porte de chêne s'ouvrit pour laisser passer Dot. A cinquante ans, trapue et efficace, elle secondait Arnold depuis le premier jour et pouvait sans vanité prétendre au titre de plus fidèle secrétaire du monde. Les étudiants qui attendaient, parfois en tremblant, dans l'antichambre du président pouvaient compter sur sa présence aussi maternelle que réconfortante. Elle avait elle-même mis au monde et élevé quatre enfants. Son mari et elle se connaissaient depuis leur plus jeune âge et n'avaient jamais quitté Sag Harbor, où ils coulaient des jours heureux.

Dot posa sur le bureau d'Arnold une petite boîte enveloppée de papier kraft. Le nom de Brigid O'Neill, aux bons soins du collège, était écrit en capitales à l'aide d'un feutre noir. Le paquet faisait du bruit comme s'il contenait des cailloux ou des pois chiches.

— Il n'y a pas d'adresse ? s'étonna Arnold.

— Non, il n'est pas arrivé par la poste. On a dû le laisser devant la porte, car un gardien l'y a trouvé tout à l'heure et me l'a apporté. A son avis, c'est encore un coup du jardinier qui était au concert de l'année dernière. Il avait offert des boîtes de graines et de semences à tous les chanteurs.

— Bien, je lui porterai. Je comptais justement aller faire un tour chez Tinka à l'heure du déjeuner. Il faut que je souhaite officiellement la bienvenue à Brigid O'Neill, puisqu'on n'a pas jugé bon de m'inviter à la soirée de samedi.

— Vous avez vu le journal ? demanda Dot.

— Oui.

— J'espère que le festival sera aussi palpitant que la réception de M. Tinka, dit-elle d'un ton ironique.

Pas moi, se dit Arnold en laissant échapper un soupir. Surtout pas.

Etendue sur une chaise longue, Bettina contemplait l'océan depuis la terrasse de sa chambre. Blottie contre son sein droit, Tootsie léchait assidûment le cou et l'oreille droite de sa chère maman. Elle aurait bien voulu sucer plus souvent l'autre oreille mais, neuf fois sur dix, la présence d'un téléphone portable le lui interdisait.

Bettina avait étalé le *Hamptons News* sur ses genoux. Chappy le lui avait apporté avant de repartir comme un dératé faire Dieu sait quoi. Il se comportait bizarrement, ces derniers temps. En fait, depuis leur retour d'Irlande, c'était un vrai paquet de nerfs.

Bettina se gratta la cuisse, donna un petit baiser à Tootsie, regarda ses doigts de pied en se disant qu'il était temps de faire venir son pédicure. Ses yeux se posèrent ensuite sur la photo de Louisa Washburn en train de cracher de l'eau et un sourire lui vint aux lèvres. Hilda Tinka doit se retourner dans sa tombe, pensa-t-elle.

Les occasions de se retourner dans sa tombe ne manquaient pas, ces temps-ci, se dit Bettina avec jubilation. Une scène comme celle-ci photographiée chez Hilda, quel scandale ! Elle qui mettait en scène les photos de famille avec tant de soin. Aucun détail ne devait clocher — au point qu'elle avait ordonné une fois à Bettina de s'éloigner. « Mais enfin, je suis marié ! » avait protesté Chappy. Rien n'y avait fait et Chappy avait été photographié seul avec ses parents et ses grands-parents. Sans la « pièce rapportée »...

Bettina tortilla ses doigts de pied. Dommage que l'Homme de Paix ne conduise pas de séances, cette semaine. Elles la détendraient.

Et pourquoi Chappy était-il aussi nerveux, ces derniers temps ? Il ne pouvait pas être mécontent d'elle, depuis un an elle ne s'était jamais autant surveillée. Alors ?

C'est lui qu'il va falloir surveiller de plus près, décida Bettina.

25

Les gens s'imaginent qu'on peut avoir tout ce qu'on veut avec du fric ! fulmina Darla Wells. Eh bien, non. Ce serait trop beau !

Assise dans un fauteuil du salon de coiffure le plus réputé de la région, chez Wendell à East Hampton, la chanteuse aux cheveux châtains, aux yeux de biche et au petit corps potelé lisait le *Hamptons News* ou, plutôt, dardait un regard étincelant de rage sur la photo de son ennemie intime, Brigid O'Neill. La garce qui la forçait à tailler dans son répertoire du concert !

Emergeant de la réserve, où s'alignaient en bon ordre les produits prêts à opérer leur magie sur les têtes de celles disposées à les payer un prix exorbitant, Wendell apparut en personne derrière le fauteuil de Darla et imposa solennellement les mains sur sa tête.

— Que souhaitons-nous aujourd'hui, mon chou ?

— Quelques reflets, comme d'habitude.

Le maître inclina la tête en signe d'assentiment et son regard tomba sur le journal déployé sur les genoux de Darla.

— Oh ! Brigid O'Neill ! s'exclama-t-il. Elle est

fââââbuleuse ! Et quelle chevelure ! Je donnerais n'importe quoi pour l'asseoir ici même et plonger les mains dans ses cheveux !

Sur quoi, l'artiste capillaire alla quérir ses instruments en laissant derrière lui une Darla écumante de fureur. La garce ! grondait-elle entre ses dents serrées. La salope ! Je la hais ! Je la hais !

Deux heures plus tard, elle quitta le salon, ouvrit la portière de son coupé Mercedes, empoigna sur le siège du passager le CD de Brigid qu'elle venait d'acheter par curiosité, le jeta par terre et le réduisit en miettes à coups de talons aiguilles.

— Voilà ce que je pense de ta voix et de tes chansons idiotes, pauvre cloche ! grommela-t-elle.

Elle n'était pas plus avancée, certes. Mais cela faisait quand même du bien de se soulager un peu les nerfs.

Après leur tardif petit déjeuner, Regan et Brigid firent quelques courses dans Southampton et regagnèrent le Domaine Chappy vers onze heures trente. Une voiture, qui paraissait les attendre dans la rue, franchit la grille derrière elles et les suivit dans l'allée. Quand elles mirent pied à terre, deux garçons de dix-sept ou dix-huit ans, en casquette de base-ball, lunettes de soleil, T-shirt et bermuda, descendirent de voiture à leur tour en leur adressant des saluts et des grands sourires.

— Brigid O'Neill ! s'exclama l'un des deux en accourant vers elle. Quelle chance de vous rencontrer !

Grand, maigre, les dents prises dans un appareil orthodontique qui brillait au soleil, il portait un magnétophone et un bloc-notes. Son camarade, un petit trapu, restait près de la voiture comme si leur coup d'audace l'intimidait.

— Bonjour, dit Brigid en souriant.

— Que désirez-vous ? s'enquit aussitôt Regan.

— Eh bien, voilà, commença le grand. Je m'appelle Phil, mon copain c'est Nick et je m'occupe du journal du lycée. En écoutant Brigid ce matin à la radio, on s'est dit que ça serait sympa de venir vous demander une interview. J'en aurai pas pour longtemps, c'est promis. Mais imaginez l'effet si on sortait une interview exclusive de Brigid O'Neill dans le numéro de la rentrée ! D'ailleurs, tous les copains viendront à votre concert.

Regan consulta Brigid du regard.

— Pourquoi pas ? fit celle-ci avec un haussement d'épaules.

Regan se tourna vers Phil. Il avait l'air si jeune, si sincère...

— Vous avez une pièce d'identité ? lui demanda-t-elle.

— Euh... c'est-à-dire que... j'ai pas encore mon permis, répondit-il, gêné.

— Laisse, intervint Brigid. De toute façon, nous n'en aurons pas pour longtemps. Entrez, dit-elle aux deux garçons.

La maison était calme et fraîche. Les autres avaient laissé un mot sur la table pour annoncer qu'ils étaient partis jouer au golf.

— Installons-nous ici, dit Brigid.

Elle prit place sur le canapé. Phil s'assit à côté d'elle, Nick sur une chaise en face.

— Regan, ce bacon m'a donné très soif. Ça t'ennuierait d'aller me chercher un verre d'eau bien fraîche ? demanda Brigid.

— Pas du tout. Une minute.

Regan sortait la bouteille du réfrigérateur quand elle entendit soudain Brigid pousser un cri d'effroi :

— Qu'est-ce que vous faites avec cette corde ?

— C'est pour vous attacher toutes les deux, vous et votre copine, expliqua Phil. Mais on ne vous fera pas de mal, on veut juste prendre le violon.

J'aurais dû me méfier, pensa Regan, et écouter mon instinct quand ces deux imbéciles sont arrivés comme des cheveux sur la soupe. Il est temps de mettre fin à cette mauvaise comédie. Sur quoi, elle prit son pistolet dans le sac qu'elle portait à la taille et se retourna, l'arme braquée. Phil commençait à attacher Brigid tandis que Nick se dirigeait vers elle.

— Ne bougez plus, dit-elle sans élever la voix.

La grimace horrifiée de Nick la fit presque pouffer de rire.

— C'est pas moi, c'est lui qui a eu l'idée ! cria-t-il en montrant Phil d'un doigt tremblant. Il croyait qu'on pourrait retrouver la dame qui voulait acheter le violon ce matin à la radio, ou alors chercher quelqu'un d'autre...

— Tais-toi donc, Nick ! le rabroua Phil en lâchant sa corde.

— J'aurais dû me douter de quelque chose quand vous n'avez pas enlevé vos lunettes noires en entrant ici, dit Regan. Cette idée est complètement idiote ! Vous pensiez vraiment vous en tirer ?

— On ne voulait pas vous faire de mal, protesta Phil.

— Je sais, juste nous attacher pour qu'on soit bien sages ! dit Regan d'un ton ironique. Brigid, laisse donc ta place à ces deux charmants garçons, ils se tiendront compagnie en attendant l'arrivée de la police. Allez, Nick, assis ! ordonna-t-elle en faisant un geste avec son pistolet. A côté de votre petit copain. Voilà...

Dans sa hâte à obéir, il trébucha et manqua de s'étaler par terre.

— J'appelle la police, dit Brigid en se levant.

Vous êtes mal partis dans la vie, vous deux, ajouta-t-elle.

— Pourtant, on aime bien votre musique, je vous assure, déclara Phil en guise d'excuse.

— Alors, vous n'auriez pas dû essayer de voler mon violon. J'en ai besoin pour faire de la musique, figurez-vous.

— Dites donc, intervint Regan, je suppose que vous n'avez jamais mis les pieds au lycée des Hamptons, n'est-ce pas ?

La tête basse, les deux garçons marmonnèrent piteusement une réponse négative.

— Je me demande même si vous êtes de la région, poursuivit Regan. Il faudrait être complètement idiot pour monter un coup pareil quand on habite le voisinage ! J'avais d'ailleurs remarqué que votre voiture était immatriculée à New York.

— Ben... c'est-à-dire que... on l'a louée, grommela Nick. On est ici en vacances. Nous, on vient du Nebraska.

27

Pour la deuxième fois en moins de quarante-huit heures, le ululement des sirènes déchirait l'air marin tandis que deux voitures de police pénétraient à toute allure dans le Domaine Chappy.

Chappy et Duke revenaient de faire des courses quand ils se rendirent compte, en franchissant la grille, de la présence fort peu discrète des représentants de la force publique.

— Qu'est-ce qui se passe encore ? rugit Chappy.

— Aucune idée, répondit Duke avec beaucoup de bon sens.

— Eh bien, allons voir, bougre d'âne !

La Rolls à peine arrêtée, Chappy en jaillit et courut vers la maison d'amis au moment où Bettina, Tootsie dans ses bras, débouchait par l'allée de la piscine. Ils parcoururent les derniers mètres la main dans la main et parvinrent ensemble à la porte. A l'intérieur, deux policiers passaient les menottes aux pseudo-lycéens pendant qu'un autre interrogeait Regan et Brigid.

— Que se passe-t-il ? s'enquit Chappy, haletant. Personne n'est blessé, au moins ?

— Non, rien de grave, répondit Brigid. Ces

deux joyeux lurons voulaient tout simplement s'approprier mon violon.

— LE VIOLON ? ! s'exclama Chappy, au comble de l'horreur.

— C'est affreux ! soupira Bettina. Affreux !

Tootsie manifesta son accord par un bref aboiement.

— Dieu merci, dit Brigid, Regan était là.

— Tout s'est bien terminé, heureusement, dit Regan avec modestie. J'aurais dû me méfier tout de suite de ces deux-là, mais j'ai tellement l'habitude de voir des gamins demander des interviews ou des autographes à ma mère. Ils sont généralement timides et gentils, comme ceux-là quand ils nous ont abordées.

— Qui sont ces énergumènes ? voulut savoir Chappy.

— Deux jeunes imbéciles, l'informa l'agent de police. Ils ont entendu ce matin à la radio une personne offrir une somme considérable pour acheter le violon et ils se sont imaginé qu'il leur suffisait de mettre la main dessus pour empocher l'argent. On parle beaucoup de Mlle O'Neill et de son violon, ces derniers temps. Réelle ou supposée, la valeur attribuée à cet instrument donne des idées à toutes sortes de gens malintentionnés.

— C'est révoltant ! commenta Chappy avec indignation.

— C'est affreux ! Affreux ! répéta Bettina.

— Qu'est-ce qui se passe ? fit une voix.

Regan se retourna. Du pas de la porte, Kieran regardait Brigid avec une réelle inquiétude. On voyait derrière lui s'approcher Hank, Teddy et Pammy. Quand le policier lui eut brièvement expliqué la situation, Kieran courut prendre Brigid dans ses bras.

— J'ai eu si peur pour toi en voyant les voitures de police, lui dit-il à mi-voix. Tu vas bien ?

Elle acquiesça d'un signe et sourit en appuyant la tête contre sa poitrine, geste dénotant entre eux une intimité que Regan n'avait pas encore remarquée. Sans lâcher Brigid, Kieran lui tendit la main.

— Merci, Regan, dit-il avec une évidente sincérité.

— Je suis là pour ça, se borna-t-elle à répondre.

Pammy franchit le seuil à ce moment-là et regarda la scène d'un air franchement réprobateur.

— Qu'est-il arrivé ?

Kieran lâcha la main de Regan et la taille de Brigid avant de se tourner vers elle :

— Tout va bien maintenant. C'est fini.

J'ai bien peur, au contraire, que ça ne fasse que commencer, pensa Regan pendant que Brigid expliquait en quelques mots la nature de l'incident.

— Ça par exemple ! s'écria Chappy. Voyez qui nous arrive !

Tiré à quatre épingles comme à l'accoutumée, Arnold Baker, président du Welth College, franchissait la porte. Le policier le salua respectueusement, Chappy fit les présentations.

— Je tenais à vous souhaiter la bienvenue dans notre ville, mademoiselle O'Neill, dit Arnold en s'inclinant. Je profite aussi de l'occasion pour vous remettre ce petit paquet adressé à votre nom aux bons soins du collège, mais je crains d'arriver à un mauvais moment.

— Pas du tout, monsieur, je suis enchantée de faire votre connaissance, répondit Brigid en souriant. Je me réjouis d'avance de participer au concert qui aura lieu chez vous.

Après lui avoir serré la main, Arnold lui donna le paquet.

— Ouvrez-le vite ! susurra Bettina. J'ai toujours hâte de déballer les cadeaux que me fait mon Chappy.

— Un instant ! intervint Regan. Compte tenu de ce qui vient de se passer, moi je me méfierais de ce que contient cette boîte.

— Ma secrétaire pense qu'il s'agit de graines ou de semences, suggéra Arnold. Le jardinier en avait offert l'année dernière à tous les musiciens.

Le policier s'avança, prit le paquet que Brigid lui tendit.

— Permettez que je regarde moi-même. On dirait des grains de maïs séchés, dit-il en le secouant un peu. Au bruit, en tout cas, il ne s'agit sûrement pas d'une bombe.

Il défit l'emballage, souleva le couvercle et sortit de la boîte une poupée de chiffon bourrée de haricots secs, aux longs cheveux rouges et aux yeux verts. Elle avait la tête presque arrachée du corps et le nom de Brigid était griffonné en noir sur le plastron de la robe. Un soupir horrifié parcourut l'assistance.

— Attendez, il y a un message, reprit le policier.

Il prit dans la boîte un morceau de papier, le déplia. Son expression changea.

— Alors ? demanda Brigid. Que dit-il ?

— Il dit : « Voilà ce qui t'attend. »

— C'est abominable ! s'exclama Chappy. Abominable !

— Nous sommes si fiers et si heureux de vous accueillir, Brigid, déclara Bettina. N'allez surtout pas croire que les gens d'ici se conduisent tous de

186

cette manière. C'est épouvantable ! Epouvantable !

Deux incidents à quelques minutes d'intervalle, se disait Regan pendant ce temps. A quand le troisième ?

— Cette mauvaise plaisanterie signifie peut-être que je suis enfin admise dans le monde du show-biz, dit Brigid avec un pâle sourire. J'ai dû faire un jaloux.

— Mademoiselle O'Neill, demanda le policier, avez-vous une idée de la personne qui vous a envoyé ceci ?

— Non, pas la moindre.

— Un individu bizarre a appelé la radio ce matin pendant l'émission, intervint Regan. Brigid a aussi reçu une lettre anonyme à la Fan Fair de Nashville. La lettre n'était pas postée mais déposée à son nom, comme ce paquet-ci...

— Ce qui veut dire, enchaîna le policier, que le ou les expéditeurs de la lettre et du paquet se trouvaient à proximité de Mlle O'Neill ou la suivaient à la trace. Celui qui a appelé ce matin la station de radio doit donc être dans les parages.

— Exact, approuva Regan. Sans parler des deux énergumènes qui étaient là tout à l'heure ou de l'incident de l'autre soir, quand Louisa a été poussée dans la piscine. Il serait prudent, poursuivit-elle en se tournant vers Chappy, d'engager des vigiles pour assurer la sécurité sur le domaine jusqu'au départ de Brigid.

Chappy sursauta :

— Hein ? Je ne crois pas que ce soit réellement indispensable.

— Non, Regan, intervint Brigid. Je ne veux pas vivre comme cela, d'autant plus que cette semaine est censée être une période de détente pour tout le monde. Tu es ici avec moi, la maison est pleine, celle de Kit aussi, Chappy et Bettina sont à deux pas.

— Nous veillerons tous sur elle, déclara Kieran.

— Absolument, renchérit Pammy.

Hank et Teddy le confirmèrent avec conviction.

— Il est peu probable que l'expéditeur de cette chose soit du genre à passer à l'acte, dit Brigid en montrant la boîte. La lettre anonyme a sans doute été déposée par quelqu'un de Nashville. Quant à l'énergumène de la radio, qui prétendait avoir vu Louisa poussée dans la piscine, il avait l'air d'un déséquilibré.

Je suis sûre, au contraire, qu'il disait la stricte vérité, songea Regan en pensant à la marque de peinture sur le cafetan de Louisa.

— Peut-être, observa Pammy, mais il n'empêche que les deux individus sont entrés ici tout à l'heure comme dans un moulin. C'est plutôt inquiétant, non ?

— Ils ne voulaient pas se débarrasser de moi, ils ne cherchaient qu'à voler mon violon, répondit Brigid. De toute façon, je ne me laisserai plus interviewer par le premier venu. D'accord, Regan ?

— Tout a fait, confirma Regan. Nous ne pouvons pas permettre à n'importe qui de venir frapper à la porte. Toute demande d'interview devra être formulée à l'avance et vérifiée.

Et en attendant, s'abstint-elle d'ajouter, je mettrai le violon en lieu sûr chez mes parents.

— Je ne me suis engagée, pour le moment, qu'à retourner jeudi à la station de radio, dit Brigid. Je vais appeler Roy, mon imprésario.

Arnold Baker qui, depuis un moment restait à

l'écart et observait la scène sans mot dire, s'avança d'un pas.

— Je suis sincèrement désolé, Brigid..., commença-t-il.

— Vous n'y êtes pour rien, voyons ! l'interrompit-elle. J'ai hâte de participer au concert vendredi soir.

— Merci, car je réprouve avec indignation ces malheureuses affaires. Au nom du collège et du comité d'organisation du festival, je tiens à vous assurer que votre présence donnera à notre manifestation un éclat particulier qui nous comble de joie. Et maintenant, je crois avoir trop abusé de votre temps et je retourne au travail.

— Monsieur Baker ! le héla Regan alors qu'il s'approchait de la porte. J'aimerais vous dire deux mots.

Elle le suivit dehors et lui demanda si elle pouvait passer lui rendre visite au collège dans l'après-midi afin d'interroger le gardien qui avait trouvé le paquet. Peut-être avait-il remarqué quelque chose ?

— Je suis à votre entière disposition, lui répondit Arnold.

Elle le regarda manœuvrer entre les véhicules garés n'importe comment dans l'allée : les deux voitures de police, le break prêté par Chappy aux musiciens, la Rolls-Royce cabossée. L'autocar et le camping-car de l'Homme de Paix pointaient leurs capots de l'autre côté du château.

Au fait, se demanda Regan, où est donc le gourou ? Est-il resté plongé dans la méditation pendant tout ce tintouin ? Compte-t-il passer les sept jours de sa cure de silence enfermé dans sa roulotte ? Ce personnage est bizarre, il faudrait que je garde un œil sur lui.

Le violon est peut-être ensorcelé, mais le Domaine Chappy me paraît hanté par ses propres fantômes, pensa-t-elle en aspirant une grande bouffée d'air marin. Elle sentait dans sa poitrine un poids qui l'étouffait, sensation familière dans les circonstances troublées qu'elle traversait et qui ne disparaîtrait, elle en était sûre, que lorsque Brigid aurait enfin quitté les Hamptons et serait en sûreté. Encore quatre jours jusqu'au concert. Et dire que Brigid était censée venir ici pour se distraire et se reposer...

Regan revint demander au policier si elle pouvait garder la poupée afin de mener sa propre enquête.

— Tant que Mlle O'Neill ne porte pas plainte, elle peut en faire ce qu'elle veut, lui répondit l'agent. Mais nous voudrions examiner la lettre anonyme pour vérifier si elle porte des empreintes.

Qui serait assez vicieux pour adresser à Brigid cette poupée décapitée ? se demanda Regan après le départ de la police. Espérons que ma visite au Welth College, tout à l'heure, me permettra de découvrir des indices qui jetteront un peu de lumière sur la question.

28

— Je n'arrive pas à croire que j'aie fini ce fichu violon, Pearl !

A midi passé, Ernie prenait son petit déjeuner. Depuis la visite de Chappy Tinka la veille, il avait travaillé sans arrêt jusqu'à quatre heures du matin pour fignoler les derniers détails.

— Il est superbe, Ernie, le félicita Pearl avec conviction.

Elle était en train de nettoyer le réfrigérateur en prévision de leur prochain départ et jetait tout ce qui lui paraissait suspect.

— Superbe ou pas, il fera l'affaire

— De toute façon, je suis fière de toi.

Un pot de mayonnaise entamé et un morceau de gruyère trop sec atterrirent dans la poubelle avec un bruit mat.

— Tu jettes tout ? s'étonna Ernie.

— Seulement ce qui risque de se gâter d'ici notre retour.

Ernie vida sa tasse de café et se leva. Satisfait d'avoir achevé son travail, il ne tenait pourtant plus en place. Après avoir travaillé une semaine jour et nuit sur le violon, il se sentait moins fatigué qu'énervé. Il avait envie de bouger, de sortir, de changer d'air, de décor, de faire autre chose. Il n'était resté enfermé que huit jours à peine, mais avoir eu Chappy Tinka sur le dos lui avait fait paraître le temps deux fois plus long.

— Nos bagages sont prêts ? demanda-t-il.

— Il me reste deux ou trois choses à mettre dans les valises, quelques derniers rangements...

— Partons, Pearl, lâcha-t-il. Aujourd'hui même.

Penchée sur le bac à légumes, Pearl se redressa, stupéfaite.

— Quoi ?

— Oui, j'ai bien dit aujourd'hui.

— Mais...

— Pas de mais.

Il rejoignit sa femme, lui caressa tendrement la joue.

— Tu masses mes rides ? Cela ne les fera pas disparaître, dit Pearl en souriant.

— J'adore tes rides. Et je t'ai honteusement négligée toute la semaine. Mettons les bagages dans la voiture et partons. Tiens, allons d'abord à New York.

— A... New York ?

— Parfaitement. Prenons une chambre au Plaza, sortons dîner dans un grand restaurant, allons même voir une pièce de théâtre. Bref, offrons-nous deux jours de bon temps avant de partir pour la Pennsylvanie.

— Tu te sens bien, Ernie ? demanda Pearl avec une soudaine inquiétude. Le docteur t'a-t-il découvert quelque chose que tu m'aurais caché ? Serait-ce ta bronchite qui...

— De grâce, Pearl ! J'ai juste envie de te faire plaisir. De nous faire plaisir. De profiter un peu de la vie, voilà tout.

192

— C'est plutôt... inattendu.

— Merci bien ! Tu es trop gentille.

— Je ne demanderais pas mieux, Ernie. Mais New York est si coûteux ! Nous avions calculé notre budget pour le voyage...

— Et alors ? Oublions le budget. C'est une occasion unique, Pearl. Tinka me paie le double, n'oublie pas. A quoi bon travailler comme une bête à mon âge si nous n'en profitons pas, hein ?

Il se pencha, lui donna un baiser. Hissée sur la pointe des pieds, Pearl le lui rendit.

— Oh, Ernie ! Nous n'avons rien fait comme cela sur un coup de tête depuis... depuis 1965.

— Qu'avions-nous fait en 1965 ?

— Nous étions allés à l'Exposition universelle sans avoir rien prévu ni préparé.

— Oui, c'est vrai... Eh bien, raison de plus. Il est grand temps de recommencer.

Désemparée, Pearl regarda autour d'elle.

— Mon Dieu, mon Dieu, c'est si précipité... Il faut prévenir Bea, notre voisine... Oh ! Ernie, et le violon ? Tinka doit venir le chercher cette semaine.

— Nous lui ferons la surprise de le lui livrer, c'est sur notre route.

— Tu sais où il habite ?

— Bien sûr, son adresse figure sur le chèque.

Pearl pouffa de rire.

— Ça alors ! Pour une surprise, il aura une surprise !

29

— Et j'ai raté tout ça ? s'écria Kit, dépitée.

Regan et Brigid venaient de lui rendre compte des aventures de la matinée. Après être sortie faire des courses, Kit les avait rejointes sur la plage, car Brigid avait voulu se baigner afin de se remettre les idées en place.

— C'est bien ma chance d'avoir été au supermarché pendant que tout cela arrivait ! reprit-elle. Si j'avais été là...

— Réjouis-toi plutôt que ce n'ait pas été plus grave, lui fit observer Regan.

— Bien sûr. Il n'empêche que cette poupée... C'est incroyable !

Les trois amies gardèrent un silence pensif en contemplant l'océan. A les voir, ces trois jeunes femmes, la brune, la blonde et la rousse, profitaient comme tant d'autres d'une belle journée ensoleillée sur la plage. Nul ne se serait douté que leurs conversations n'avaient rien de commun avec celles des dizaines d'autres petits groupes insouciants disséminés le long du rivage.

— A propos du violon, Brigid, dit enfin Regan. Je voudrais être sûre qu'il ne lui arrive rien. Je pourrais le mettre en lieu sûr chez mes parents pendant quelques jours. Qu'en penses-tu ?

Etonnée, Brigid ne répondit pas aussitôt.

— A toi de décider, reprit Regan. Mais n'oublie pas qu'ici il n'y a pas de système d'alarme quand nous nous absentons et que les portes ne sont pas toujours fermées à clef pendant que nous sommes à la plage, comme maintenant. N'importe qui peut s'introduire sans difficulté dans la maison.

Brigid se retourna. Avec ses murs blancs et ses volets noirs se détachant contre le bleu du ciel, la maison avait une allure paisible et accueillante. Pourtant, ce décor de carte postale avait été, moins de deux heures plus tôt, le théâtre d'une agression qui, pour être maladroitement perpé-trée par des amateurs, n'était pas moins réelle.

— Nous pourrions demander à Chappy de le garder, suggéra Kit. Il doit bien avoir un coffre-fort ou une cachette sûre.

— Non, répondit Regan, il y a trop d'allées et venues dans cette maison. Mieux vaut mettre le violon à l'abri ailleurs. Il y a gros à parier que la nouvelle de ce qui s'est passé tout à l'heure va se répandre, cela donnera des idées à d'autres mal-faiteurs.

— D'accord, Regan, dit enfin Brigid. Tout bien réfléchi, je serais même soulagée de ne plus avoir à m'en soucier pendant quelques jours. Je ne croyais pas au dicton qui dit que vos possessions vous possèdent. Maintenant, je le comprends.

— Nous serons tous plus tranquilles, approuva Regan. Je te le rendrai jeudi soir, ou même ven-dredi juste avant le concert. Et quand tu auras quitté la région, tout ce tintamarre médiatique se sera peut-être un peu calmé.

— Je l'espère aussi. N'oublie cependant pas

que, de l'autre côté de l'Atlantique, on a voulu voler ce même violon à Malachy. On s'est introduit chez lui pendant qu'il dormait et on lui a littéralement pris l'instrument des mains.

— Je sais.

— Alors, inutile d'attendre. Emporte-le tout de suite chez tes parents.

Elles se levèrent toutes trois, secouèrent le sable de leurs serviettes de plage.

— Voulez-vous venir dîner chez nous ce soir ? proposa Kit.

— C'est toi qui fais la cuisine ? s'enquit Regan en affectant une mine horrifiée.

— Non, Angela veut bien se mettre aux fourneaux, répondit Kit en riant. Mais tu es vexante ! Je ne me débrouille pas trop mal, quand on me dit comment faire.

— Qui y aura-t-il ?

— Garrett et Angela, sûrement. Les autres, je ne sais pas encore. Certains ont dû retourner en ville et ne reviendront que jeudi ou vendredi, pour le week-end. Tes musiciens et Pammy voudront-ils se joindre à nous ? demanda-t-elle à Brigid.

— Je leur poserai la question, répondit-elle.

— Dis donc, Brigid, dit Regan, je compte passer par le collège en allant chez mes parents et je ne voudrais pas te laisser seule.

— Ne t'inquiète pas. Les autres sont là et je voudrais profiter du calme pour lire un peu, penser à autre chose. Il faudra aussi que je téléphone à ma mère. Elle est en Irlande en ce moment, mais les mauvaises nouvelles vont vite.

— Tu as raison, il vaut mieux qu'elles les apprenne de ta bouche. Il n'empêche que je n'ai pas envie de te laisser seule.

— Je ne risque rien, voyons ! Les garçons sont là.

— Alors, enferme-toi dans ta chambre. Je ne plaisante pas.

— D'accord, soupira Brigid avec résignation.

— Bien. Kit, je peux t'emprunter ta voiture ?

— Angela l'a déjà prise. Elle devait aller voir une amie.

— La barbe...

— Prends donc le break, Regan, intervint Brigid. Chappy nous l'a prêté, autant s'en servir puisque nous restons ici.

— Tu es sûre ?

— Mais oui.

— Bon, je m'en contenterai. As-tu besoin de quelque chose pour le dîner, Kit ?

— Nous n'avons pas pu nous arrêter chez le marchand de fruits et légumes tout à l'heure, il y avait la queue. Si tu pouvais nous rapporter des fraises...

— Aurions-nous droit, par hasard, à ta célèbre tarte aux fraises ? s'enquit Regan avec gourmandise.

— Ma foi, cela se pourrait. A condition que tu ne critiques plus mes talents culinaires.

— Brigid, dit Regan en riant, attends-toi ce soir à une vraie bonne surprise !

30

— Des patrouilles de vigiles dans la propriété ? s'exclama pour la énième fois Bettina. C'est invraisemblable !

— Je sais, chérie, je sais, soupira Chappy. Quelle vulgarité, comme aurait dit ma mère.

Assis chacun à un bout de l'interminable table de la salle à manger, ils déjeunaient en tête à tête. Constance leur avait préparé un repas à partir des restes du buffet de samedi. Chappy buvait du soda, Bettina une décoction d'herbes, spécialement formulée pour elle par son cher gourou, et censée lui procurer la sérénité de l'esprit.

— L'Homme de Paix aurait vu là l'irruption de forces négatives dans nos existences, déclara Bettina.

— Je crois surtout que Regan Reilly pèche par excès de prudence, concéda Chappy, magnanime.

— Ned Alingham, le spécialiste du *feng-shui*, demande monsieur au téléphone, annonça Constance depuis la porte.

— Bon, soupira Chappy avec la résignation de l'homme débordé et sollicité de tous côtés, allez me chercher le portable.

Constance obtempéra et revint un instant plus tard avec l'instrument demandé.

— Chappy Tinka à l'appareil, s'annonça le maître de céans. Hein ? Vous êtes déjà au courant ? Comment le savez-vous ? Pas possible !... Vous voulez quoi ? Ecoutez, je suis en train de déjeuner, je n'ai pas le temps d'y penser maintenant. Au revoir ! aboya Chappy en coupant la communication.

— Il me met les nerfs en pelote, celui-là, déclara Bettina. Qu'est-ce qu'il voulait, encore ?

— Il a appris la tentative de vol du violon qui a eu lieu ce matin.

— Où cela ?

— A la radio. Ces deux cow-boys doivent avoir un micro caché au commissariat.

— Grands dieux ! gémit Bettina en se penchant pour donner un blanc de poulet à Tootsie. Et pourquoi appelait-il ?

— Pour me dire qu'il n'avait encore jamais visité la maison d'amis et que la disposition des meubles doit y être néfaste. Il voudrait y jeter un coup d'œil le plus tôt possible.

Bettina poussa un soupir à fendre l'âme.

— Tu ne crois plus au *feng-shui* ? s'étonna Chappy.

— Si, mais cela ne m'oblige pas à aimer cet individu.

Sur quoi, la sonnette de l'entrée retentit.

— Qu'est-ce que c'est encore ? rugit Chappy. Quelle maison de fous ! On ne peut pas avoir une minute de tranquillité.

Bettina fit un geste d'impuissance. Chappy se leva, jeta rageusement sa serviette sur la table, traversa le salon et le hall au pas de course et ouvrit

200

la porte d'entrée, non sans avoir auparavant vérifié son apparence dans un miroir.

La présence de Regan Reilly sur le seuil le prit
au dépourvu.

— Regan ? Bonjour, bonjour, dit-il en parve-
nant à sourire.

— Je ne vous dérange pas, au moins ?

— Pas du tout ! Entrez donc.

Regan obtempéra.

— Je n'en aurai pas pour longtemps, le rassura-
t-elle.

— Bettina, devine qui est là ! clama Chappy du
ton chaleureux qu'il aurait pris pour annoncer
l'arrivée impromptue d'une chère vieille amie per-
due de vue depuis des années. Regan Reilly !

Lorsque Chappy la fit entrer dans la salle à
manger, Bettina gratifia la visiteuse d'un salut
sensiblement plus réservé.

— Je suis désolée de vous déranger, dit Regan.
Comme vous le savez sans doute, je suis détective
privée.

— En effet, grommela Chappy. Je crois vous
l'avoir entendu dire quand vous parliez aux policiers, ce matin.

Bettina confirma l'information d'un signe de
tête. Elle installait Tootsie sur ses genoux quand
la porte s'ouvrit à la volée.

— Chappy, je...

Duke entra en trombe et stoppa net en découvrant la présence de Regan.

— Salut, Regan, dit-il aimablement.

— Bonjour, Duke.

— Qu'est-ce que vous voulez ? gronda Chappy.

Duke prit dans sa poche un reçu et de la monnaie qu'il tendit à son employeur.

— Je voulais juste vous dire que j'ai fait laver

la voiture. Si vous conservez les reçus, expliqua-t-il à Regan, vous avez droit à un lavage gratuit pour cinq payants.

— Bon, bon, merci, grommela Chappy.

— Pas de quoi, dit Duke avec un bon sourire. La semaine dernière, Chappy m'a engueulé parce que j'avais perdu le reçu, précisa-t-il à l'intention de Regan.

— Suffit comme ça ! rugit Chappy, cramoisi. Dégagez !

— D'accord, patron. Content de vous revoir, Regan. A bientôt.

Sur quoi, il disparut par la porte de la cuisine, où on eut le temps d'apercevoir Constance, armée d'une tapette à mouches, qui pourchassait avec ardeur un insecte volant.

— Désolée de cette interruption, Regan, dit Bettina.

— Pas du tout, la rassura Regan. J'étais simplement venue vous dire que j'ai emprunté le break pour faire quelques courses. En voulant vérifier si les papiers étaient dans la boîte à gants, je n'ai pas réussi à l'ouvrir. J'ai demandé aux garçons s'ils avaient la clef, mais ils n'avaient pas pensé à s'en assurer. Savez-vous où est cette clef ?

— Ah ! c'est idiot... Mais oui, bien sûr ! s'écria Chappy. Cette maudite boîte à gants s'ouvre toute seule si on ne la ferme pas à clef, c'est très gênant quand on conduit. Nous n'utilisons plus très souvent ce vieux break, voyez-vous, il date du temps de mon père qui s'en servait pour aller à la pêche aux coquillages... Je dois avoir une clef de secours dans mon bureau. Attendez, je reviens tout de suite.

Et Chappy partit en courant.

— Vous vous amusez bien, j'espère ? s'enquit Bettina pour meubler la conversation.

— Oui, énormément. Sauf que nous nous serions volontiers passées de la visite des intrus de ce matin.

— C'est bien vrai, approuva Bettina en caressant Tootsie, qui était grimpée sur la table et léchait consciencieusement son assiette. Chappy et moi nous soucions tellement du bien-être de nos invités que nous sommes catastrophés quand il leur arrive quelque chose de désagréable.

De désagréable ? s'abstint de commenter Regan à haute voix. Cette femme a le génie de l'euphémisme, à défaut d'autre chose.

— J'ai retrouvé la clef ! proclama Chappy en revenant au pas de course. Permettez-moi de sortir avec vous vérifier si elle fonctionne encore, elle est un peu rouillée.

Regan prit congé de Bettina, suivit Chappy dehors et déverrouilla la portière du break, garé au pied du perron.

— Vous fermez les portières à clef devant chez nous ? s'étonna Chappy en riant.

Surtout devant chez vous, pensa Regan qui garda sa remarque pour elle.

— La force de l'habitude, s'excusa-t-elle avec un sourire.

Elle ne voulait surtout pas lui révéler que le violon et la poupée étaient cachés sous une couverture entre les banquettes.

Chappy ouvrit la portière avant du côté du passager et inséra la clef dans la serrure de la boîte à gants.

— Elle marche ! annonça-t-il au moment où le couvercle s'ouvrait de lui-même et retombait avec un bruit métallique.

Il fouilla dans la boîte à gants, en extirpa des cartes routières à demi moisies et trouva au fond la copie de la carte grise et de l'attestation d'assurance.

— Voilà, tout est en règle, vous pouvez rouler tranquille.

— Merci, Chappy, répondit Regan. Et excusez-moi encore de vous avoir dérangé.

— De rien, voyons, de rien. Mais refermez bien ce couvercle si vous ne voulez pas fracasser les genoux d'un de vos passagers.

Il lui tendait la clef avec un large sourire quand on entendit un bruit de moteur. Regan et lui se retournèrent. Une grosse berline bleue d'un modèle suranné remontait lentement l'allée, comme si le conducteur n'était pas certain de prendre le bon chemin.

— Qui diable est-ce donc ? grommela Chappy.

Les sens en alerte, Regan se figea, prête à intervenir. Après ce qui s'était produit le matin même, elle ne voulait plus prendre le moindre risque.

— Seigneur, murmura Chappy, il ne manquait plus que ça...

Du coin de l'œil, Regan vit qu'il suait à grosses gouttes.

— Qu'est-ce que c'est ? voulut-elle savoir.

— Rien, rien. Vous feriez mieux de partir tout de suite.

— Pourquoi ? Qu'est-ce qui ne va pas ?

— Rien du tout, je vous assure, répondit-il en l'entraînant par le bras vers la portière du conducteur. C'est un ancien employé du domaine, poursuivit-il à mi-voix. Un vieux raseur qui vient de temps en temps évoquer ses souvenirs et s'incruste au point que j'ai toutes les peines du monde à m'en débarrasser. Si j'étais vous, je prendrais la fuite avant qu'il ne commence à m'assommer de ses bavardages. J'aimerais bien être à votre place...

— Merci du conseil, dit Regan.

Elle mit le contact, démarra. Pendant qu'elle manœuvrait pour faire demi-tour, elle vit dans le rétroviseur un homme et une femme âgés descendre de l'antique berline bleue. Juste avant de s'éloigner, elle entendit le vieil homme qui disait à Chappy :

— C'est prêt, monsieur Tinka. Je l'ai enfin terminé, il est exactement comme l'autre...

Regan haussa les épaules et accéléra. Elle avait hâte d'arriver au Welth College et de faire parler le gardien qui avait découvert le paquet anonyme contenant la poupée décapitée.

31

On avait encore voulu faire mal à Brigid ! Il en était sûr...

Dans sa petite chambre obscure, assis à sa table bancale, il fixait des yeux la feuille de papier posée devant lui : « Chère Brigid, je vous aime. »

Il n'avait pas pu en écrire davantage. Il était trop bouleversé pour continuer.

Après ce qui s'était passé au petit déjeuner, il était revenu dans son antre en s'efforçant de se calmer. Sur le lit défait, les draps froissés étaient d'une propreté douteuse. Il avait essayé de se recoucher, mais sans trouver le repos, bien qu'il soit resté debout toute la nuit à attendre le passage de Brigid à l'antenne. Plus tard, il avait rallumé le poste et entendu les deux types parler de l'agression à laquelle Brigid avait échappé.

Ça ne pouvait pas durer ! Il fallait qu'il la sauve sans plus tarder ! Qu'il la mette en sûreté ! Elle n'en attendait pas moins de lui, il en était sûr. Ce matin, au snack, elle lui avait souri, lui avait fait un signe de la main. Elle m'aime peut-être déjà, *se dit-il. Il s'en voulait de n'avoir pas eu l'audace de lui adresser la parole.*

Quel imbécile je fais ! gronda-t-il en tapant du

poing sur la table. Quand j'ai téléphoné à la radio ce matin, j'aurais dû penser à déguiser ma voix !

Je viendrai te chercher, Brigid. Je ne t'en veux même pas d'avoir parlé de notre chanson avec n'importe qui. Tout ce qui compte, c'est que nous soyons enfin ensemble. C'est grâce à cette chanson que je t'ai connue. Grâce à elle que je t'aime.

Il se frotta les yeux. La migraine lui martelait la tête, comme toujours quand les idées s'y bousculaient trop fort.

Je serai bientôt là, Brigid. Je t'emmènerai loin de tous ces méchants, je te prendrai dans mes bras, je te serrerai à t'étouffer. Je ne peux plus attendre. Je ne peux plus. Je n'en peux plus...

32

Regan remonta l'allée du Welth College en longeant les vastes pelouses où devait avoir lieu le concert et s'arrêta sur le parking presque vide derrière le bâtiment de l'administration. Le calme des grandes vacances régnait sur le campus désert. Mais il n'en ira pas de même vendredi prochain, pensa Regan. La foule bruyante des fans foulera le gazon. *Et qui d'autre s'y mêlera ?...*

En l'absence des appariteurs, elle trouva seule le bureau directorial. La secrétaire d'Arnold Baker, une femme souriante qui se présenta à elle sous le diminutif de Dot, l'accueillit dans l'antichambre. Par la porte entrouverte, on entendait Arnold parler au téléphone d'un ton mi-consolant, mi-agacé : « Oui, Darla, je ferai l'impossible pour étoffer votre participation au concert... Cela peut vous paraître injuste, je sais, mais nous devions aménager les horaires pour faire de la place à Brigid O'Neill, comprenez-le... Vous êtes une merveilleuse artiste, j'en suis le premier convaincu... Une ou deux chansons de plus ? Bon, je verrai ce que je peux faire... »

— Un café ? proposa Dot. Il sera tout frais, je viens d'allumer la machine.

Regan hésita. Refuser serait désobligeant. Accepter pourrait faire croire à Arnold Baker qu'elle comptait s'incruster. Elle avait surtout l'impression que la fidèle secrétaire s'efforçait de détourner son attention de la conversation dont lui parvenaient les échos.

— Ma foi... oui, avec plaisir, répondit-elle.

Dot tendit l'oreille : Arnold avait cessé de parler.

— Ah ! je crois qu'il a fini. Entrez donc, je vous apporterai votre tasse dès que le café sera passé.

Elle introduisit Regan dans un majestueux bureau lambrissé de chêne verni. Les rayonnages étaient chargés de reliures précieuses ; des diplômes sous verre et des photographies d'Arnold, posant près de diverses personnalités en grande tenue de dignitaire de l'Université, ornaient les murs.

Il se leva pour accueillir Regan, lui serra la main.

— Je reçois constamment des appels, des requêtes de toute sorte, lui dit-il avec un certain embarras. Il reste tant à faire d'ici vendredi soir, n'est-ce pas...

— Je ne doute pas que vous soyez très sollicité, répondit Regan.

Elle prit place dans un fauteuil en face de lui, posa à ses pieds l'étui du violon et la boîte contenant la poupée décapitée.

— Votre séjour chez les Tinka semble fertile en événements, commença Arnold.

— Nous nous en passerions volontiers, croyezmoi. J'aimerais interroger le gardien qui a trouvé ce paquet. Il a pu remarquer des indices qui seraient utiles à mon enquête.

— Je l'ai déjà convoqué... Le voici, justement.

Un garçon d'environ vingt-cinq ans, en uniforme bleu marine, apparut sur le pas de la porte et se présenta timidement à Regan sous le nom d'Earl Barkley. Arnold lui fit signe de s'asseoir.

— Vous savez sans doute déjà, lui dit Regan, que ce que nous avons découvert dans de cette boîte était plutôt... sinistre.

— J'ai moi-même été choqué en l'apprenant, mademoiselle, je ne me serais jamais douté d'une chose pareille. En remuant la boîte, j'avais d'abord cru qu'il s'agissait de graines, comme quelqu'un en avait laissé l'année dernière.

— Je sais, j'en ai entendu parler. Vous l'avez donc trouvée hier dimanche, n'est-ce pas ? Vous souvenez-vous de l'heure qu'il était ?

— A peu près l'heure du déjeuner, vers midi.

— Et où avez-vous trouvé la boîte ?

— Par terre, devant la porte de ce bâtiment-ci.

— Toutes les portes étaient fermées, je pense ?

— Oui. Il n'y avait pas de voitures sur le parking. Un dimanche matin pendant les vacances, c'était calme, vous pensez.

— Etiez-vous déjà passé par là dans la matinée ?

— Oui. Je fais plusieurs rondes par jour dans tout le campus.

— Vous souvenez-vous de l'heure de votre premier passage ?

— Voyons... il était environ neuf heures, à cinq minutes près.

— Vous n'avez donc pas remarqué la boîte à ce moment-là ?

— Non. S'il y avait eu quelque chose, je l'aurais remarqué.

— Nous pouvons donc en déduire que cette

boîte a été déposée à la porte du bâtiment dimanche entre neuf heures et midi.

— Absolument.

Arnold hocha la tête à son tour en signe d'acquiescement.

— Où allez-vous entre vos rondes ? demanda Regan au gardien.

— Au bureau des surveillants, il y a toujours des papiers à remplir. Mais pendant les vacances, il n'y a pas grand-chose à faire.

— Etes-vous sûr de n'avoir vu aucune voiture ?

— Tout à fait sûr.

— Il n'y avait donc personne sur le campus hier matin ?

Earl réfléchit un instant.

— Si, j'ai vu un type qui s'entraînait sur un court de tennis dans la matinée, dit-il en faisant un geste en direction de la fenêtre.

— Il jouait seul ?

— Oui, il lançait des balles contre le mur du fond.

— Le connaissiez-vous ?

— Non. Mais il m'a salué quand je suis passé devant lui.

— Ne doit-on pas justifier de son inscription au collège pour utiliser les courts de tennis ? s'étonna Regan.

Earl lança un regard penaud à son supérieur hiérarchique.

— Euh... normalement, si. Mais personne d'autre n'attendait et il avait l'air correct. Alors, je n'ai pas vérifié.

— A quelle heure l'avez-vous vu ? Neuf heures ou midi ?

— A midi, j'en suis sûr. Il commençait à faire chaud et il était couvert de sueur.

— Vous ne pourriez donc pas l'identifier ?

— Je le reconnaîtrais si je le revoyais, mais quant à vous dire qui il est, ça... C'était un grand brun, à peu près un mètre quatre-vingts. Musclé. Plutôt sympathique.

Avec un pareil signalement, nous voilà bien avancés, pensa Regan en dissimulant son dépit. Les grands bruns sportifs et sympathiques ne sont pas précisément des oiseaux rares dans les parages.

— Aurait-il pu être un des étudiants du collège ? demanda-t-elle.

— Oui, il avait l'air intelligent.

Regan se retint de grincer des dents.

— Je voulais parler de son âge. A votre avis, avait-il dix-huit ans, vingt ans, plus peut-être ?

— Je dirais... dans les vingt-deux, vingt-trois ans. Comme s'il était en fin de cursus.

Regan réfléchit un instant avant de se tourner vers Arnold :

— Il est peu probable que ce soit ce joueur de tennis qui ait déposé la boîte. On traîne rarement sur les lieux après avoir fait un coup pareil. Mais ce garçon aurait pu remarquer quelque chose qui nous mettrait sur la piste. Voit-on bien les courts de tennis de la porte de ce bâtiment ? demanda-t-elle au gardien.

— Ils sont assez loin en contrebas, il faut vraiment regarder. Moi-même, je ne me suis aperçu de la présence de ce jeune homme qu'en passant le long des courts.

— Mais lui, il pouvait voir la porte, n'est-ce pas ?

— Oui. Le bâtiment est sur une hauteur, il suffit de lever les yeux quand on est sur le court.

— Ce jeune homme était-il venu en voiture ?

— Je n'en ai pas vu dans le parking des terrains de sport. Mais les gens qui habitent à proximité viennent souvent ici en faisant leur jogging, la raquette à la main.

Regan écrivit son numéro de téléphone sur un papier et le tendit au gardien :

— Si ce garçon revient jouer au tennis, pouvez-vous m'appeler sans tarder ? Ne le laissez pas partir sans noter au moins son nom et son adresse. D'accord ?

— Bien sûr, répondit Earl en plaçant le papier dans son portefeuille. J'afficherai aussi une note au bureau pour que les collègues ouvrent l'œil.

— Merci.

— De rien. Euh... dites, mademoiselle, sans vouloir être trop curieux, est-ce que je pourrais voir la poupée dans la boîte ?

— Si vous voulez.

Regan souleva le couvercle et montra la poupée, désormais plus qu'à moitié vide. Les haricots secs dont elle était bourrée s'étaient répandus sur le fond de la boîte.

— C'est honteux ! commenta Earl en voyant la tête à demi arrachée. Celui qui a fait ça est un vicieux.

— J'ai bien peur qu'il soit encore pire que ça, dit Regan.

Dot entra à ce moment-là pour apporter à Regan sa tasse de café et poussa un cri d'horreur en voyant la poupée mutilée.

— Ça alors ! s'exclama-t-elle. C'est une des poupées de mon amie Cindy !

— Une poupée de votre amie ? demanda Regan, incrédule.

— Oui. Je veux dire, elle les fabrique.

— Elle les fabrique ? répéta Regan.

— Attendez que je vous explique. Il y a quelques mois, elle en avait fait une pour sa petite-
fille. La petite et ses amies l'ont tellement aimée
que Cindy a eu l'idée d'en fabriquer d'autres.
Sa petite-fille est rousse aux yeux verts... Si Cindy
voyait ça, elle en serait malade.

— Elle fabrique ces poupées pour les vendre ?

— Elle a tout juste commencé. Hier, elle avait
pris un stand à la foire de Water Mill. Je l'ai vue
hier soir, elle m'a dit qu'elle les avait toutes ven-
dues.

— Et combien en a-t-elle vendu ? demanda
Regan.

— Une centaine.

— Une centaine ? répéta-t-elle avec un soupir
découragé.

— Oui. Une vraie folie, d'après elle. Les clients
se ruaient dessus, tout le monde en voulait. Il faut
dire que les enfants adorent ces poupées, elles ne
coûtent pas trop cher... En tout cas, Cindy a gagné
un joli petit magot pour son voyage.

— Son voyage ? répéta Regan, de plus en plus
déconcertée.

— Oui. Son mari et elle viennent de partir sur
leur voilier.

C'est bien ma chance ! pensa Regan.

— Connaissez-vous leur destination ?

— Non. Eux non plus, d'ailleurs, puisqu'ils sont
partis à l'aventure, répondit Dot d'un ton admiratif. Ils ont appareillé ce matin de Sag Harbor dans
l'intention de remonter le long des côtes en se laissant porter par les vents. Son mari en mourait
d'envie depuis des années, comprenez-vous.

— Et savez-vous quand ils comptent revenir ?

— Pas avant un mois, peut-être deux.

Regan poussa un nouveau soupir.

— Si elle était débordée par les clients, hier à la foire, elle s'est peut-être fait aider ?

— Oui, bien sûr, affirma Dot.

Regan sentit son espoir renaître :

— Par qui ?

— Par son mari.

Il ne manquait plus que cela, pensa Regan.

— Y aurait-il un moyen quelconque de les contacter ? demanda-t-elle à tout hasard.

— Non, je ne crois pas. Elle m'a dit qu'ils téléphoneraient à leur fille à l'occasion d'une escale. Mais vous dire où et quand...

En désespoir de cause, Regan écrivit à nouveau son numéro de téléphone au Domaine Chappy et tendit le morceau de papier à Dot.

— Pouvez-vous le donner à la fille de Cindy en lui demandant de m'appeler dès qu'elle saura quelque chose ? Ses parents lui feront peut-être signe plus tôt que vous le pensez.

Lorsque Regan remonta en voiture, elle avait le moral au plus bas. Les seuls témoins éventuels étaient injoignables ou introuvables. Que ce soit le couple de navigateurs mordus par le virus de l'aventure ou le jeune tennisman inconnu, il faudrait un miracle pour les localiser à temps.

33

Enfin parvenu dans sa retraite souterraine et en sécurité derrière la porte close, Chappy laissa éclater sa joie :

— Nous le tenons, Duke ! Regardez-moi ce violon ! Hein, voulez-vous regarder ce violon ?

Surexcité, Chappy bafouillait, haletait, titubait.

— Asseyez-vous donc, patron, lui conseilla Duke, inquiet.

Une demi-heure plus tôt, soulagé de constater l'absence de Bettina, Chappy avait pris le violon des mains du vieux luthier et convoqué Duke en toute hâte. Par prudence, il ne voulait s'offrir le loisir d'admirer son trophée qu'une fois bien à l'abri dans les profondeurs de son château.

Tremblant de la tête aux pieds, il s'appuya de sa main libre sur l'accoudoir de son trône et s'y laissa choir.

— Regardez-moi ça, hein ? Regardez-moi ça ! répéta-t-il.

Duke se pencha. La lumière de son casque de mineur se refléta sur les initiales C.T. gravées dans le bois verni.

— Pas mal, dit-il avec un sifflement admiratif. Pas mal du tout.

— Pas mal ? s'exclama Chappy, indigné. Superbe, oui ! Il a l'air ancien ! Il ressemble au vrai à s'y méprendre ! Regardez, mais regardez donc ! poursuivit-il en caressant les initiales. Chappy Tinka...

Duke prit le vieux violon volé à Malachy en Irlande avant de venir s'asseoir en face de Chappy.

— Nous voilà maintenant à la tête de deux violons, observa-t-il avec son bon sens coutumier.

— Mais celui-ci est le seul qui compte ! répondit Chappy en brandissant la copie de l'instrument magique. Le seul ! Il est si bien imité que Brigid n'y verra que du feu. Nous pouvons dès maintenant procéder à la substitution.

— Au moins, nous n'avons plus besoin d'aller nous flanquer dans les embouteillages pour aller le chercher, déclara Duke dont le sens pratique n'était décidément jamais pris en défaut.

— C'est exact. Mais quand le vieux Enders est arrivé avec sa femme, j'ai failli tomber sur le derrière. Regan Reilly était là.

— Vraiment ?

— Oui. Au fait, laissez dorénavant la clef de la boîte à gants avec la clef de contact du break, bougre d'âne. C'est votre faute si elle est venue au mauvais moment.

— Mais... je n'ai pas conduit cette voiture depuis...

— Peu importe, l'interrompit Chappy en serrant le violon sur son cœur, j'ai réussi à me débarrasser d'elle. Et après, voilà les Enders qui cherchaient à se faire inviter pour visiter le château ! Vous vous rendez compte ? Si quelqu'un avait vu ce violon...

— Et maintenant, voulut savoir Duke, qu'est-ce

qu'on fait ? Nous appliquons le plan A ou le plan B ?

Le front plissé par l'effort de la réflexion, Chappy garda le silence un long moment.

— Le plan A, dit-il enfin. Et le plus vite sera le mieux. Quand je pense à ces deux voyous qui sont venus ce matin... Sans Regan Reilly, ils se seraient emparés de mon violon.

— Nous devrions la remercier.

Chappy émit un ricanement qui tenait du hennissement :

— A condition qu'elle ne se mêle pas de nous surprendre en train de le voler.

— Exact, admit Duke de bonne grâce.

Chappy se leva laborieusement.

— Les musiciens sont tous chez eux en ce moment, je suppose ?

— Oui. J'étais tout à l'heure à la piscine avec Angela, elle m'a dit que tout le monde était là.

— Nous ne pouvons donc pas agir maintenant. Mais il ne faut quand même pas perdre de temps. Allez vous renseigner sur leurs projets pour la soirée. Avec un peu de chance, ils sortiront se distraire et nous aurons les coudées franches.

Ils reprirent ensemble le chemin du monde extérieur. Avant de refaire surface, Chappy fit une halte et caressa une dernière fois le violon du regard.

— Sers fidèlement notre chère Brigid, dit-il à mi-voix. Elle t'aimera autant que si tu étais le vrai... Et à présent, au travail !

Duke salua militairement mais ne bougea pas.

— J'ai dit en avant, bougre d'âne ! tonna Chappy.

34

Regan s'astreignait à garder les yeux fixés sur la route, mais elle avait la tête ailleurs et ne pouvait s'empêcher de ressasser les événements des deux derniers jours.

— C'est peut-être vrai, après tout, que tu es ensorcelé, grommela-t-elle au violon posé près d'elle sur le siège du passager.

Que Brigid lui ait permis de mettre l'instrument à l'abri pendant quelques jours la tranquillisait un peu. Cela ne dissuaderait cependant pas ceux qui le croyaient encore au Domaine Chappy et voudraient s'en emparer. Brigid serait-elle exposée encore longtemps à de telles agressions ? Les choses se calmeraient-elles une fois sa tournée commencée ? Regan l'espérait, mais sans trop d'illusions.

Qui, aux Hamptons, cherchait à la terroriser à l'aide de cette poupée mutilée ? D'après la conversation téléphonique surprise dans le bureau d'Arnold Baker, il y avait dans la région au moins une chanteuse jalouse de la présence de Brigid au festival. Et combien d'autres dont elle ignorait encore l'existence ?

Elle en était là de ses réflexions quand elle

arrêta le break rouge devant la maison de ses parents. Elle allait maintenant devoir les informer de ce qui s'était produit dans la matinée — à moins qu'ils ne soient déjà au courant. Aux Hamptons, les nouvelles vont vite...

— Nous te trouverons une bonne cachette, murmura-t-elle en prenant l'étui du violon.

Elle avait à peine franchi la porte d'entrée que Louisa salua son arrivée d'un des braiments dont elle avait le secret.

— Voyez qui nous arrive ! Bonjour, ma petite Regan. Qu'est-ce qui nous vaut cette visite ? Et que tenez-vous là ? Un violon ? Ne me dites pas que vous venez nous donner la sérénade !

Drapée dans un cafetan bleu pétrole imprimé de petits poissons orange qui paraissaient nager dans les plis de l'étoffe, Louisa était calée sur le canapé, les pieds sur la table basse et son ordinateur portable sur les genoux. Par la fenêtre, Regan vit Nora, Luke et Herbert qui émergeaient de la piscine.

— J'aurais d'abord besoin de leçons, répondit-elle en souriant. Vous paraissez débordée de travail, ajouta-t-elle.

Il y avait des feuilles de papier partout et la prise du téléphone était branchée sur l'ordinateur. J'espère que personne n'attend d'appel urgent, se dit Regan.

— J'ai passé tout mon après-midi avec l'ordinateur sur les genoux. Ils me brûlent comme si j'y avais mis le feu !

— Parce que vous travaillez trop. Vous auriez dû mettre un coussin entre vos genoux et l'ordinateur.

— Oh ! Regan, vous parlez comme ma grand-mère ! Dans ma jeunesse, quand je sortais avec des amis, elle me disait toujours d'emporter un coussin au cas où je devrais m'asseoir en voiture sur les genoux d'un garçon.

— C'est vrai ? dit Regan en riant.

— Oui. A l'époque, voyez-vous, les choses ne se passaient pas comme maintenant.

— C'est ce que j'ai entendu dire.

— Mais revenons aux choses sérieuses. J'ai fait beaucoup de recherches pour mes articles sur les Hamptons. Or, il y a un instant, j'ai appelé ce Chappy, chez qui nous étions l'autre soir, parce que je comptais l'interviewer demain avec sa femme. Maintenant, il me dit qu'il veut reporter tout ça après le concert et le départ de Brigid, quand le calme sera revenu ! Je ne comprends pas, il m'avait pourtant promis d'être à ma disposition quand je voudrais. Il m'a paru préoccupé, au point d'être même presque désagréable avec moi au téléphone.

Regan se rappela la réaction de Chappy quand son ancien employé avait débarqué à l'improviste. Il paraissait bien pressé de me voir déguerpir, songea-t-elle. Et il refuse la présence d'agents de sécurité sur sa propriété. Mijoterait-il, lui aussi, quelque chose ? Où s'agit-il d'un simple caprice de riche qui ne supporte pas la moindre contrariété, comme lorsqu'il a été furieux de perdre un coupon de lavage gratuit pour sa Rolls-Royce ?

— En fait, Louisa, il s'est passé chez lui aujourd'hui un certain nombre d'événements qui avaient de quoi le préoccuper.

— Encore plus sensationnels que ma chute dans sa piscine ?

— Au risque de vous décevoir, Louisa, je dois dire que oui.

— Racontez-moi cela bien vite ! s'exclama Louisa, tout émoustillée.

Regan jeta un coup d'œil au-dehors :

— Allons d'abord rejoindre les autres. Ça les intéressera certainement.

Louisa la retint alors qu'elle allait ouvrir la porte-fenêtre.

— Ah ! Regan, j'ai cherché sur Internet tous les sites concernant Brigid et son groupe. J'y ai trouvé des photos et des lettres de fans.

— Instructives, ces lettres ?

— A première vue, elles sont très gentilles pour Brigid. Mais si je découvre quelque chose de juteux, je vous en aviserai aussitôt.

— Et n'oubliez pas d'en faire un tirage.

Quelques instants plus tard, tout le monde étant réuni autour de la piscine, Regan raconta la lamentable aventure des deux apprentis voleurs de violons.

— Quelle histoire ! s'écria Nora. Tu peux nous confier le violon, bien sûr. Nous le mettrons dans le coffre de notre chambre.

— Dans notre chambre ? protesta Luke. Nous devrions plutôt le laisser bien en vue devant la porte d'entrée.

— Voyons, papa ! le fustigea Regan en riant.

— D'accord, je le mettrai dans notre lit, entre ta mère et moi.

— Comme le coussin de ma grand-mère ! commenta Louisa.

Herbert piqua un fard. Luke eut l'air étonné mais s'abstint de poser des questions. Nora fit un sourire entendu.

— Soyons sérieux, dit-elle à Regan. Le coffre est le meilleur endroit, ma chérie. Il est assez grand pour que le violon y tienne à l'aise et nous ne nous en servons jamais.

— Merci, maman. Et merci à l'ancien propriétaire qui avait tant de choses précieuses à abriter. Mais ce n'est pas tout, poursuivit Regan en exhibant la poupée, dont elle expliqua l'origine en quelques mots. Comme vous le constatez, conclut-elle, l'atmosphère est plutôt tendue. Donc, si vous pouvez garder le violon, cela nous fera un sujet d'inquiétude en moins.

— Celui qui a mutilé cette poupée est un malade, déclara Nora. Que pouvons-nous faire pour te rendre service ?

— Prenez soin du violon, ce sera déjà énorme. Brigid désire se faire un peu oublier pendant les jours qui viennent. Et maintenant, dit-elle en reposant son verre, il est temps que je m'en aille.

Luke et Nora la raccompagnèrent jusqu'à la rue. A la vue du break rouge, Luke poussa un sifflement moqueur.

— Où as-tu dégoté cette antiquité ?

— C'est Chappy qui me l'a prêtée. Je n'ai quand même pas osé lui demander sa Rolls-Royce.

— Une Rolls cabossée ? Qui en voudrait ?

— Sûrement pas moi ! répondit Regan en riant.

— Je t'en prie, Regan, sois prudente, dit Nora en l'embrassant. Je suis inquiète pour Brigid et toi.

— Ne te fais pas de souci, maman, tout ira bien.

Pourtant, sur le chemin du retour, Regan n'en était plus aussi convaincue. Tout ira bien, se répétait-elle. Tout ira bien... A condition de croire aux miracles, lui répondait une petite voix sarcastique.

Regan s'arrêta au stand de fruits et légumes installé au bord de la route, prit un panier et le remplit de barquettes de fraises. L'étalage des fruits, où les framboises et les pêches côtoyaient les prunes, les airelles et les melons, embaumait au point de lui faire venir l'eau à la bouche. Quant aux légumes, artistement disposés pour faire jouer les contrastes de couleurs, c'était un enchantement pour la vue.

— Ce sera tout, mademoiselle ? lui demanda le vendeur, dont les mains calleuses et la peau tannée par les intempéries trahissaient le maraîcher qui écoulait ses propres produits.

— Oui, merci.

Regan sortait son portefeuille de son sac quand une série de coups d'avertisseur la fit sursauter. Elle se retourna à temps pour voir l'Homme de Paix juché sur une bicyclette qui zigzaguait, perdait l'équilibre et s'étalait sur le bas-côté. Rien que de banal jusque-là. Mais c'est ce qui suivit qui la stupéfia.

Se relevant d'un bond, le pacifique gourou hurla à pleins poumons un torrent d'invectives à l'automobiliste qui s'éloignait :

— Tu peux pas regarder où tu vas, espèce d'enfant de salaud ! Chauffard ! Assassin ! Enfoiré !

Ahurie devant cette explosion de rage, Regan se demanda s'il s'agissait bien du même homme ou d'un sosie. Qu'était devenue sa cure de silence de sept jours ? Qu'il en veuille au conducteur de l'avoir frôlé d'un peu près, soit. Mais de tels propos et une telle hargne de la part de l'Homme de Paix ?

— Hé ! mademoiselle ! la héla le fruitier, soucieux de se faire payer ses fraises.

— Excusez-moi. Je m'étonnais de la violence de sa réaction.

— A sa place, vous savez, j'aurais été aussi furieux, répondit-il en lui rendant la monnaie. L'autre aurait pu le renverser.

Quand Regan se retourna pour la deuxième fois, l'Homme de Paix était remonté sur sa bicyclette et s'éloignait, toujours en zigzaguant. Il avait de quoi se fâcher, j'en conviens, se dit-elle, mais je ne m'attendais pas à un tel comportement chez un homme qui prêche la sérénité et l'amour de son prochain. Et qui, par-dessus le marché, annonce qu'il va garder un silence absolu pendant sept jours.

En reprenant place au volant du break, Regan se promit de profiter de l'absence du gourou pour jeter un coup d'œil à son camping-car. Peut-être verrait-elle quelque chose à travers les vitres ? La personnalité de cet individu avait décidément de quoi l'intriguer et elle était résolue à en avoir le cœur net.

36

Arrivée au domaine, Regan constata que le calme y était revenu. Ni baigneurs à la piscine ni promeneurs dans le parc. Tout le monde doit se préparer pour le dîner, pensa-t-elle. Je vais en profiter pour faire ma petite tournée d'inspection.

Elle laissa son sac, les fraises et la poupée dans le break fermé à double tour et traversa la pelouse vers l'arrière du château, où l'autocar des musiciens et le camping-car de l'Homme de Paix étaient rangés côte à côte. Regan passa entre les deux et, à tout hasard, essaya d'ouvrir la portière du camping-car. Elle était fermée à clef.

De peur d'être surprise en flagrant délit d'indiscrétion, elle poursuivit son chemin en direction de la plage, se déchaussa et marcha dans le sable jusqu'au rivage. Tout en prenant plaisir à sentir l'eau de mer lui lécher les orteils, elle se retourna pour regarder la bâtisse dont la masse imposante se détachait à l'arrière-plan. Cet endroit ne m'inspire aucune confiance, pensa-t-elle, surtout après ce qui s'est passé. N'importe quelle personne malintentionnée peut s'introduire dans la propriété par la plage.

Son regard se posa alors sur la terrasse en

encorbellement, où ils avaient pris l'apéritif et s'étaient fait servir les desserts le soir de la réception. Curieuse d'aller voir dessous, Regan s'approcha. Les piliers de soutènement étant assez écartés pour qu'on se glisse entre eux sans difficulté, elle s'y introduisit à quatre pattes.

Une fois sa vision accommodée à la pénombre, elle trouva un espace plus vaste qu'elle ne l'avait cru. Sous ses pieds nus, le sable était froid et humide. Elle entendait les oiseaux pépier au-dessus de sa tête. Cet endroit fait un excellent poste d'écoute et d'observation, pensa-t-elle. On peut s'y cacher sans rien perdre de ce qui se dit sur la terrasse. Sans risque non plus d'être découvert.

Regan regardait autour d'elle quand elle remarqua, plus près du mur de soutènement, que le sable portait encore la trace d'un corps qui s'y était allongé. Quelqu'un avait donc passé ici un moment assez long pour y imprimer sa marque. Mais quand ? Et qui ? Existerait-il un fantôme du Domaine Chappy ?

Intriguée, elle s'approcha, examina le sable — et découvrit un tas de petits débris, presque de la couleur du sable. Elle tendit la main, en ramassa quelques-uns : des fragments de coquilles d'œuf ! Comment diable des coquilles d'œuf ont-elles pu atterrir ici ? Il n'y avait pas d'œufs durs au dîner de l'autre soir et, s'il y en avait eu, ils auraient été écalés. La personne cachée ici a donc pelé un ou plusieurs œufs durs...

Regan fronça les sourcils. Nous parlions d'œufs pas plus tard que ce matin, au snack où Brigid et moi avons pris notre petit déjeuner en sortant de la station de radio. De taux de cholestérol. De ce bizarre amateur de musique country, dont la serveuse disait qu'il n'aimait que les œufs et qui a décampé aussitôt après notre arrivée sans même finir son assiette.

Regan sentit soudain son estomac se nouer : grands dieux, serait-ce lui qui... ? Brigid est-elle seule en ce moment dans la maison ? Il faut que je la rejoigne de toute urgence !

Elle sortit de sous la terrasse en rampant à toute vitesse, courut sur le sable, dépassa la piscine, gravit d'un bond le perron de la maison d'amis et se rua à l'intérieur. La salle commune était déserte. Où sont-ils tous partis ? se demanda-t-elle, prête à céder à la panique.

— Brigid ! cria-t-elle. Brigid !

Son appel résonna dans un silence inquiétant.

Regan grimpa l'escalier deux marches à la fois, fila jusqu'au bout du couloir. La porte de Brigid était fermée. Elle frappa puis, faute de réponse, l'ouvrit à la volée. Couchée sur son lit, immobile, Brigid tournait le dos à la porte.

— BRIGID ! hurla Regan.

Lentement, Brigid se tourna, entrouvrit les yeux.

— Regan, c'est toi ? Qu'est-ce qui se passe ?

Avec un soupir d'intense soulagement, Regan s'affala contre le chambranle.

— Tu vas bien ? Vraiment bien ?

— Evidemment ! Je dormais. Je ne me rendais pas compte à quel point j'étais crevée. Pourquoi fais-tu cette tête-là ?

Regan traversa la pièce jusqu'au pied du lit, le souffle court.

— Vas-tu me dire ce qui se passe, à la fin ? insista Brigid.

Regan tendit sa main ouverte :

— J'ai trouvé ces coquilles d'œuf sous la terrasse de Chappy. Elles m'ont fait penser à ce type bizarre que nous avons vu au snack, ce matin et je me suis dit... Excuse-moi.

— De rien, répondit Brigid en souriant. Nous avons de quoi être un peu impressionnables aujourd'hui, toi et moi.

— C'est vrai. J'avais un pressentiment... Je t'ai crue en danger.

— Comme tu le vois, je me porte à merveille.

— Où sont les autres ?

— Ils font eux aussi la sieste, je crois. Mais il est tard ! poursuivit-elle en jetant un coup d'œil à son réveil. Préparons-nous pour le dîner de Kit, sinon nous serons réellement en danger.

— Si Kit fait la cuisine, nous sommes exposées à des périls encore plus sérieux ! dit Regan en riant.

A l'autre bout du couloir, accroupi dans le placard à balais, le jeune homme respirait avec peine et suait à grosses gouttes. Il s'en était fallu d'un rien qu'il puisse être enfin seul avec Brigid. Des heures durant, il avait surveillé la maison, il n'avait pas quitté Brigid des yeux pendant qu'elle était sur la plage. Il avait vu son amie partir dans le vieux break rouge, les autres sortir de la maison par petits groupes pour aller se promener. Une fois certain que Brigid restait seule, il s'était glissé à l'intérieur. Il fallait qu'il lui parle. Quels que soient les risques, c'était plus fort que lui. Il devait lui parler. Tout lui dire...

Et puis l'amie de Brigid, la brune avec qui elle était ce matin au snack, était arrivée en courant et en hurlant comme une folle. Cette garce avait tout flanqué par terre ! Il n'avait eu que le temps de se cacher dans le placard pour s'entendre traiter de

« type bizarre » ! S'il la tenait, celle-là, il lui dirait ce qu'il pensait d'elle !

Et maintenant, que vais-je faire ? se demanda-t-il. Dans l'obscurité étouffante du placard, un sourire lui vint aux lèvres.

Plus tard, il serait toujours temps d'aviser. Dans l'immédiat, il n'avait qu'à écouter la voix de Brigid, à profiter de sa présence puisqu'elle était là, toute proche. Juste derrière la porte.

A portée de sa main, en somme.

37

Ballyford, Irlande

— J'arrive tout de suite, ma chérie.

Malachy raccrocha l'antique téléphone mural de son coin-cuisine et se rassit à table. Son cottage ne lui paraissait tout à coup plus aussi rassurant ni aussi douillet qu'à l'accoutumée. Beaucoup moins, en tout cas, depuis ce que venait de lui apprendre Eileen O'Neill : Brigid avait échappé de justesse à une agression ce matin même.

Il baissa les yeux vers son assiette. Son appétit s'était évanoui. Les légumes et les pommes de terre nouvelles qui, cinq minutes plus tôt, lui faisaient venir l'eau à la bouche, avaient perdu tout leur attrait.

Je n'aurais peut-être pas dû lui donner le violon, après tout, pensa-t-il sombrement. Bien sûr, elle a gagné le concours grâce à lui mais, depuis, elle n'a que des tracas. Que des problèmes.

Pourquoi cet imbécile de Finbar s'est-il cru obligé d'en faire tout un plat, hein ? Malachy sentit ses yeux s'humecter. J'ai passé tant de bons moments avec ce violon. Il m'a apporté tant de bonheurs, je voulais que ce soit la même chose pour Brigid. Quand elle venait au cottage répéter avec lui, elle avait — quoi, quinze, seize ans ? C'était hier... Oh ! Brigid, je me fais tant de souci pour toi ! Et j'ai tellement envie de t'entendre encore jouer de la musique...

Malachy se leva, décrocha sa veste d'une patère et délaissa son dîner pour se rendre au village chez la tante de Brigid où Eileen, sa mère, venait passer tous les étés.

La vie est trop courte pour se faire du mauvais sang, pensa-t-il en enfourchant sa bicyclette. Je leur demanderai ce qu'elles pensent de mon idée de prendre l'avion et d'aller la surprendre là-bas, le jour de son concert.

Alors, d'un coup, Malachy se surprit à siffloter gaiement en pédalant dans la nuit qui tombait.

38

— Voilà, je suis prête ! annonça Brigid en
entrant dans la chambre de Regan. Se reposer,
prendre une bonne douche et se changer, rien de
tel pour se remonter le moral.

— Tout a fait d'accord, approuva Regan.

Elle venait elle-même de se doucher et de
s'habiller. Brigid s'assit sur le lit pendant qu'elle
finissait de se recoiffer.

— Les autres viendront-ils avec nous ? demanda-
t-elle.

— Non, répondit Brigid pendant qu'elles descendaient l'escalier. Hank et Teddy sont partis
dîner en ville avec des amis, Kieran et Pammy
sont allés au cinéma et iront dîner seuls ensuite.
Je crois savoir, ajouta-t-elle, que Pammy lui a posé
un ultimatum pour qu'il s'occupe un peu plus
d'elle.

— C'est beau, l'amour ! commenta Regan en
riant.

Le soleil couchant zébrait le ciel de traînées
orange et mauves, une brise tiède soufflait de la
mer, lisse comme un miroir.

— Depuis combien de temps se connaissent-ils ? reprit-elle après avoir soigneusement refermé la porte à clef.

— Environ un an et demi.

— Si longtemps que cela ?

— Oui. Kieran s'est joint à notre groupe il y a à peu près un an et ils étaient déjà ensemble.

— Comment se sont-ils rencontrés ?

— Kieran avait eu un accident de voiture près de Nashville et s'était gravement amoché la main. Pammy est arrivée par hasard sur les lieux juste après l'accident et l'a immédiatement soigné, elle est infirmière de métier. Depuis, elle n'a jamais cessé de prendre soin de lui.

— Vraiment ?

— Oui. Kieran était très déprimé, à l'époque. Il croyait ne plus jamais pouvoir jouer de la guitare. Elle l'a forcé à suivre des séances de rééducation et elle continue à lui imposer des exercices avec une balle de caoutchouc qu'elle a toujours sur elle. Elle l'a poussé, soutenu et il reconnaît volontiers qu'il lui doit d'être remis sur pied.

— Elle m'a donné, en effet, l'impression d'être une fille énergique et qui aime prendre des initiatives.

— Tout à fait exact. En apprenant que nous cherchions un musicien, c'est même elle qui a pris rendez-vous pour que Kieran vienne auditionner.

— Ces deux-là sont très soudés, alors. Tu sais, poursuivit-elle, il m'est arrivé à moi aussi de sauver la vie d'un ou deux types, mais ça n'a jamais débouché sur rien d'aussi romantique.

— Peut-être la prochaine fois, dit Brigid en souriant.

— Aucun, en tout cas, n'avait le physique de Kieran.

238

Tout en parlant, elles étaient arrivées au cottage.

— Il y a quelqu'un ? cria Regan du pas de la porte.

— Entrez, entrez ! répondit Kit, qui sortit de la cuisine en s'essuyant les mains sur un tablier. Bienvenue au Foutoir Chappy.

— Voyons, Kit, cette maison n'est pas si affreuse !

— Elle aura surtout le mérite de me faire apprécier mon appartement quand j'y rentrerai. Un verre de vin en guise d'apéritif ?

— Volontiers, dit Brigid. Après une journée comme celle-ci, nous en avons grand besoin. Pas d'accord, Regan ?

— Si, d'accord à deux cents pour cent !

Elles suivirent Kit dans la cuisine, où flottaient d'appétissantes odeurs d'ail et de sauce bolognaise. Le fourneau paraissait avoir eu son heure de gloire pendant la guerre de 1812. L'évier à double bac avait une profondeur et une largeur pour le moins inhabituelles.

— Ils devaient s'en servir comme baignoire, commenta Kit. Je n'ai plus de vin blanc. Du rouge ?

Brigid et Regan opinèrent.

Kit remplit leurs trois verres et elles trinquèrent.

— Où sont les autres ? demanda Regan.

— Angela finit de se préparer, Garrett devrait rentrer d'une minute à l'autre Nous dînerons en petit comité, j'en ai peur. L'endroit sera de nouveau plein à craquer jeudi soir, mais d'ici là...

— Tant mieux, l'interrompit Brigid. Un peu de calme ne nous fera pas de mal.

— Parfait, dit Kit. Sortons finir nos verres dans la véranda en regardant le soleil se coucher.

— Superbe ! commenta Brigid quand elles se furent toutes trois assises sur les marches. Maintenant, j'aimerais porter un toast à mes deux nouvelles amies.

Elles trinquèrent à nouveau avec des éclats de rire joyeux.

— Souhaitons-nous de partager ensemble de nombreuses aventures, mais pas du genre de celles d'aujourd'hui, déclara Regan.

— Tchin-tchin ! s'écria Brigid en levant son verre.

— Et moi, intervint Kit, je propose que nous buvions au Melting Pot Music Festival. Souhaitons-lui une réussite éclatante.

— Un triomphe ! renchérit Brigid en riant. Si c'était un four, j'aurais de gros, gros problèmes !

Triomphe ou pas, s'abstint de commenter Regan, les gros problèmes sont précisément ce que je redoute. Et j'ai bien peur que nous ne réussissions pas à les éviter.

— Pressons, pressons ! s'écria Chappy. Il faut nous introduire dans la maison pendant qu'il fait encore jour. Ce serait trop risqué d'utiliser des lampes électriques.

— Mais... nous avons les lampes de nos casques, objecta Duke, visiblement désarçonné.

— Je veux dire, gronda Chappy, que si la maison n'est pas éclairée et qu'on voit de l'extérieur des lumières se déplacer à l'intérieur, on se doutera de quelque chose de louche, bougre d'âne !

— Ah bon ! fit Duke en hochant la tête d'un air pénétré.

Chappy grommela des propos que la décence réprouve.

Ils s'étaient retrouvés quelques instants plus tôt dans le cabinet de travail, après que Duke eut vu Regan et Brigid sortir de la maison. La mission devait être accomplie sans tarder, non seulement à cause du crépuscule imminent mais aussi parce que Chappy et Bettina étaient invités à dîner chez une des dames qui venaient assister aux séances spirituelles de l'Homme de Paix. Obsédé par le violon, Chappy s'y rendait comme on marche au supplice. S'ils réussissaient ce soir-là à opérer la substitution, comment laisser derrière lui le précieux instrument alors que ses doigts le démangeaient de le caresser, voire — pourquoi pas ? — d'en tirer des sons harmonieux ?

Stylo en main, il relut à haute voix la liste des occupants de la maison d'amis :

— Brigid et Regan l'enquiquineuse.

— Ont quitté les lieux il y a dix minutes confirma Duke.

— Kieran et sa petite amie Pammy.

— Partis dans le break pour aller au cinéma et dîner en ville.

— Hank et Teddy.

— Je les ai moi-même conduits en ville. Ils passent la soirée chez des amis. Ils m'ont même invité, mais j'ai refusé.

— Bien, approuva Chappy.

— J'étais aussi invité au dîner d'Angela, mais j'ai décliné en disant que j'avais du travail.

— Ma parole, on se l'arrache, grommela Chappy, non sans envie.

Il reboucha son stylo et replaça la liste dans un tiroir.

— Nous avons vérifié l'emploi du temps de tous nos hôtes, reprit-il. Bettina est dans sa chambre avec sa masseuse. Donc, tout va bien. Etes-vous prêt à passer à l'action ?

— Oui, chef.

Chappy fit pivoter son fauteuil, manœuvra le montant de la bibliothèque et ils s'enfoncèrent dans les entrailles de la terre. Ils traversèrent le *speakeasy* du grand-père sans même y jeter un regard. Seul Duke ralentit l'allure, le temps de ramasser le violon tout frais sorti des mains expertes d'Ernie, le vieux luthier.

Quand ils arrivèrent dans le sous-sol de la maison d'amis, Chappy souleva son casque de mineur et se passa nerveusement la main dans les cheveux.

— Nous touchons au but, murmura-t-il d'une voix mal assurée.

— Oui, à nous le violon qui nous apportera la chance ! renchérit Duke, lui aussi au comble de l'énervement. Je vais peut-être enfin pouvoir trouver un agent et ne pas devoir attendre jusqu'à l'été prochain pour décrocher un rôle.

Sa voix résonnait dans la vaste pièce vide.

— Chut ! Taisez-vous donc, bougre d'âne ! chuchota Chappy, un doigt sur les lèvres. Nous devons redoubler de prudence.

Avec un luxe de précautions, ils entrebâillèrent la porte, passèrent la tête, tendirent l'oreille.

Comme ils s'y attendaient, il n'y avait personne.

A l'étage, dans le placard à balais, le reclus commençait à s'impatienter. Il avait attendu assez longtemps pour être certain, maintenant, qu'elles étaient sorties et qu'il était seul.

Mais quel bonheur d'avoir entendu bouger Brigid, d'avoir écouté sa voix quand elle parlait à son empoisonneuse d'amie ! Sa voix était si douce, si belle. Il avait même pu humer quelques effluves du parfum dont elle s'était vaporisée avant de sortir. Un délice !

Je ne peux plus rester enfermé ici, se dit-il. Je commence à avoir faim et envie d'aller aux cabinets. Tant pis, je reviendrai une autre fois, quand je serai sûr d'être seul avec elle.

En prenant bien soin de ne pas se cogner la tête contre le plafond de la soupente, il déplia ses jambes ankylosées et se redressa.

Sur la pointe des pieds, Chappy et Duke traversèrent en courant la salle commune. Par les fenêtres ouvertes, on entendait les vagues se briser sur la plage et les mouettes se poursuivre en criant, sans se douter de la présence des intrus dans la maison. Au pied de l'escalier, Chappy retint de justesse un éclat de rire nerveux et ils gravirent les marches à pas de loup, l'un derrière l'autre.

Ils étaient presque en haut lorsqu'ils entendirent une porte grincer à l'autre bout du couloir.

Paralysé par la terreur, Chappy se figea. Ce n'est peut-être que le vent, se dit-il sans y croire. Derrière lui, le pied en l'air, Duke attendait que son patron reprenne sa progression.

Au bout de quelques secondes qui leur parurent durer une éternité, la porte grinça à nouveau en se refermant. C'est sûrement le vent, pensa Chappy avec soulagement.

C'est alors que retentit le bruit doublement terrifiant d'un raclement de gorge suivi de pas étouffés dans le couloir.

Chappy ravala à grand-peine le flot de bile qui lui remontait dans la gorge, se retourna, poussa Duke. Une sorte de cri de souris terrifiée s'échappa de ses lèvres :

— Filons !

Ils se retrouvèrent au sous-sol en pulvérisant les records olympiques de descente d'escaliers, parcoururent le souterrain sans ralentir, prirent à peine le temps de remettre le violon à sa place et ne mirent fin à leur course éperdue qu'à l'abri du sanctuaire de Chappy, le rayon de bibliothèque dûment refermé.

Haletant, Chappy sortit sa liste du tiroir.

— Qui était-ce ? gronda-t-il. Qui était là ? Je croyais vous avoir entendu dire que tout le monde était parti !

Couvert de sueur et congestionné, Duke se laissa tomber sur une chaise.

— Je ne sais pas, se défendit-il en pleurant presque. Je les avais tous vus partir, je vous le jure.

Accablé, Chappy s'abattit sur son bureau, la tête sur ses bras repliés.

— Mon violon ! gémit-il. Je veux mon violon !

Qu'est-ce que c'était que ce bruit ? Il stoppa net, prêt à courir se cacher de nouveau dans le placard. Une minute s'écoula, une autre. Plus rien. Un courant d'air, se dit-il. Ou peut-être une souris. En tout cas, il faut que je déguerpisse. Mais avant de partir...

Il ouvrit la porte de la chambre de Brigid. C'était bien celle-là, il en était sûr. D'ailleurs, il y avait une guitare dans un coin. Sur la coiffeuse, il vit une photo de Brigid et d'une blonde qui souriaient en se tenant par la taille. Oh ! Brigid... je voudrais tant te tenir dans mes bras, moi aussi.

Il contempla ses tubes de crème, son peigne, sa brosse, son flacon de parfum. Il osa même s'en mettre quelques gouttes sur la figure. En se retournant, il vit sur le lit un ours en peluche et ne put résister à l'envie de le prendre dans ses bras. Assis dans le fauteuil à bascule près de la fenêtre, il le serra très fort contre sa poitrine en regardant la mer et en chuchotant à Brigid qu'il l'aimait.

Il aurait tant voulu se coucher un instant sur son lit, mais l'idée lui fit peur. Si je le faisais, je ne pourrais plus partir, pensa-t-il. Alors, il reposa délicate-

ment l'ours en peluche à l'endroit exact où il l'avait pris.

Je reviendrai, Brigid. Bientôt, je reviendrai.

Il sortit dans le couloir, trouva les cabinets. Puis, après avoir fait usage des toilettes, il dévala l'escalier, traversa la salle commune en courant et détala le long de la plage.

Je vais maintenant m'offrir une folie, se dit-il. Une omelette de six œufs ! Je l'ai bien méritée.

40

— A combien pouvez-vous loger, dans cette maison ? demanda Regan à Kit, qui déposait sur la table un plat de spaghettis fumants.

— Huit, dans les chambres à l'étage. Et il y a aussi un canapé transformable dans la salle de jeux, en cas de besoin.

Embaumant l'eau de Cologne, les cheveux gominés, Garrett fit son entrée et vint s'asseoir en face de Regan. Avec une désinvolture étudiée, il tendit le bras pour déposer derrière lui son téléphone portable sur le buffet.

— J'adore coucher dans la salle de jeux, déclara-t-il. Une fois la porte fermée, c'est la pièce la plus intime de la maison.

— Vous attendez des coups de téléphone ? s'enquit Regan.

— Bien sûr, du bureau, répondit-il d'un ton blasé. Les marchés d'Europe et d'Extrême-Orient sont ouverts. Hum ! Ça sent bon ! ajouta-t-il en dépliant sa serviette.

— La sauce bolognaise est ma spécialité, l'informa Angela avec le sourire hautain du grand chef qu'importunent les compliments trop évidents.

Elle portait, ce soir-là, une microscopique mini-jupe et un débardeur si tendu sur ses rondeurs qu'il menaçait de craquer à chaque mouvement. Avec ses cheveux blonds et son hâle, elle évoquait aux yeux de Regan une célèbre publicité pour une huile de bronzage, où un chien espiègle exhibe le derrière potelé d'une petite fille en tirant sur son maillot — sauf que, entre-temps, la petite fille avait grandi.

Avec un soupir, Angela s'assit à son tour.

— Kit m'a aidée, admit-elle sans enthousiasme.

— Kit est pleine de bonne volonté, dit Regan en riant. Malheureusement, les résultats ne sont pas toujours dignes de ses efforts.

— En effet, c'est Regan le cordon-bleu, répliqua Kit d'un ton sarcastique. Elle brille particulièrement dans le poulet à l'eau.

— Oui, mais avec du sel et du poivre, précisa Regan.

Tout le monde rit de bon cœur puis, pendant un moment, un silence convivial régna autour de la table. Les spaghettis étaient succulents, les croûtons aillés croquants à souhait, le chianti velouté. La flamme dansante des bougies créait des ombres fantastiques sur les murs. Regan se réjouissait de voir Brigid détendue pour la première fois depuis leur arrivée.

— Dites-moi comment fonctionnent les groupes dans votre genre, demanda Brigid vers la fin du repas. Et d'abord, comment recrutez-vous vos colocataires ?

— C'est parfois un vrai casse-tête, croyez-moi ! soupira Angela en levant les yeux au ciel. Je m'en suis occupée un moment, mais c'est Garrett qui s'en est chargé cette année et qui a tout réglé avec Bettina. Nous formons à peu près le même groupe

248

depuis trois ou quatre ans, sauf Kit qui est nouvelle, bien entendu.

— Comment t'es-tu jointe aux autres ? lui demanda Regan.

— Une de mes amies de New York faisait partie du groupe, répondit Kit. Elle avait déjà payé sa quote-part pour cet été quand en mai dernier, le jour de son anniversaire, son fiancé lui a posé la question de confiance...

— Et ils ne se connaissaient que depuis six semaines, enchaîna Angela d'un ton lamentable. Incroyable, non ? Ces choses-là ne m'arrivent jamais.

Regan eut du mal à garder son sérieux. Sa chasse au mari avait quelque chose de pathétique.

— Bref, poursuivit Kit, mon amie Sue et Bruce, son futur, avaient d'autres projets pour l'été. Elle m'a donc proposé de racheter sa part et je me suis dit : pourquoi pas ? J'ai fait la connaissance de tout le monde chez Angela, qui avait donné une soirée quelques semaines avant notre départ.

— Voyez-vous, Brigid, intervint Garrett, tout le monde à New York cherche à fuir la ville pendant l'été. Des amis se cotisent pour louer une maison ou une villa, mais il faut commencer à s'y prendre dès le mois de février si on veut trouver quelque chose d'agréable, ou même dénicher des propriétaires qui veulent bien louer à un groupe plutôt qu'à des particuliers. Une fois qu'on a choisi l'endroit adéquat, on divise les frais par le nombre d'occupants et la fréquence de leurs séjours. Ceux qui veulent y passer tous les week-ends paient une part entière, ceux qui ne viennent qu'une semaine sur deux ne paient qu'une demi-part, etc. Un week-end de fête comme celui du 4 Juillet, naturellement, tout le monde voudra venir et la maison sera archibondée. Ce week-end-ci en particulier, puisque tous nos amis tiennent à assister à votre concert.

— Merci, dit Brigid en souriant. Mais dites-moi, comment avez-vous trouvé cette maison ?

— Disons plutôt que c'est Bettina qui nous a trouvés, grâce à la musique country dont nous sommes tous des fans. L'hiver dernier, nous étions dans un bar de New York pour écouter deux nouveaux chanteurs. Chappy et Bettina étaient à une table à côté de la nôtre et, de fil en aiguille, nous avons lié connaissance. Finalement, elle nous a suggéré de louer leurs anciens communs pour l'été.

Regan enregistra l'information mais s'abstint de la commenter.

— Comme j'ai horreur de battre la campagne à la recherche d'une maison, reprit Garrett, je suis venu dès le lendemain en voiture avec Bettina voir si celle-ci nous conviendrait.

Regan se souvint alors d'avoir entendu Ned Alingham dire que Chappy ignorait les intentions de Bettina, qui l'avait mis devant le fait accompli.

— Chappy n'est pas venu vous faire lui-même visiter la maison ? demanda-t-elle.

— Non, il était pris par un cours de théâtre ou quelque chose de ce genre. En tout cas, quand j'ai vu la baraque, elle m'a tout de suite séduit. Spacieuse, les pieds dans l'eau, un loyer raisonnable. Je me suis décidé sur-le-champ.

— Elle aurait eu grand besoin d'un équipement plus moderne, grommela Angela. Ce n'est pas qu'elle me déplaît, s'empressa-t-elle d'ajouter en voyant la moue réprobatrice de Garrett. Mais le plus ennuyeux, c'est qu'il va falloir en chercher une autre l'année prochaine, si je ne me suis pas mariée entre-temps, puisqu'ils vont la démolir pour construire un théâtre à la place.

— Dire que l'année prochaine, commenta Kit, il y aura peut-être des gens en train de rire, de pleurer ou d'applaudir à l'endroit même où nous sommes assis en ce moment.

— Duke veut convaincre Chappy de produire *Roméo et Juliette* et de lui donner le rôle de Roméo, dit Angela. Il est en train de l'apprendre par cœur, c'est moi qui le lui fais répéter.

On entendit alors frapper à la porte de derrière.

— Qui cela peut bien être ? s'étonna Angela. Je vais voir.

Elle prit soin d'ajuster les bretelles de son débardeur et de remettre de l'ordre dans sa coiffure avant de se diriger vers la porte.

— Duke ? l'entendit-on s'exclamer. Je croyais que tu avais du travail et que tu ne pouvais pas venir.

Voilà Roméo qui entre en scène, se dit Regan. En jean et chemise Lacoste, Duke fit cependant une entrée fort peu théâtrale.

— Chappy et Bettina sont invités à dîner, expliqua-t-il. Je me suis dit que je pourrais passer vous dire bonsoir.

— C'est parfait, Duke, déclara Kit. Vous arrivez juste à temps pour le dessert.

Pendant la dégustation de la tarte aux fraises, la spécialité de Kit, la conversation roula sur le concert et la tournée de Brigid.

— Où sont les autres, ce soir ? s'enquit Duke en avalant les dernières miettes de sa portion.

— Tous sortis, répondit Brigid. C'est vous,

d'ailleurs, qui avez déposé Hank et Teddy en ville, je crois ?

— En effet. Pammy et Kieran sont donc sortis, eux aussi ?

— Oui, répondit Brigid.

— Vous attendez des visiteurs cette semaine ? demanda Duke, qui parut soudain mal à l'aise.

Brigid fronça les sourcils, déconcertée par cette question.

— Non. Et toi, Regan ?

— Non plus. Nous sommes les invités de Chappy, je ne me permettrais pas d'inviter quelqu'un d'autre.

A quoi riment ces questions ? se demanda-t-elle, intriguée. Où Duke veut-il en venir ?

— Veux-tu encore de la tarte, Duke ? lui demanda Angela.

Depuis l'arrivée de Duke, Angela était transformée. Elle souriait à tout bout de champ, levait les bras au moindre prétexte pour mettre sa poitrine en valeur. Pourtant, son Roméo paraissait ne rien remarquer. Qu'est-il venu faire ? se demanda Regan.

— Non merci, répondit Duke distraitement.

Quelques minutes plus tard, ils débarrassèrent la table tous ensemble et gardèrent leurs verres pour aller s'asseoir sous la véranda. Il faisait doux, les criquets chantaient, la lune brillait. Angela servit du vin à tout le monde avant de prendre place sur la balancelle à côté de Duke. Mais elle avait beau redoubler de séduction à son égard, il semblait toujours aussi distrait. Après tout, conclut Regan, il est peut-être insensible au charme d'Angela ou n'aime pas se faire courtiser avec aussi peu de discrétion...

Quand ils eurent vidé la dernière bouteille, il

était près de onze heures. Regan et Brigid se levèrent pour prendre congé et, au profond dépit d'Angela, Duke offrit de les raccompagner.

— Vous devez plus que jamais vous montrer prudentes, insista-t-il pour vaincre leurs protestations.

— Quand veux-tu que je te fasse répéter ? lui lança Angela alors qu'il s'éloignait déjà.

— Peut-être demain ou après-demain, je ne sais pas encore, répondit-il avec un vague salut de la main.

Ils traversèrent le parc en bavardant jusqu'à la maison d'amis, plongée dans l'obscurité.

— Personne n'est encore rentré, observa Duke.

— Sûrement, confirma Regan.

Ils se souhaitèrent une bonne nuit. Puis, fatiguées l'une et l'autre de leur longue journée, les deux filles montèrent directement se coucher en allumant les lumières au passage.

Brigid se laissa tomber sur son lit avec un bâillement sonore.

— Quel soulagement de ne pas avoir à se lever aussi tôt demain matin ! cria-t-elle à Regan qui passait dans le couloir.

— Tu l'as dit ! renchérit Regan avant d'ouvrir la porte des cabinets.

Elle chercha l'interrupteur à tâtons, entra... et stoppa net.

Le siège de la toilette était relevé.

Voyons, récapitula-t-elle nerveusement, les garçons sont partis avant nous. J'ai été la dernière à m'en servir avant que nous sortions dîner. Qu'est-ce que cela signifie ? Tout à l'heure, Duke voulait savoir si nous attendions des visites ou s'il y avait quelqu'un à la maison. Serait-il entré ici en notre absence ? Et pour quelle raison ?

253

Regan se sentit envahie par l'angoisse. Allons, se reprit-elle, pas de conclusions hâtives. Un des garçons est peut-être repassé par ici pour une raison ou une autre. Mais pourquoi se serait-il servi de ces cabinets-ci plutôt que de ceux du rez-de-chaussée ?

Regan rabattit le couvercle, qui retomba avec un bruit sec. Quand Chappy aura construit son théâtre, se dit-elle, il pourra y ajouter une attraction en transformant cette maison en maison hantée. Surtout avec la porte sans poignée ni serrure de la pièce du bas.

Il doit y avoir une explication logique, se força-t-elle à penser. Mais que puisse-je faire ? Interroger les garçons, leur demander lequel a laissé le siège relevé ? Ils me prendront pour une cinglée ou, pis, pour une enquiquineuse. Et si le seul indice dont je dispose est le fait de n'avoir pas rabattu le siège, la quasi-totalité de la population masculine de la planète est à ranger parmi les suspects...

Je ferais mieux de redescendre vérifier si les portes sont bien fermées, se dit-elle en soupirant. Les autres ont les clefs, ils n'auront pas de problème pour rentrer.

Elle dévala les marches et commença son inspection par la porte de derrière, face à la plage. Brigid et elle venaient de l'emprunter pour rentrer et, ainsi qu'elle s'y attendait, elle la trouva verrouillée à double tour. Elle s'assura ensuite que les fenêtres étaient toutes bien closes et termina sa tournée par la porte principale.

Elle ne servait que rarement, car elle était d'un maniement peu commode. Regan voulait la rouvrir avant de la claquer fermement, afin d'être sûre que les loquets soient bien en place. Mais l'humidité avait gonflé le bois et elle dut s'y reprendre à deux fois pour décoincer le vantail.

Quand elle y parvint enfin, elle découvrit à l'extérieur une cassette appuyée contre le chambranle. Etonnée, elle se baissa pour la ramasser — et laissa échapper un cri : c'était une cassette du dernier succès de Brigid, mais brisée, tordue, comme si on s'était acharné dessus à coups de marteau.

Regan referma la porte, tira les verrous et remonta en hâte dans sa chambre, la cassette à la main. Brigid ne verra pas cette horreur, se répétait-elle. Je ne dois pas laisser l'espèce de fou vicieux qui a fait ça le terroriser.

Assise sur son lit, elle contempla le visage de Brigid qui souriait sur l'étiquette à travers les fragments du plastique déchiqueté. Le parallèle avec la poupée mutilée s'imposait de lui-même à son esprit.

Oh, Brigid ! soupira-t-elle. Qui donc, quel être malfaisant peut bien te vouloir du mal à ce point ?

41

Mardi 1ᵉʳ juillet

Cette nuit-là, Regan dormit mal. Elle se réveillait tous les quarts d'heure, regardait le cadran de son réveil et ressassait les événements de la journée, pour finir par tomber dans un profond sommeil alors que l'aube pointait. Et quand elle rouvrit les yeux, pour la centième fois depuis le début de la nuit, le réveil marquait huit heures trente-sept.

Même avec les rideaux tirés, il fait bien sombre pour une heure pareille, se dit-elle. Et il ne fait pas chaud du tout.

Regan rejeta les couvertures, se leva péniblement et alla tirer les rideaux. Dehors, le ciel était couvert. Il ne pleuvait pas encore, mais on sentait que la pluie ne tarderait plus. C'est le bouquet, pensa-t-elle. Un jour de pluie à la plage, rien de tel pour mettre les nerfs à vif et rendre tout le monde invivable.

En bâillant, elle enfila un jean et une chemise et traversa le couloir pour aller à la salle de bains. La porte de Brigid était fermée, aucun bruit ne filtrait de sa chambre. Elle dormait sans doute encore.

Regan frissonna au contact du carrelage froid sous ses pieds nus. Elle ouvrit les robinets, se débarbouilla, se lava les dents, se brossa les cheveux plus longtemps que nécessaire. Tu n'as pas de factures à payer, de lessive à faire, de placards à ranger, se disait-elle en se regardant dans la glace. En fait, tu n'as rien à faire. Tu as trop de temps devant toi pour réfléchir et te ronger les sangs.

A la cuisine, elle retrouva Brigid et Pammy qui buvaient leur café du matin. Brigid était en robe de chambre, Pammy déjà habillée. Il y avait des *donuts* et des *bagels* tout frais sur les assiettes, et les journaux du matin étaient empilés sur le coin de la table.

Les trois filles échangèrent des saluts cordiaux.

— Sers-toi, Regan, dit Pammy. Le café est prêt et il y a tout ce qu'il faut sur la table.

— Merci. Tu es déjà sortie faire les courses ?

— Oui, je me suis réveillée de bonne heure. Les garçons ne comptent pas aller au golf avant l'après-midi, alors j'ai décidé de sortir faire un tour et d'acheter de quoi préparer le petit déjeuner.

Une vraie petite fée du logis, pensa Regan en s'asseyant. Il y en a toujours une dans les groupes. Mais je ne devrais pas dire cela, c'est méchant, se reprit-elle. Surtout en voyant ses *donuts,* ils sont somptueux, ajouta-t-elle en mordant dans un moelleux beignet couvert de sucre glace.

Pammy reposa sa tasse, rejeta une mèche de ses longs cheveux blonds et parut hésiter à prendre la parole.

258

— Brigid a passé une mauvaise nuit, commença-t-elle.

Moi aussi, pensa Regan, mais je n'en fais pas un plat.

— Qu'est-il arrivé ? demanda-t-elle à Brigid.

Brigid, qui lisait le journal, leva à peine les yeux et fit un geste désinvolte comme pour réduire l'affaire à ses justes proportions.

— Trois fois rien. J'ai fait un cauchemar, voilà tout.

— Au sujet de ce qui s'est passé hier ?

— Oui. Enfin, peut-être. J'ai rêvé qu'on me poursuivait avec un revolver.

Pammy se leva, alla derrière Brigid et commença à lui masser les épaules.

— Depuis son accident, expliqua-t-elle, Kieran a souvent le cou et les épaules qui se bloquent. Il aime bien que je le masse. Ça te fait du bien, Brigid ?

— Oui, oui, répondit-elle un peu trop vite.

Regan comprit qu'elle n'acquiesçait que par politesse.

— Je te sens très tendue, déclara Pammy. Mais c'est une réaction naturelle, après tout. Le syndrome du stress post-traumatique peut se manifester de diverses manières, je l'ai maintes fois observé sur mes patients. Et sur moi-même, ajouta-t-elle après avoir marque une pause.

— Vraiment ? dit Regan. Comment cela ?

— Quand j'étais petite, répondit Pammy en baissant la voix, ma cousine s'est noyée sous mes yeux. C'était ma meilleure amie.

— Oh, Pammy, c'est affreux !

— Depuis le temps, je m'en suis remise. Mais c'est à ce moment-là que j'ai décidé d'apprendre le secourisme. Je me disais que si j'étais de nouveau témoin d'un accident, il fallait que je sache quoi faire. Voilà pourquoi j'ai tout de suite porté secours à Louisa. Comme je n'avais pas pu sauver ma cousine, j'ai l'impression d'honorer sa mémoire quand je peux aider les autres. C'est aussi pour cela que je suis devenue infirmière. Rien ne pouvait m'apporter plus de satisfaction que d'aider Kieran à retrouver la santé et l'encourager à rejouer de la musique.

— La mort de ta cousine est vraiment très triste, dit Regan.

— Bien sûr. Cela a été un choc terrible. J'ai longtemps fait des cauchemars dans lesquels elle m'appelait au secours. Il m'arrive même encore d'en rêver.

Elles gardèrent un instant le silence. Quelle étrange révélation, pensa Regan. Surtout d'aussi bonne heure...

— Je suis donc bien placée pour savoir que les cauchemars peuvent avoir un effet très traumatisant, reprit Pammy. Quand je suis descendue tout à l'heure, j'ai tout de suite remarqué que Brigid n'était pas dans son assiette.

— Hier, en tout cas, tout s'est bien terminé, grâce à Dieu, dit Brigid. Ou plutôt, grâce à Regan. Eh ! Si j'écrivais une chanson sur ce thème ? Tiens, poursuivit-elle en tendant les journaux à Regan, lis donc. La cause de mes cauchemars y figure noir sur blanc.

Regan parcourut l'entrefilet du magazine *USA Today,* qui mentionnait en quelques lignes la tentative de vol du violon magique de Brigid O'Neill et l'intervention énergique de son garde du corps. Le *Hampton News* consacrait à l'événement un article plus long et plus détaillé, qui soulevait une fois de plus la question de savoir si le violon était ou non réellement ensorcelé.

— Je m'étonne que les journalistes n'aient pas pris contact avec nous hier, dit Regan en reposant le journal.

— Ils ont peut-être essayé, répondit Brigid en tartinant un *bagel* d'une épaisse couche de crème fraîche. Nous sommes restés un bon moment à la plage, ensuite j'ai longuement téléphoné à ma mère puis à Roy, mon manager. La ligne était donc occupée une bonne partie de l'après-midi et, le soir, nous étions tous sortis. Comme je te le disais hier, j'ai été bien inspirée d'appeler ma mère pour la mettre moi-même au courant. Si elle avait appris tout cela par les journaux, elle en aurait fait une maladie.

Elle avait à peine fini de parler que le téléphone sonna.

— Veux-tu que je réponde ? proposa Regan.

Brigid se leva.

— Non, dit-elle en riant. Autant affronter le feu de l'ennemi.

Elle sortit à l'office décrocher l'appareil mobile. Pendant qu'elle parlait, Regan regarda par la fenêtre les nuages menaçants et la mer qui se couvrait de moutons d'écume.

— Par un temps pareil, dit-elle au bout d'un moment, les garçons ne pourront sans doute pas jouer au golf cet après-midi.

— Non, c'est vrai, répondit Pammy. Ils seront déçus.

— Tu y joues, toi aussi ?

— J'en serais bien incapable ! répondit Pammy en riant.

— Mais alors, que fais-tu quand tu les accompagnes ? Tu les suis de trou en trou ? Tu leur sers de caddie bénévole ?

— Quelquefois. Ou bien je reste au *clubhouse* en les attendant.

Ouais, en gardant l'œil ouvert, s'abstint de commenter Regan.

— Vas-tu faire la tournée avec eux ?

— Impossible, répondit Pammy, je dois reprendre mon travail. Quand nous partirons vendredi soir, ils me déposeront à un hôtel près de l'aéroport pour que je prenne mon avion le lendemain matin.

— Ah bon ? Où travailles-tu ?

— Je suis infirmière libérale à Nashville.

— Pourras-tu au moins les rejoindre de temps en temps pendant la tournée ?

— J'y compte bien.

Brigid rentra à ce moment-là, le téléphone à l'oreille.

— Ne quitte pas, Roy... Regan, Pammy, vous savez quoi ? Mon album est l'objet de critiques dithyrambiques... Répète cela, Roy. Que j'ai « une voix dont la pureté le dispute à la richesse » ? Et quoi encore ? Ah oui : « l'étendue de ma tessiture » ! Et aussi que « Brigid O'Neill vous fera autant rire que pleurer et qu'il ne faut manquer ses concerts sous aucun prétexte ». Bon, Roy, ça suffit ! dit-elle en riant.

— Bravo, Brigid ! dit Regan en applaudissant.

Rieuse, insouciante, Brigid semblait avoir oublié ses tourments de la nuit.

— Qui d'autre a appelé, Roy ? Dis donc, ce fichu violon a quand même l'air de me porter chance, non ?

Regan se réjouissait de la voir si heureuse de l'accueil enthousiaste réservé à son dernier

262

album. Ce même album qu'un inconnu avait pris la peine de réduire en miettes pour lui manifester une incompréhensible hostilité, se rappelat-elle avec un frisson.

— Youpi ! s'écria Brigid en coupant la communication. Les choses se présentent bien, en fin de compte.

— C'est formidable ! dit Regan.

— Félicitations, Brigid, enchaîna Pammy.

— Merci, vous deux, dit Brigid en se laissant tomber sur sa chaise. La journée ne me paraît plus aussi grise et triste, tout à coup. Quel dommage que le festival n'ait lieu que dans trois jours ! Je meurs d'envie de faire de la musique, de séduire le public.

— C'est ce que tu feras pratiquement tous les jours à partir de vendredi, lui fit observer Regan.

— J'attends ça avec impatience.

Pammy se leva, reposa sa tasse.

— Je vais voir si Kieran est enfin réveillé. Il a sûrement hâte d'apprendre ces bonnes nouvelles.

Le sourire de Brigid s'estompa imperceptiblement :

— Bonne idée. Raconte-lui ce que m'a dit Roy.

— Compte sur moi ! Et j'espère que plus rien ne viendra assombrir ta joie, Brigid. Une nuit de cauchemars suffit.

— Cette nuit, je ne ferai que de beaux rêves. Parce que recevoir d'aussi bonnes critiques pour un premier album, c'est un rêve que j'ai fait toute ma vie sans oser y croire.

Pammy lui sourit avant de quitter la pièce.

— J'ai l'impression que nous allons avoir un temps de cochon, dit Regan lorsqu'elles furent seules. Que dirais-tu d'une petite promenade sur la plage pour respirer un peu avant le déluge ?

— Moi, je marcherai sur un nuage ! s'écria Brigid en se levant. Allons-y !

42

Le mardi matin, Ned et Claudia arrivèrent à leur bureau à la première heure. Submergé de demandes de rendez-vous depuis son interview de la veille à la radio, Ned était fou de joie. Claudia avait dû le traîner de force le lundi soir pour le ramener chez eux.

— Je ne veux pas manquer un appel ! avait-il protesté.

— Nous avons un répondeur. Et toi, tu as plus que jamais besoin de garder l'esprit clair. Viens te reposer.

Depuis à peine vingt-quatre heures, l'ego de Ned devait avoir quadruplé de volume et continuait de grandir.

Dans son bureau, Claudia réétudiait les plans d'une maison dont le propriétaire changeait constamment d'avis. Ned avait essayé de le convaincre qu'il ne fallait en aucun cas implanter un cabinet de toilette près de la porte d'entrée, car cela attirait la malchance. Le propriétaire en voulait un pour ses invités et n'en démordait pas. Mais après avoir écouté l'interview de Ned, il avait appelé Claudia en catastrophe en lui donnant l'ordre de supprimer le cabinet de toilette dans l'entrée et de l'installer ailleurs.

Pourquoi pas au fond du jardin ? avait grommelé Claudia. Elle avait passé des heures sur ces plans et, maintenant, l'homme lui imposait de tout modifier avant le début des travaux. Quelle plaie ! Elle était heureuse, malgré tout, que ce client difficile prenne enfin au sérieux les avis de son bien-aimé.

Ned entrouvrit la porte et passa la tête dans l'entrebâillement. Il avait endossé, ce matin-là, un blazer, une chemise et une cravate pour se donner l'air sérieux, mais avec un blue-jean pour paraître quand même dans le coup et des baskets qui ne correspondaient à aucun des deux personnages. L'ensemble constituait quand même un progrès sensible par rapport à ses accoutrements habituels.

— Je pars chez Darla Wells, chérie.

Claudia leva les yeux.

— Bonne chance ! dit-elle en faisant le V de la victoire.

Ned allait donner une consultation de *feng-shui* à une riche cliente susceptible de le recommander à beaucoup de beau monde dans les Hamptons. Elle avait téléphoné la veille et voulait le voir dès le début de la journée. Si elle parlait de lui à ses amies, il croulerait sous le travail... Et tout ça grâce à ce dîner chez Chappy Tinka ! Quelle soirée mémorable !

Ned s'assit au volant de la Range Rover et se coula dans la circulation déjà dense. Darla Wells habitait East Hampton. Il lui faudrait une bonne demi-heure, mais il avait pris une marge suffisante.

Fredonnant gaiement à l'unisson de la radio de

bord, il roula en pensant aux affaires qui ne manqueraient pas de tomber l'une après l'autre dans son escarcelle à la suite de cet important rendez-vous. Mais quand il arriva, cinquante-sept minutes plus tard, à l'adresse de Darla Wells, un cri de détresse lui échappa : elle habitait au fond d'une impasse ! Rien de plus désastreux pour le *feng-shui*. Mais qu'y pouvait-il ? Il serait bien obligé de faire contre mauvaise fortune bon cœur.

Au moins, constata-t-il avec quelque soulagement, la propriété s'étendait sur un terrain plat et l'entrée n'était pas bloquée par des arbres. Il n'y avait donc pas de source de malchance de ce côté-là. En outre, Dieu merci, son adresse ne comportait pas le chiffre 4. La maison elle-même était spacieuse, blanche et cossue. Une véranda, un péristyle à colonnes, une vaste pelouse, des arbres majestueux et des massifs de fleurs témoignaient d'une fortune ancienne et solide.

Ned gravit le perron, sonna et attendit en pianotant nerveusement sur le dossier dont il s'était muni. Un coup d'œil à sa montre lui confirma qu'il était neuf heures trente précises. Il était donc ponctuel, comme toujours. Il s'était même arrêté en ville, le temps de boire un café afin de ne pas arriver en avance, ce qui, pour un homme prônant à autrui l'harmonie et l'équilibre, aurait été aussi répréhensible que d'être en retard.

Le cœur serré, il sonna encore une fois. Il allait sombrer dans le découragement quand la porte s'ouvrit. En pantalon rose et chemisier noir, Darla Wells s'excusa de l'avoir fait attendre. Si Ned la rencontrait pour la première fois, il avait déjà vu sa photo dans les échos mondains du *Hamptons News* et des magazines people. Ses yeux de biche et son teint basané lui donnaient une allure exotique, se dit-il. Rien de commun avec sa Claudia.

— Je suis désolée, dit-elle en passant dans sa chevelure une main surchargée de bagues, j'étais au téléphone avec mon agent. Nous décidions des chansons que je chanterai vendredi soir au concert. Un choix difficile, poursuivit-elle en le guidant vers le grand salon. J'ai tellement d'excellentes chansons à mon répertoire que je voudrais toutes les interpréter, mais hélas je n'en aurai pas le temps.

Tout en l'écoutant d'une oreille distraite, Ned balayait la pièce d'un regard exercé. Dans l'ensemble, l'ameublement était de bon goût, mais sa remise en ordre exigerait un travail considérable.

— J'ai entendu parler de vous hier chez le coiffeur, reprit Darla en lui faisant signe de s'asseoir.

— Ah ? Je croyais que vous m'aviez entendu à la radio, s'étonna Ned en prenant place dans un canapé blanc qui, heureusement, était orienté de manière adéquate.

— J'ai éteint le poste après l'interview de Brigid O'Neill, déclara Darla, non sans aigreur. Une cliente du salon disait que votre interview l'avait beaucoup intéressée.

— Je m'en réjouis, commenta Ned.

— Alors, comment avez-vous trouvé cette Brigid O'Neill ?

— Très sympathique. Elle apprécie le *feng-shui*.

— Le *feng*... quoi ?

— Le *feng-shui*.

— Qu'est-ce que c'est ?

— La raison pour laquelle vous m'avez demandé de venir, si je ne me trompe, répondit Ned avec un petit rire poli.

— Ah oui, c'est vrai. Vous déplacez les meubles, n'est-ce pas ?

Ned se retint de grincer des dents.

— C'est un peu plus complexe que cela. Le feng-shui a pour objet de créer des conditions de vie harmonieuses en utilisant l'énergie de votre environnement afin de parvenir à la richesse, au bonheur et à la célébrité.

— Oui, j'y suis maintenant. En ce qui me concerne, je n'ai pas besoin de rechercher la richesse. C'est la célébrité qui m'intéresse.

Déconcerté, Ned se gratta le menton. Mais avant qu'il ait pu trouver une réponse, Darla lui posa une nouvelle question :

— Avez-vous fait votre *feng-shui* pour Brigid O'Neill ?

— Non, elle vit à Nashville. Elle m'a toutefois demandé hier d'y aller à la fin de sa tournée pour procéder à un examen de sa maison.

— Elle est donc devenue célèbre sans ce *feng-shui* ?

— En effet, mais elle le sera bien davantage après l'avoir mis en pratique. Le résultat est garanti, ajouta-t-il avec conviction.

— Pour le moment, elle est à Southampton, observa Darla.

— Oui, au Domaine Chappy.

— Vous étiez à ce dîner dont parlait le journal d'hier, je crois ?

— Oui. Et Brigid O'Neill était encore citée dans la presse d'aujourd'hui. Et même la presse nationale.

Darla sentit son estomac se nouer.

— Pourquoi donc ?

— Deux jeunes voyous étaient venus la voir sous prétexte de l'interviewer pour le journal de leur lycée. Elle les avait fait entrer et ils avaient essayé de lui voler son violon. Heureusement, son garde du corps était intervenu à temps.

— Elle a un garde du corps ?

— Oui. Mais si nous parlions plutôt de *feng-shui* ?

— Bien sûr, bien sûr.

Ned se leva :

— J'aimerais que vous me fassiez visiter la maison, je vous montrerai à mesure les petites améliorations que vous pourriez d'ores et déjà y apporter.

— Allons-y.

— Commençons pas cette pièce, déclara Ned d'un ton doctoral. Vous devriez placer un objet de cristal dans le coin gauche, qui est le siège de la puissance et de la fortune. Dans la cuisine, des miroirs disposés derrière le fourneau accroîtront votre richesse. Dans la chambre, orientez le lit face à la porte. Si vous étiez célibataire, je vous recommanderais de ne pas l'installer contre un mur, car ce serait vous interdire la possibilité de nouvelles relations...

Darla le suivait pas à pas en notant toutes ses paroles. Elle était prête à faire n'importe quoi pour devenir célèbre. N'importe quoi.

Une heure plus tard, Ned reprit la route en se félicitant d'avoir fait signer à Darla un contrat pour une analyse approfondie de sa demeure. Elle lui avait aussi semblé toute disposée à le recommander à ses amies.

De son côté, il s'était engagé à venir avec Claudia la féliciter en coulisses à la fin du concert de vendredi soir. Je lui apporterai des fleurs, se dit-il. Il faut toujours être aimable avec les clients.

Ned avait hâte, maintenant, de rendre compte à Claudia du succès de son entretien. Et je sais ce que je vais faire cet après-midi : j'irai au Domaine Chappy jeter un coup d'œil à la maison d'amis. Je ne préviendrai même pas Chappy, je lui ferai la surprise d'une consultation gratuite. Je lui dois bien cela, après tout, c'est grâce à lui que tout démarre enfin, pensa Ned en souriant aux anges, enchanté de lui-même et de la tournure prise par les événements.

Il restait néanmoins une ombre à ce riant tableau : pourquoi diable Darla Wells lui posait-elle tant de questions sur Brigid O'Neill plutôt que sur lui-même ?

43

Regan et Brigid marchèrent longtemps sur la plage avant de se résoudre à faire demi-tour. L'air pur et frais était vivifiant, le sable humide doux comme un tapis sous leurs pieds nus, mais les nuages devenaient si menaçants qu'elles ne voulurent pas s'exposer au risque d'être surprises par la pluie diluvienne qui s'annonçait.

Sur le chemin du retour, Brigid ramassa des galets et s'amusa à les lancer en faisant des ricochets dans l'eau.

— Tu ne peux pas savoir à quel point je suis heureuse, Regan. Des critiques aussi flatteuses sont inespérées. D'après Roy, elles nous vaudront des engagements auxquels nous n'aurions jamais osé rêver.

— Tu devrais informer ton cousin Austin de ces bonnes nouvelles. Et aussi lui parler de tes mésaventures d'hier avant qu'il les apprenne par les journaux. Il était sincèrement inquiet à ton sujet.

— Tu as raison. Austin est plus un frère pour moi qu'un cousin, tu sais. Je lui téléphonerai dès que nous serons rentrées.

En passant près de l'endroit où l'autocar de la tournée et le camping-car de l'Homme de Paix étaient garés côte à côte, elles eurent soudain les oreilles assaillies par les jappements perçants du roquet de Bettina, qui déboulait à fond de train du coin du château et s'arrêtait devant le camping-car en aboyant frénétiquement.

— Non, Tootsie, non, fit la voix de Bettina. Maman t'a déjà dit de ne pas aboyer. Pas aboyer, compris ? C'est défendu.

A l'évidence, Tootsie se moquait des injonctions maternelles car elle resta plantée là en aboyant de plus belle.

Bettina et Garrett apparurent à leur tour. Sans s'arrêter, Regan et Brigid leur lancèrent des saluts que les autres leur rendirent de la voix et du geste. Garrett essaie-t-il de lui vendre des actions ? se demanda Regan. Discutent-ils du loyer de la maison, ou y a-t-il autre chose entre eux ?

Elle en était là de ses réflexions quand l'Homme de Paix sortit de son camping-car et fit de la main un signe de paix à l'adresse de Bettina et de Garrett.

— Pardonnez-nous, Homme de Paix, lui dit Bettina. Je ne sais pas ce qu'a Tootsie aujourd'hui, elle est très énervée.

L'Homme de Paix hocha la tête, ferma à double tour la porte de son camping-car, enfourcha sa bicyclette et s'éloigna, toujours sans mot dire. Vraiment bizarre, ce type, pensa Regan.

De retour à la maison, elles trouvèrent à la cuisine les trois musiciens qui prenaient leur petit déjeuner et lisaient les journaux. Pammy était occupé à servir du café.

— Félicitations, dit Kieran à Brigid. Fabuleuses critiques.

— Nous sommes fiers de toi, déclara Teddy.

— Plus que fiers, renchérit Hank.

— Soyons fiers de nous ! les corrigea Brigid. Vous en avez votre part, vous trois. Sans vous, le groupe n'existerait pas.

Elle n'avait pas fini de parler qu'un grondement de tonnerre retentit.

— Envoyez les tambours de la gloire ! dit Brigid en riant.

Un roulement assourdissant parut lui obéir. Ils éclatèrent tous de rire tandis que la pluie se déchaînait d'un seul coup.

Pammy tendit à Kieran la balle de caoutchouc dont elle usait pour la rééducation musculaire de sa main blessée.

— Fais donc tes exercices en lisant le journal, mon chéri, lui suggéra-t-elle.

— Plus tard, répondit Kieran avec une pointe d'agacement.

La pluie crépitait sur le toit et contre les vitres, les éclairs illuminaient la pièce de leur lumière livide, le tonnerre grondait. Ils ne se doutaient pas qu'ils allaient passer le plus clair des prochaines quarante-huit heures claquemurés dans la maison pendant que la pluie tomberait sans discontinuer.

Vers la fin de l'après-midi, après que chacun eut tué le temps de son mieux en grignotant n'importe quoi, en lisant et relisant les journaux ou en regardant la télé en bâillant, Brigid remonta dans sa chambre. Profitant d'une accalmie, Pammy, Hank et Teddy allèrent en ville faire les courses pour le dîner. Restée seule dans la salle commune, Regan lisait, étendue sur le canapé, quand elle entendit frapper à la porte ; elle se leva pour aller ouvrir. Ned Alingham se tenait sur le seuil, abrité sous un parapluie.

— Bonjour, Regan.

— Bonjour, Ned. Qu'est-ce qui vous amène ?

— Sans vouloir vous déranger, j'aimerais jeter un rapide coup d'œil à la maison afin de voir ce que je pourrais faire pour en améliorer la disposition. Chappy n'est pas au courant, je veux lui faire la surprise. Gratuitement, cela va sans dire.

— Si vous y tenez, répondit Regan en s'étonnant de rencontrer autant de personnages excentriques en aussi peu de temps.

Ned entra, referma son parapluie qu'il posa dans un coin, s'avança d'un pas... et poussa un cri d'horreur

— Ah ! Voulez-vous, je vous prie, me dire ce que fait ce canapé sous la fenêtre alors qu'il devrait être contre le mur, face à la fenêtre et au superbe panorama de l'océan ?

— Je n'en ai pas la moindre idée, répondit Regan.

— Cela vous ennuierait de m'aider à le déplacer ?

Le canapé pesait si lourd qu'il donnait l'impression d'être rembourré avec des briques. En ahanant, ils le poussèrent tant bien que mal contre le mur et l'adossèrent à la porte sans poignée.

— Je n'avais encore jamais vu une porte pareille, observa Ned. Il faudra que je vérifie si elle a une signification selon le *feng-shui*. Mais puisqu'elle n'a pas de poignée, c'est qu'elle n'est pas utilisée. Donc, rien ne nous empêche de placer le canapé contre elle.

Regan s'assit pour juger du nouvel emplacement du meuble.

— Il est beaucoup mieux ici, déclara-t-elle.

276

De fait, elle se félicitait que la porte soit désormais bloquée. Qu'est-ce que Chappy pouvait bien dissimuler dans ce sous-sol ? D'après le peu qu'elle en avait vu par le soupirail, la pièce était vide et poussiéreuse, mais elle regrettait que l'ouverture soit trop exiguë pour lui permettre de s'y glisser.

— N'est-ce pas ? dit Ned en se rengorgeant. Cette seule modification mineure confère à cette salle une note d'harmonie et de paix. Vous sentirez physiquement la différence, je vous le garantis.

Il procéda ensuite à un examen du rez-de-chaussée.

— Ce n'est pas trop mal, décréta-t-il. Rien de grave, en tout cas. Je ne veux pas vous déranger dans vos chambres pour le moment, je reviendrai quand vous serez tous sortis. Et ne dites rien à Chappy de ma visite, n'est-ce pas ? Je veux lui faire la surprise une fois que j'aurai réorganisé toute la maison.

— Je serai muette comme la tombe, promit Regan.

— Merci. Nous nous reverrons au concert, j'espère ?

— Bien sûr.

Regan le raccompagna jusqu'à la porte et le suivit des yeux pendant qu'il rouvrait son parapluie et s'éloignait d'un pas allègre vers sa voiture garée un peu plus loin.

En voilà au moins un qui aime son travail, se dit-elle en refermant la porte. Et il a raison, le canapé est beaucoup mieux à cet endroit. La question est de savoir si cela plaira à Chappy.

44

Ce qu'il voyait par la fenêtre de sa cabane lui arracha un soupir accablé. *Regardez-moi cette pluie !* Il pleuvait des hallebardes, comme disait sa mère.

Alors, que faire ? Il ne pouvait quand même pas aller se promener sur la plage près de la maison de Brigid. Par un temps pareil, il passerait pour un fou. Et je ne suis pas fou ! gronda-t-il. *Je suis tout à fait normal. Normal !*

Il alluma la télévision, fit une moue dégoûtée. *Rien d'intéressant. Les jeux télévisés qu'il aimait tant n'existaient plus depuis des années. Pourquoi avoir supprimé des petits chefs-d'œuvre comme* Les zigs de Hollywood *ou* J'ai un secret *?*

Il pouffa de rire. Oh oui, j'ai un secret ! Et Le jeu des jeunes mariés *? Il s'était si souvent vu participer à ce jeu-là avec Brigid.*

Soudain terrassé par une dépression noire, il se laissa tomber sur son lit, la tête entre les mains.

Je veux la voir ! J'ai besoin de la voir ! Mais je ne peux rien faire tant qu'il fera ce temps-là. S'il continue à pleuvoir, je vais devenir enragé. Brigid m'attend, je le sens. J'en suis sûr.

On est aujourd'hui mardi, elle part vendredi soir.

Il faut que je la voie d'ici là et ce maudit mauvais temps m'en empêche. C'est trop injuste, à la fin !...

Roulé en boule, il tira les couvertures sur sa tête et se mit à sangloter de désespoir.

45

Mercredi 2 juillet

— Va-t'en, cochonnerie de pluie ! psalmodia Chappy devant la fenêtre de son cabinet de travail. Va-t'en et ne reviens que samedi, s'il faut vraiment que tu reviennes.

Il était l'heure du thé. Assis face au bureau directorial, Duke sirotait le sien comme une liqueur précieuse.

— Dehors, il fait humide, opina-t-il.

— Bien sûr qu'il fait humide, bougre d'âne ! explosa Chappy. Il pleut sans arrêt depuis bientôt trente-six heures ! Comment vais-je pouvoir aller chercher mon violon, dans ces conditions ?

— Je ne sais pas, répondit Duke avec son bon sens coutumier. Ils ne sortent pour ainsi dire plus de la maison. Quand j'y suis allé pour leur demander s'ils avaient besoin de quelque chose, Regan m'a dit qu'ils tuaient le temps en lisant, en regardant la télé, en jouant.

— En jouant ? A quels jeux ? voulut savoir Chappy.

— Je ne sais pas, moi. Au Monopoly, au bridge, aux échecs.

— Où se les sont-ils procurés ?

— C'est vous qui me les aviez fait acheter l'année dernière, quand vos cousins sont venus et que vous ne vouliez pas les voir.

— Ah oui, c'est vrai... J'ai une de ces migraines ! gémit Chappy en se tenant la tête à deux mains. Et elle ne se calmera pas tant que je n'aurai pas mon violon. Mon cher violon.

— Si nous allions écouter derrière la porte ? suggéra Duke. Cela vous soulagerait peut-être.

L'expression de Chappy s'adoucit quelque peu.

— Ma foi... peut-être, dit-il d'une manière qui signifiait : « Je ne demande pas mieux, mais il faut me forcer la main. »

— Eh bien, allons-y, déclara Duke avec autorité.

Quelques minutes plus tard, ils pénétrèrent tous deux dans le sous-sol de la maison d'amis. Entendant de la musique au-dessus de leurs têtes, ils montèrent l'escalier jusque derrière la porte close. Brigid chantait, accompagnée par les guitares.

Les yeux de Chappy s'emplirent de larmes. Si je pouvais chanter aussi bien, pensa-t-il. Avoir enfin mon théâtre, paraître sur scène, être vedette à mon tour...

La musique cessa, saluée par des applaudissements nourris.

— Qui est là ? souffla Chappy à l'oreille de Duke.

— Angela, Garrett et Kit sont venus leur rendre visite, je crois.

— On sort dîner, ce soir ? s'enquit une voix féminine.

Frémissant d'excitation, Chappy empoigna le bras de Duke.

— Pas question ! répondirent les autres en chœur.

— Il y a trop de monde en ville, précisa l'un.

— Impossible de se garer, renchérit un autre.

— Mes cheveux vont friser, ce sera horrible ! dit une fille.

— On se fera tremper.

— Faisons-nous livrer de quoi dîner et des cassettes de location.

— Bonne idée ! approuva le chœur.

Chappy se voûta, accablé. Chacune de ces répliques lui avait transpercé le cœur. Duke lui assena une tape consolatrice dans le dos et ils repartirent, la tête basse, vers le souterrain et l'abri du cabinet de travail.

— Je ne comprends pas, Duke, gémit Chappy en étouffant un sanglot. Je ne comprends pas. Pourquoi faut-il que tout soit si compliqué ? Qu'ai-je fait pour mériter de telles épreuves ?

— Courage ! Après la pluie vient le beau temps, chantonna Duke d'un air guilleret.

Chappy le dévisagea avec une expression d'horreur que Duke ne lui connaissait pas encore.

— Foutez-moi le camp ! hurla-t-il.

— Bon, bon, d'accord. Je n'aurais pas dû...

Duke sortit en courant, referma la porte — et resta derrière en attendant le choc prévisible d'une chaussure de Chappy venant s'écraser contre le vantail.

Ce qu'il y avait de bien, avec Chappy, c'est qu'on pouvait toujours compter sur lui. Trois secondes plus tard, le choc se produisit.

Bah ! se dit Duke avec un haussement d'épaules fataliste, il s'en remettra. Il n'empêche que si cette fichue pluie pouvait s'arrêter, ça ne serait pas plus mal.

Il consulta sa montre : dix-sept heures quinze. Il avait largement le temps de s'offrir un petit en-cas et d'étudier son rôle. Et c'est d'un pas, sinon d'un cœur, léger que Duke s'éloigna en direction de la cuisine.

Assis à son bureau, Arnold Baker écoutait avec accablement la pluie tambouriner sur ses fenêtres. Chaque goutte lui faisait l'effet d'un coup de poignard. Le concert devait avoir lieu dans deux jours et le temps n'avait pas l'air de vouloir se rétablir de sitôt. Annuler le concert coûterait une fortune au collège et il y avait eu trop de billets vendus pour l'organiser à l'intérieur. Pis, il était impossible de le reporter à une date ultérieure, les musiciens avaient tous des engagements ultérieurs. Tous — sauf Darla Wells.

Un rire amer lui échappa : elle pourra donner le concert samedi à elle toute seule et chanter tant qu'il lui plaira. Elle est peut-être même en train d'exécuter une danse de la pluie. Qui sait si elle n'a pas engagé les services d'un sorcier indien...

Dot passa la tête par l'entrebâillement de la porte :

— Je m'en vais. Et ne faites pas cette tête-là, voyons, la météo annonce que le beau temps va revenir.

— Où est-il, en ce moment ? Dans le Pacifique Sud ?

— Non, il arrive de la planète Mars, répondit Dot en riant.

— Il n'y a pas de quoi rire, soupira Arnold avec un hochement de tête réprobateur.

— Ah ! pendant que j'y pense, reprit Dot. Si vous voyez Regan Reilly, dites-lui que mon amie Cindy, celle qui fabrique les poupées, a laissé un message sur le répondeur de sa fille. Ils attendent la fin de la tempête dans je ne sais plus quel port. Bonne nuit, patron !

Arnold parvint à esquisser un salut de la main.

Bonne nuit... Parlons-en ! Je ne passerai pas une bonne nuit tant que cette maudite pluie tombera. Tant que la pelouse n'aura pas séché et ne sera pas capable d'accueillir le public. Est-ce trop demander au ciel ?

Avec un nouveau soupir, il se leva, éteignit sa lampe et quitta son bureau. Et tout en roulant vers la sortie du campus, il put constater avec une angoisse grandissante que même si la pluie cessait dans l'heure, les pelouses resteraient détrempées, spongieuses, impraticables pour des jours et des jours. Voire des semaines.

47

Ballyford, Irlande

Malachy était occupé à faire le ménage et à remettre de l'ordre dans son cottage. Il vaut mieux tout laisser propre avant de partir à l'étranger, pensait-il. Si je mourais, je ne voudrais pas qu'on me prenne pour un dégoûtant.

Tout en chantonnant gaiement, il entreprit de trier une pile de vieux journaux entassés près de la cheminée. Brigid sera si contente de me voir, se dit-il. Du moins, je l'espère !...

Car tout était prévu. Il atterrirait à l'aéroport Kennedy le jeudi soir, coucherait sur place et prendrait le lendemain un autocar pour les Hamptons de manière à surprendre Brigid en plein concert. Quel bonheur !

Plus il pensait à cette idée qu'il avait eue d'assister à son concert, plus il la trouvait logique. Et plus il se disait qu'il aurait dû prévoir son voyage beaucoup plus tôt. Je ne rajeunis pas, se disait-il. Combien de fois aurai-je encore une occasion pareille ? Une chance de voir triompher quelqu'un qu'on aime ? Il avait parcouru l'Irlande dans tous les sens, mais il n'avait jamais encore voyagé à l'étranger. Il était grand temps qu'il comble enfin cette lacune ! Le billet coûtait cher, bien sûr, mais pourquoi économiserait-il son argent, à son âge ? Non qu'il en ait beaucoup, mais mieux valait qu'il serve à quelque chose.

La mère et la tante de Brigid avaient accueilli son idée avec enthousiasme. Elles avaient hâte de le voir revenir d'ici une semaine pour leur raconter tout ce qu'il avait vu et fait. Une semaine, c'était parfait. Deux ou trois jours dans les Hamptons, puis le reste du temps à New York où il rendrait visite à des vieux amis qui étaient partis vivre là-bas. Cela lui suffirait amplement.

Un petit morceau de papier vert qui dépassait d'un des journaux s'en échappa et tomba à ses pieds. Malachy le ramassa. « Hamptons Car Wash. Bon pour un lavage gratuit », lut-il avec étonnement. Le bon portait un cachet à la date du 15 juin.

Qu'est-ce que ce papier fait ici ? se demanda-t-il. Je n'ai jamais eu de voiture et, en plus, c'est aux Hamptons que je vais. Aucun de mes amis ne s'est rendu là-bas non plus, que je sache.

Intrigué, Malachy vérifia les journaux de la pile d'où s'était échappé le papier vert : ils dataient tous du mois de juin. Ce papier est-il tombé de la poche de celui qui m'a volé le violon ? se demanda-t-il. Sinon, comment serait-il arrivé jusqu'ici ?

L'hypothèse lui parut plausible — et inquiétante. L'inconnu était-il en ce moment même dans les Hamptons ? Près de Brigid ? Je vais emporter ce papier et le montrer à Regan Reilly, décida Malachy en serrant le bon dans son portefeuille.

Voir ce qu'elle en pense. Elle a pris bien soin de notre Brigid jusqu'à présent.

Plus que deux jours, pensa-t-il. Deux jours avant de revoir ma chère Brigid. Le temps me paraîtra long, d'ici là.

Regan souhaita une bonne nuit à Brigid devant la porte de sa chambre. Les garçons et Pammy restaient à veiller pour voir la fin d'un film. Kit et Angela étaient rentrées chez elles peu après le dîner.

— Te sens-tu assez en forme pour retourner demain matin à la station de radio ?

— Au bout de deux jours de farniente, répondit Brigid en souriant, ce serait la moindre des choses !

— Ils doivent proclamer les résultats du concours. A ton avis, que signifient ces initiales C.T. gravées sur ton violon ?

Brigid réfléchit un instant.

— Aucune idée... Et pourquoi pas Chappy Tinka ? ajouta-t-elle en éclatant de rire.

— Ma foi, je n'y avais jamais pensé, admit Regan en riant à son tour. C'est toi qui devrais gagner le prix, Brigid.

— Des places pour mon concert ? Ce serait comique ! A condition qu'il ne pleuve plus, bien sûr.

— Il ne pleuvra plus, la rassura Regan. Dors bien, Brigid.

Le sourire aux lèvres, Regan traversa le couloir et referma sa porte derrière elle.

Mais beaucoup plus tard, tandis qu'elle attendait toujours le sommeil en écoutant la pluie qui tombait sans discontinuer, elle jugea que cette boutade n'était pas si drôle que cela, en fin de compte. Au contraire, elle accentuait la sensation d'étrangeté qui la rendait mal à l'aise depuis son arrivée ici.

Regan se blottit sous les couvertures, referma les yeux. Plus que deux jours d'ici le concert, se dit-elle. Je serai triste de me séparer de Brigid, bien sûr, mais quand même soulagée de la savoir enfin en sûreté loin d'ici. Je déraisonne peut-être, mais je n'arrive pas à me sortir de la tête ces initiales C.T. Chappy Tinka... Comme coïncidence, ce serait un peu trop gros.

Au bout d'un moment, Regan parvint enfin à trouver le sommeil. Mais ses rêves ne furent peuplés que de portes dépouillées de leur poignée.

49

Jeudi 3 juillet

Il pleuvait toujours quand Regan se réveilla, mais le crépitement de la pluie sur les feuilles des arbres paraissait diminuer d'intensité, et son rythme se ralentir. Regan se leva, alla écarter le rideau de la fenêtre. La masse compacte des nuages commençait-elle à se fissurer pour laisser apparaître de minces bandes de ciel bleu ? Espérons, soupira-t-elle en commençant à se préparer.

La station de radio était en plein boom. Brad et Chuck nageaient dans le bonheur. Depuis la prestation de Brigid du lundi matin, le taux d'écoute ne cessait de croître et les appels des auditeurs se succédaient au point que, par moments, le standard frisait la saturation. Les nouvelles de ses mésaventures depuis l'émission avaient, il est vrai, attisé l'intérêt du public, au plus grand bénéfice de la station qui, la première, avait mis la jeune musicienne en vedette.

Dans le studio, écouteurs aux oreilles, Brigid se préparait à passer à l'antenne à la fin de la pause publicitaire. Louisa et Regan étaient dans la cabine de régie avec l'ingénieur du son.

— J'ai écumé le site web de Brigid hier soir, souffla Louisa à l'oreille de Regan.

— Rien de spécial ?

— Non. Mais elle reçoit des lettres par milliers, maintenant.

— N'oubliez pas de me prévenir si vous tombez sur quelque chose qui sort de l'ordinaire.

— Bien sûr. Au fait, poursuivit Louisa en sortant des feuilles d'une chemise, j'ai imprimé ces photos que j'ai vues sur son site hier soir. Brigid sera peut-être contente de les avoir.

Regan y jeta un coup d'œil. On y voyait Brigid signant des autographes, jouant du violon. Sur une photo du groupe, Pammy se serrait contre Kieran qu'elle tenait par la taille. Comment a-t-elle réussi à se mêler au groupe ? s'étonna Regan. Elle a le chic pour s'insinuer partout. Je doute que cette photo-ci fasse plaisir à Brigid.

— Merci, Louisa, dit-elle en glissant les tirages dans son sac. Je les donnerai à Brigid tout à l'heure.

— Nous voici de retour à l'antenne ! déclara la voix de Chuck dans le haut-parleur de contrôle. Et nous avons une grande nouvelle pour tous ceux qui, comme nous, ne sont pas en ce moment près d'une fenêtre. Il ne pleut plus ! Le soleil brille ! C'est officiel !

— Tu l'as dit, *pard'ner* ! renchérit Brad. La terre commence déjà à sécher et la météo nous annonce un week-end de ciel bleu. Alors, Brigid, qu'en dis-tu, hein ?

— Que c'est fabuleux ! Dans vingt-quatre heures, nous pourrons jouer pour notre public.

— Ce qui, enchaîna Chuck, nous amène à proclamer les résultats de notre concours. Bien entendu, le gagnant recevra comme promis deux billets gratuits pour le concert de demain, mais il aura droit aussi à un bonus ex-cep-tion-nel ! Un album du dernier et sensationnel, je dis bien sen-sa-tion-nel, album de Brigid dédicacé de sa main, ainsi que la chance unique de rencontrer Brigid O'Neill en personne !

— Mais je crois, déclara Brad, qu'avant d'annoncer le vainqueur, nous pourrions donner à nos auditeurs une petite idée des suggestions qui nous ont été soumises cette semaine.

— Bonne idée, approuva Chuck. Vas-y.

— Pour ceux qui nous rejoignent maintenant, rappelons que nous avions organisé un concours pour savoir qui trouverait la meilleure interprétation des initiales C.T. gravées sur le violon désormais célèbre de Brigid O'Neill.

— Je brûle d'impatience de les entendre, intervint Brigid.

— Eh bien, en voici quelques-unes : Comté de Tipperary, sans doute soumise par un Irlandais ; Connecticut, puisque C.T. sont les initiales de l'Etat dont nous sommes les voisins... J'en passe, et des meilleures, conclut-il après avoir cité une douzaine de définitions plus farfelues les unes que les autres, dont l'énumération fut entrecoupée d'éclats de rire.

— Alors, Brigid, demanda Chuck, qu'en penses-tu ?

— Elles sont toutes bonnes, répondit-elle diplomatiquement.

— Eh bien, celle que nous avons choisie est la plus simple mais, à notre avis, la meilleure.

— Allez-vous me faire attendre encore longtemps, tous les deux ? dit Brigid en riant. Le suspense est intolérable !

— Ça vient, ça vient, la rassura Brad. Chuck adore faire traîner les choses en longueur.

— Voici donc, annonça Chuck d'un ton solennel, la définition qui nous a paru la mieux adaptée à la situation et la plus significative, pour nous comme pour Brigid.... Roulement de tambour, s'il vous plaît : C.T. veut dire... COUNTRY... TUNES !

— C'est parfait ! s'exclama Brigid. Tout simplement parfait ! J'ai hâte de faire la connaissance de la personne qui l'a trouvée.

Vingt minutes plus tard, Regan et Brigid sortirent du studio.

— Comment te sens-tu ? demanda Regan en montant en voiture. Veux-tu aller prendre un petit déjeuner ?

— Pas question, avec ce beau ciel bleu ! Demain, nous devrons répéter, aujourd'hui est le dernier jour que je peux passer à me baigner et à lézarder sur la plage. Rentrons grignoter quelque chose en vitesse à la maison.

— Le programme me convient tout à fait, approuva Regan.

Elles sortirent du parking, sans remarquer qu'une petite voiture anonyme les prenait en filature. Et quand, quelques centaines de mètres plus loin, elles tournèrent à droite au lieu de bifurquer vers la gauche, elles ne virent pas la grimace de dépit que fit le conducteur.

Elles ne retournent pas au snack ! s'écria-t-il avec colère. Je voulais y entrer juste après elles et

296

m'asseoir de manière à la voir. Je voulais essayer d'être seul avec elle une ou deux minutes. Il ne me reste qu'une journée avant son départ. Il faut faire quelque chose !

Il aurait quand même le lendemain l'occasion de lui parler. Elle avait même dit publiquement qu'elle avait hâte de faire sa connaissance. C'était lui, après tout, le gagnant du concours.

50

— Je me demande ce qu'il y a de pire, la pluie ou le soleil ! grogna Chappy. Que ce soit l'un ou l'autre, nos hôtes ne bougent pas du domaine. Après être restés enfermés, les voilà qui ne décollent plus de la plage ! Nous ne pouvons pas prendre le risque d'aller dans la maison quand ils sont juste à côté.

— C'est vrai, approuva Duke. En tout cas, ajouta-t-il, je regrette de ne pas avoir eu plus d'imagination pour le concours, je ne gagne jamais rien.

— Taisez-vous donc ! Ces initiales veulent dire Chappy Tinka, un point c'est tout. Le reste n'est que foutaises.

Leur conciliabule se déroulait comme d'habitude dans le cabinet de travail de Chappy. Dans la louable intention de remonter le moral de son patron, Duke était allé de sa propre initiative chercher des *donuts* frais avant d'écouter Brigid à la radio.

— Ils sortiront peut-être ce soir, hasarda Duke.

— Peut-être, admit Chappy de mauvaise grâce. Il n'empêche que nous ne savons toujours pas qui était là l'autre soir alors que nous les croyions tous sortis. J'en ai encore des sueurs froides.

— Pas moi. Ça ne m'empêche pas de dormir, en tout cas.

— Je sais, rien ne vous empêche de dormir. Pour être franc, je me demande parfois si vous êtes tout à fait normal.

Duke se borna à hausser les épaules.

— Bettina m'a réveillée cette nuit pour me dire que je parlais dans mon sommeil, reprit Chappy. Elle s'inquiète à mon sujet, elle voudrait que nous passions plus de temps ensemble. Je voulais lui répondre « après vendredi soir », mais ça lui aurait paru bizarre.

Duke s'efforça de prendre une expression compréhensive.

— Et maintenant, poursuivit Chappy, elle veut à tout prix que nous allions au concert ensemble. Elle veut même que nous prenions sa voiture, sous prétexte qu'elle serait gênée de se montrer dans une Rolls cabossée. Je vous demande un peu !...

— En quoi cela change-t-il nos projets ? s'enquit Duke.

— En rien. Je proposerai quand même à Brigid de venir jouer une dernière fois et de l'accompagner au concert en voiture. Ce pot de colle de Regan Reilly ne la lâchera sûrement pas d'une semelle, je me chargerai donc de les occuper toutes les deux et de les faire monter en voiture. Pendant ce temps, vous mettrez le violon dans le coffre. L'autre y sera déjà. Vous ouvrirez vite l'étui, vous substituerez les instruments et vous placerez le bon violon dans le sac de golf... Vous écoutez, au moins ? tonna Chappy.

Duke sursauta :

— Oui, oui.

— Avez-vous préparé le sac de golf comme il faut ?

— J'ai coupé la paroi de séparation, le violon s'y glissera comme une lettre à la poste.

— Alléluia ! entonna Chappy avec un ricanement sarcastique. Et maintenant, qu'êtes-vous censé dire lorsque vous enlèverez le sac de golf du coffre ?

Duke agita un instant les lèvres en silence :

— Oh ! J'avais oublié de ranger votre matériel.

— Travaillez encore le débit et l'expression, vous manquez de naturel. Ensuite, je prendrai le sac, je rentrerai le ranger moi-même et vous conduirez les deux filles au concert sous prétexte de ne pas les retarder. Je viendrai plus tard dans la voiture de Bettina. Compris ?

— Et si elles refusent de se séparer du violon ?

— Il ne faut pas leur laisser le choix. Vous prendrez l'étui des mains de Brigid et vous le mettrez dans le coffre avant qu'elle ait pu dire non. Serez-vous au moins capable de le faire ?

— Bien sûr ! Je suis un acteur, moi, déclara Duke avec dignité.

— Moi aussi, au cas où vous l'auriez oublié ! proféra Chappy d'un ton acerbe.

— Vous n'avez jamais joué dans une vraie pièce.

— Vous qualifiez de pièces de théâtre les minables spectacles de patronage où vous vous êtes produit ? ricana Chappy avec mépris. J'aurais dû me faire vacciner contre la rage et les maladies infectieuses avant de mettre le pied dans les bouges infestés de vermine où vous me traîniez.

— C'était du théâtre expérimental ! protesta Duke.

— Oh, taisez-vous ! gronda Chappy en avalant une gorgée de café. Pour revenir au violon, je préférerais ne pas devoir recourir à ce plan d'action. J'aimerais mieux mettre la main dessus aujourd'hui même. Allez donc surveiller ce qui se passe là-bas, conclut-il en désignant d'un geste altier la direction générale de la piscine, de la plage et de la maison d'amis.

— Oui, chef, répondit Duke avec soumission.

— Il va maintenant falloir que je retrouve Bettina, je lui avais promis que nous irions nous baigner ensemble ce matin. Elle doit être encore en train de vérifier les cours de la Bourse dans les pages financières du journal, poursuivit Chappy d'un ton résigné. Elle m'étonne, par moments. Et je dois dire que je la trouve beaucoup plus affectueuse depuis quelque temps.

— Probablement parce que votre mère n'est plus là pour la tarabuster sans arrêt, observa Duke.

— Je vous interdis de parler de ma mère sur ce ton, le rabroua sèchement Chappy.

— Mais... vous le faites tout le temps !

— Dans ma bouche, c'est différent. Que Mère ait été parfois difficile à vivre, soit. Mais puisque désormais elle repose en paix, ne troublons pas sa mémoire.

— Oui, chef, répéta Duke.

— Allez, maintenant.

Chappy se leva et quitta la pièce sans se retourner, en grommelant à voix basse des paroles où un auditeur attentif aurait reconnu les lettres C.T. et l'énoncé de son propre nom.

51

La journée passa très vite. Chacun voulut profiter du retour du beau temps et rester à la plage. Prêts à célébrer le long week-end du 4 Juillet, les autres membres du groupe de Kit, arrivés en ordre dispersé dans la matinée, s'étaient empressés de rejoindre leurs camarades. Et malgré la température de l'eau, encore fraîche en ce début d'été et sensiblement refroidie par les intempéries des derniers jours, tout le monde voulut y faire trempette, ne serait-ce que quelques minutes.

— C'est le paradis ! avait déclaré Brigid en riant.

Une fois sortie de l'eau, Regan dit à Brigid qu'elle voulait aller chercher le violon chez ses parents.

— Ça m'embête de t'envoyer sur les routes par un temps pareil, protesta Brigid.

— Ne t'en fais pas, je préfère y aller maintenant. Demain, nous serons débordés et tu voudras sûrement commencer à répéter tout à l'heure. D'ailleurs, je t'emmène, je refuse de te laisser seule.

— Voyons, Regan, je ne risque rien ! répondit Brigid en montrant le groupe qui l'entourait.

— Je jure de ne pas la quitter d'un pouce, déclara Kit avec un sérieux inaccoutumé. Prends ma voiture, les clefs sont sous le siège.

La promesse de Kit soulagea Regan, qui comprenait que Brigid n'ait pas envie de perdre une miette de son dernier jour de vacances.

Après s'être rapidement changée dans sa chambre Regan voulut jeter encore un coup d'œil au sous-sol de la maison. Accroupie devant le soupirail, le visage collé à la vitre crasseuse, elle ne vit rien de plus que lors de sa précédente inspection, une grande pièce vide au sol de ciment poussiéreux. Satisfaite, elle monta en voiture et partit pour la maison de ses parents.

Elle trouva tout le monde autour de la piscine. Pour une fois sans son ordinateur. Louisa prenait un bain de soleil.

— J'ai décidé d'en profiter, annonça-t-elle, puisque mon agneau et moi partons samedi. La mort dans l'âme, ajouterai-je.

Je n'en doute pas un instant, pensa Regan.

— Brigid avait l'air heureuse, ce matin à la radio, dit Luke. Comment va-t-elle ?

— L'accueil réservé à son album l'a galvanisée. Elle se prépare à sa tournée avec un moral d'acier.

— Lui avez-vous montré les photos, Regan ? demanda Louisa.

— Pas encore. Franchement, je ne crois pas qu'elle apprécierait de voir Pammy dans une photo du groupe diffusée sur Internet.

— Vous avez raison. Comme je n'imagine pas Pammy ravie de lire certaines lettres de ses fans. Beaucoup s'étonnent que Brigid et Kieran ne forment pas un couple. Je cite de mémoire : « Quand vous chantez ensemble, vous paraissez faits l'un pour l'autre. »

— C'est vrai ?

— Tout a fait vrai.

— Je vois... Il est temps que je m'en aille, maintenant. Maman, veux-tu sortir ce fameux violon magique de sa cachette ?

— Tout de suite, ma chérie.

La mère et la fille entrèrent dans la maison. Nora alla ouvrir le coffre de sa chambre et remit à Regan l'objet de tant d'intérêt et de spéculations.

— Quelle semaine ! soupira-t-elle.

— Dieu merci, nous en voyons la fin, répondit Regan. Au fait, je resterai avec papa et toi la semaine prochaine.

— J'en suis ravie, ma chérie.

Lorsque Regan revint au domaine, Duke sortait de la maison louée par le groupe de Kit, raccompagné à la porte par Angela. Regan les salua de la main en garant la voiture. Duke s'approcha, l'épais volume des œuvres complètes de William Shakespeare sous le bras.

— Regan, j'ai trouvé dans la boîte aux lettres cette enveloppe pour Brigid. Voudriez-vous la lui remettre ?

— Bien sûr.

Regan jeta un coup d'œil sur l'enveloppe et faillit tomber à la renverse. Il n'y avait pas d'adresse, juste le nom de Brigid O'Neill tracé en capitales de la même écriture que celle sur la boîte de la poupée. Elle héla Duke qui s'éloignait déjà :

— Duke ! Où avez-vous trouvé cette lettre ?

— Avec le courrier de l'après-midi.

— Vous n'avez vu personne la déposer dans la boîte ?

— Non. Pourquoi ?

— Rien, simple curiosité. Merci, Duke.

305

Une fois seule, elle décacheta l'enveloppe et la lecture du message la fit à nouveau sursauter : à l'exception de la dernière phrase, le texte était presque mot pour mot le même que celui de la première lettre anonyme de Nashville :

CHÈRE BRIGID,
VOUS ÊTES EN POSSESSION DE QUELQUE CHOSE QUI NE VOUS APPARTIENT PAS. JE NE VEUX PLUS VOUS ENTENDRE CHANTER CETTE CHANSON SUR LA PRISON. VOUS AVEZ ÉTÉ PRÉVENUE. QU'EST-CE QU'IL FAUT VOUS FAIRE POUR QUE VOUS COMPRENIEZ ENFIN ?

Non, décida Regan, je ne crois pas que je donnerai ça à Brigid. Et après le concert, je remettrai la poupée, la cassette détruite et cette lettre anonyme à la police. Inutile de bouleverser Brigid pour le moment. Mais quand elle aura quitté les Hamptons, j'appellerai son manager et je lui parlerai en détail des mesures qu'il devrait prendre pour assurer la sécurité de Brigid pendant la tournée.

A cette pensée, Regan ne put s'empêcher de frémir.

— Ils veulent faire quoi ce soir ? cria Chappy. Un barbecue ? Sont-ils donc tous trop radins pour sortir dîner en ville ? Ont-ils décidé de ne plus mettre les pieds dehors ?

— Ils installeront un gril sur la plage, se borna à déclarer Duke.

— Seriez-vous invité, par hasard ? demanda Chappy avec un regard chargé d'une envie soupçonneuse.

— Oui, ainsi que Bettina et vous.

— Non, je ne pourrai pas. Mes nerfs me trahiraient.

Ce soir-là, assise dans le sable, Angela tenait un livre d'une main et un hamburger de l'autre.

— Roméo, Roméo, où es-tu, mon Roméo ? demanda-t-elle à Duke en mordant dans son hamburger.

— Cette fois, dit Regan à Brigid avant de se séparer pour la nuit, ça y est. C'est demain le grand jour.

— Oui, et quelle journée ! renchérit Brigid. Je parie qu'elle sera mémorable.

— Je n'en doute pas, approuva Regan — qui s'abstint d'ajouter : « J'en ai bien peur, hélas ! »

Couché dans son lit, il regardait le plafond. La radio allumée était branchée sur la station de musique country, qui ne parlait que de Brigid et passait les chansons de son album. De quoi devenir fou...

Ses projets étaient au point. Il ne pourrait pas amener tout de suite Brigid ici. Aussi avait-il mis son matériel de camping dans sa voiture pour l'emmener d'abord dans les bois, comme il y avait déjà pensé à Branson. Ce serait infiniment plus romantique. Ensuite, quand elle serait tombée amoureuse de lui, il la conduirait chez lui et ils vivraient ensemble, heureux pour toujours.

Et c'est ainsi qu'il passa une nuit blanche sans quitter des yeux le plafond, où l'image de Brigid lui apparaissait aussi nette que sur un écran.

52

Vendredi 4 juillet

La journée débuta dans une atmosphère de fête.

Dans le ciel sans nuages, le soleil dardait ses rayons sur les pelouses du Welth College avec une ardeur telle qu'il semblait vouloir se faire pardonner sa carence des jours passés en asséchant le gazon transformé en éponge.

Arnold Baker était redevenu un homme heureux. Pour une fois dépourvu de cravate, il surveillait les ouvriers en train de monter la scène et d'installer la sonorisation. Grâce à la pluie, l'herbe n'avait jamais paru plus verte ni plus drue. Ce soir, pensa Arnold, ces pelouses accueilleront la foule des amateurs de musique. Le concert — son concert — était sauvé.

Alors, les yeux au ciel, il murmura avec un sourire béat ces trois mots d'action de grâce :

— Merci, mon Dieu.

Au même moment, la maison d'amis du Domaine Chappy commençait à s'éveiller.

Lorsque Regan descendit à neuf heures, Teddy

et Hank revenaient de la ville, les bras chargés de viennoiseries fraîches et de journaux du matin. Assise seule à table, Brigid buvait du café.

— Hé, Brigid ! la héla Hank du pas de la porte. On ne voyait que toi dans les kiosques, ce matin. Je n'ai pas pu faire moins que d'acheter le journal.

— Envoie ! dit-elle en riant.

Regan se pencha par-dessus son épaule. Le visage souriant de Brigid s'étalait, en effet, à la une du *Southampton Sun*.

— Bonne photo, commenta Regan. Que dit l'article ?

— Vois par toi-même.

Regan prit le journal et commença à lire à haute voix :

— « La chanteuse country Brigid O'Neill se produira aujourd'hui, vendredi 4 juillet, au Melting Pot Music Festival. Comme il est de règle dans ce répertoire souvent mélancolique, ses chansons parlent des joies et des peines de l'amour bien que, pour sa part, Brigid n'ait pas encore trouvé l'homme de ses rêves. Parions toutefois qu'avec sa beauté, son charme et son extraordinaire talent, elle ne tardera plus à séduire un fervent admirateur et à chanter l'amour en se fondant sur sa propre expérience... »

— C'est plutôt gênant, tu ne trouves pas ? l'interrompit Brigid en levant les yeux au ciel.

Le téléphone sonna. Hank alla décrocher et elles l'entendirent pousser des exclamations enthousiastes :

— Salut, Roy... C'est vrai ?... Pas possible !... Sensationnel !... Attends, dis-le toi-même à Brigid. Tu passes à la radio au programme d'Imus mardi matin, dit-il en lui tendant l'appareil, et nous nous produirons ce soir-là à la télévision chez Conan O'Brien.

Ce qui représente la vente de plusieurs milliers d'albums, en déduisit aussitôt Regan, voire plusieurs dizaines de milliers. Imus, l'un des présentateurs les plus populaires de la radio, avait des millions d'auditeurs tous les matins. Quand un disque lui plaisait, il le diffusait plusieurs jours de suite et en parlait en termes dithyrambiques. Quant au show de Conan O'Brien, il était incomparable pour le lancement de jeunes groupes qui lui devaient leur succès.

Brigid s'était emparé de l'écouteur avec un sourire ravi.

— Oui, Roy... Oui, c'est formidable... Je t'écoute...

— Ces engagements n'interfèrent pas avec le programme de la tournée ? murmura Regan à Hank.

— Non, nous serons justement à New York ce jour-là.

Kieran apparut alors et demanda ce qui se passait. Pendant que Hank lui résumait l'appel de leur manager, son regard tomba sur la photo de Brigid à la une du journal, qu'il commença à lire en écoutant distraitement ce que disait son ami. Il n'avait pas fini sa lecture quand Pammy arriva à son tour.

— Pourquoi toute cette excitation ? J'ai entendu Hank et Brigid pousser des cris comme si...

Elle remarqua alors que Kieran était plongé dans sa lecture.

— Que lis-tu donc de si passionnant ? reprit-elle en se penchant par-dessus son épaule.

Regan se versa du café et observa Brigid, rayonnante, qui parlait au téléphone. L'image de la poupée à demi décapitée lui revint en mémoire. Seul un malade mental pouvait avoir eu une idée aussi morbide. Et si cette personne voulait nuire à Brigid, elle tenterait sans doute de commettre son agression avant, pendant ou juste après le concert, lorsque Brigid serait exposée sans protection sur la scène ou mêlée à la foule de ses admirateurs.

Il est moins question que jamais de la perdre de vue une seconde et de m'éloigner d'elle, se jura solennellement Regan.

Quand Chappy se réveilla, il était largement plus de neuf heures. Rien d'étonnant, pensa-t-il avec amertume. Il avait passé la nuit à s'agiter sans trouver le sommeil et n'avait finalement réussi à s'endormir qu'à l'aube.

En se tournant sur le côté, il bouscula Tootsie, dont le museau reposait sur le bord de son oreiller, et qui manifesta son mécontentement par un grondement sourd. Bettina ouvrit les yeux :

— Qu'y a-t-il, mon bébé ?

— Oh ! rien, bougonna Chappy.

— Je parlais à mon autre bébé, lui fit observer Bettina en caressant Tootsie, qui adopta aussitôt sa position favorite pour recevoir des caresses : sur le dos et les quatre pattes en l'air. Papa t'a réveillée, ma chérie ? Papa ne l'a pas fait exprès, voyons. N'est-ce pas, papa ?

— Non, sûrement pas, confirma Chappy d'un ton acerbe.

Je hais cet affreux roquet, s'abstint-il d'ajouter.

— Allons, papa, sois gentil. Souhaite à Tootsie un bon 4 Juillet.

312

Et quoi encore ? se dit Chappy en grinçant des dents.

— Bon 4 Juillet, Tootsie, grommela-t-il. Je me lève.

Il rejeta ses couvertures, posa les pieds sur la descente de lit. Bettina prit une patte de Tootsie qu'elle agita d'un air mutin.

— Dis au revoir a papa... Oui, comme ça, mon bébé. *Bye bye*, papa ! A tout à l'heure !

Chappy tourna le dos au spectacle exaspérant de Bettina qui bêtifiait avec sa chienne. Si ce violon magique ne me procure que la chance de faire fuir cette grotesque machine à aboyer, je m'estimerai déjà heureux, se dit-il en s'enfermant dans la salle de bains.

Une fois seul, il s'étudia dans le miroir. Regarde-moi ces poches sous les yeux ! soupira-t-il. Le stress me tue à petit feu... Allons, ressaisis-toi. Tout se jouera d'ici ce soir. Ou bien je me serai emparé du violon avant le départ de Brigid O'Neill, ou bien je devrai me résigner à une existence terne et sans joie. Est-ce qu'on meurt d'ennui ?

Il se débarbouilla à l'eau froide et enfila son costume de bain pendu près de la douche. Un petit plongeon me fera du bien, se dit-il. Je dois être en pleine possession de mes moyens pour vivre la journée la plus cruciale dans la vie de Chaplain Wickham Tinka.

— J'ai hâte d'être à ce soir pour assister au concert ! s'écria Louisa à la table du petit déjeuner.

— Il commence à six heures, répondit Nora, mais Regan m'a conseillé d'arriver dès cinq heures pour installer nos chaises au meilleur endroit. J'ai déjà prévu le panier de pique-nique.

— Et moi, dit Luke, mon chapeau de cow-boy.

— J'ai oublié le mien à la maison, déclara Herbert d'un air penaud. Je m'en veux !

Louisa le gratifia d'un sourire indulgent.

— Mon agneau l'avait acheté il y a des années, quand nous prenions des leçons d'équitation dans Central Park, expliqua-t-elle. J'en avais un moi aussi, mais il m'est tombé de la tête en galopant et il a été piétiné par les six chevaux qui me suivaient.

— Quel dommage, commenta Nora en refrénant un fou rire.

— En fait, j'étais enchantée de le perdre, il me décoiffait horriblement. Prévoyez-vous de donner ou de recevoir des coups de téléphone ? ajouta Louisa en vidant sa tasse de café. J'aimerais brancher mon ordinateur sur la ligne et travailler un peu.

— Non, rien d'urgent, répondit Luke.

— Tant mieux. Je vais consulter le site Internet de Brigid, voir s'il y a du nouveau. Si je trouve quelque chose, j'en ferai un tirage pour qu'elle ait de la lecture pendant les longues heures qu'elle devra passer en autocar. A nous deux, World Wide Web !

A dix heures quinze, un taxi déposa devant la maison d'amis le chauffeur du car, détendu par ces quelques jours de repos complet. Rudy se hâta de sonner à la porte dans l'espoir d'éviter toute rencontre avec Chappy. Le souvenir encore frais de la Rolls-Royce endommagée par sa faute pesait lourd sur sa conscience.

Brigid vint lui ouvrir et le salua chaleureusement.

— Alors, Brigid, prête pour reprendre la
route ? lui demanda-t-il en posant son sac de
voyage.

— Plus que jamais ! répondit-elle avec enthousiasme. Il ne nous reste qu'à boucler nos valises.

— Parfait. Je vais transporter tout de suite le
matériel au collège. Vous répétez à midi, n'est-ce
pas ?

— Oui.

— Bon. Quand vous serez tous de retour ici, je
chargerai les bagages, de sorte que nous puissions
démarrer dès la fin du concert. Si tout va bien,
nous devrions arriver à Boston avant le lever du
soleil. J'ai même entendu dire qu'il n'y avait déjà
plus une place pour le concert de demain soir.

— Je sais, dit-elle avec un grand sourire, Roy
m'a prévenue tout à l'heure.

— Vous le méritez, Brigid, déclara Rudy en lui
serrant affectueusement le bras.

*Assis à une table du snack, il se forçait à man-
ger ses œufs brouillés. La veille, il était allé chez le
coiffeur se faire couper les cheveux très court et il
portait une casquette de base-ball bleue, de peur
d'être reconnu par l'amie de Brigid qui l'avait traité
de « type bizarre ». Malgré tout, il était à bout de
nerfs. Il tenait sa dernière chance d'emmener Brigid. Demain, il serait trop tard.*

*L'appétit coupé pour de bon, il reposa sa four-
chette. Ça ne marchera jamais, se dit-il. Brigid s'en
ira et je resterai seul au monde... De grosses larmes
lui montèrent aux yeux. Si la serveuse me voit,*

pensa-t-il, horrifié, elle me prendra pour un bébé.
En hâte, il posa des pièces sur la table et prit la fuite.

La répétition se déroula à merveille. Les micros, la sono, tout était en place. Le concert pouvait avoir lieu.

A quatre heures de l'après-midi, chargé des bagages du groupe et de ceux de Pammy, l'autocar quitta le Domaine Chappy.

Kieran et Pammy étaient seuls à bord. Hank et Teddy étaient partis peu auparavant dans le break rouge, que Kit devait ramener au domaine après le concert. Kit elle-même et quelques membres de son groupe étaient déjà sur les lieux, afin de réserver de la place pour ceux qui les rejoindraient plus tard. Chargée du ravitaillement, Angela avait organisé un somptueux pique-nique, qui serait servi le moment venu sur une nappe déployée sur l'herbe.

Restées les dernières dans la maison, Regan et Brigid firent une tournée d'inspection de chaque pièce pour s'assurer que personne n'avait rien oublié.

— Nous avons tout vu, conclut Regan. Il est temps maintenant de faire nos adieux à cette maison.

— Il y a eu des problèmes au début de la semaine, observa Brigid, mais nous nous sommes quand même bien amusées.

Regan acquiesça d'un signe de tête, tout en pensant à la cassette brisée et à la lettre anonyme dont Brigid ignorait l'existence.

— J'espère que le nouvel emplacement du canapé plaira à Chappy, se borna-t-elle à dire.

— Il est beaucoup mieux à cet endroit, c'est

vrai. Chappy ne s'en apercevra sans doute même pas.

— C'est probable, dit Regan en riant. Tu sais, Brigid, je suis ravie que nous ne nous séparions pas aujourd'hui. J'ai hâte de te revoir la semaine prochaine à New York.

— Moi aussi ! renchérit Brigid. Kit et toi viendrez au concert et nous dînerons ensemble. Où irons-nous, à ton avis ?

— Chez Elaine, déclara Regan sans hésiter. C'est l'endroit *in* de l'Upper East Side, les célébrités en ont fait leur cantine. Maintenant que tu en es une, ajouta-t-elle en riant, tu as le devoir de t'y montrer !

Brigid ne put s'empêcher de rire à son tour.

— Je n'ai pourtant pas l'impression d'avoir changé... Malgré tout, vois-tu, c'est un rêve que je réalise enfin et je ne voudrais pas que quelque chose vienne gâcher tout ça.

Sous la jeunesse, l'espoir, la vitalité, Regan discerna une fragilité qui lui causa un pincement de cœur.

— Il n'arrivera rien, déclara-t-elle avec une conviction qu'elle était loin d'éprouver.

Elles refermèrent la porte et se dirigèrent vers le château. Chappy, Bettina et Duke les accueillirent sur le perron.

— Vous ne pouvez pas savoir, s'écria Chappy, à quel point nous apprécions le privilège que vous nous accordez en nous donnant ce récital privé avant de vous produire sur scène !

— Tout le plaisir est pour moi, répondit Brigid.

Au salon, elle sortit le violon de son étui et se posta à l'endroit où elle avait déjà joué le samedi soir précédent. Pas même une semaine, pensa Regan, et cela paraît déjà si loin...

— Avant de commencer, dit Brigid, je voudrais vous remercier du fond du cœur de nous avoir tous reçus si aimablement.

— Nous avons été enchantés de vous avoir parmi nous, affirma Bettina.

— Ce sera un souvenir impérissable, renchérit Chappy.

Brigid sourit, cala le violon sur son épaule, se recueillit un bref instant, leva son archet. Et une musique joyeuse emplit la pièce.

Chappy souriait aux anges et marquait la mesure du pied. Bettina, les bras croisés, paraissait elle aussi captivée par le rythme entraînant. Duke tapait en cadence sur ses cuisses. Brigid enchaîna des extraits de plusieurs mélodies et, à la fin de son pot-pourri, s'inclina comme devant un vrai public.

— Bravo ! cria Chappy en se levant. Encore bravo !

Bettina, Duke et Regan applaudirent à tout rompre. Regan donna finalement le signal du départ.

— Il est temps d'y aller, Brigid. Duke, c'est vous qui nous conduisez, je crois ?

— Bien sûr, répondit-il. Je suis à votre disposition.

Après que Brigid eut remis le violon dans son étui et fermé le couvercle, Chappy lui saisit les deux mains.

— Merveilleux ! s'exclama-t-il en bafouillant d'émotion. Vous avez été merveilleuse ! Inimitable !

Le plus naturellement du monde, Duke se chargea de l'étui du violon et se dirigea vers la porte.

— Viendrez-vous au concert ? demanda Brigid

à Chappy en tentant de dégager ses mains qu'il pétrissait avec effusion.

— Naturellement ! Nos places sont réservées avec les personnalités officielles. Bettina et moi arriverons avant le début du concert.

— Et je ferais bien de commencer à me préparer, intervint Bettina. A tout à l'heure.

Elle traversa le hall en direction de l'escalier, tandis que les autres se dirigeaient vers la Rolls garée devant le perron. Duke plongeait déjà dans le coffre. Chappy ouvrit les portières en s'inclinant comme un chauffeur de maître.

— Vous me manquerez, vous deux, déclara-t-il. Cet endroit sera bien triste après votre départ.

— Vous n'aurez qu'à nous inviter une autre fois ! dit Brigid.

— Quand vous voudrez ! Revenez quand vous voudrez, vous serez toujours ici chez vous.

— Hé, patron, votre sac de golf ! le héla Duke en refermant le coffre. J'avais oublié de le ranger, l'autre jour.

Regan se retourna et vit Duke brandir un sac en plastique vert et blanc. Voilà un accessoire bien moche pour parader sur les greens des Hamptons, pensa-t-elle. Le sac lui parut vide, mais elle n'y attacha pas d'importance sur le moment.

— Ah oui, c'est vrai, répondit Chappy. Je m'en occupe, il ne faut pas retarder notre grande vedette.

Sur quoi, il referma les portières et alla à l'arrière de la voiture prendre le sac que Duke lui tendait. Une seconde plus tard, Duke s'assit au volant et la Rolls démarra.

Déjà prête et piaffant d'impatience, Louisa

attendait les autres, le portable sur les genoux et une pile de feuilles à côté d'elle sur le canapé. Elle allait éteindre l'appareil quand elle décida de lire encore quelques lettres à l'écran. Autant tuer le temps jusqu'à ce que Nora et Luke soient prêts, se dit-elle. Je tomberai peut-être sur une perle.

C'est alors qu'un cri étouffé lui échappa. Elle pressa aussitôt la touche d'impression du clavier.

— Grands dieux ! murmura-t-elle. Il faut que je montre celle-ci à Regan dès que nous l'aurons rejointe. Si c'était vrai...

Tremblant d'excitation, Chappy attendit à peine que la voiture se soit éloignée pour rentrer en courant et refermer la porte.

Voyons, récapitula-t-il, Bettina m'a dit qu'elle prendrait un bain et serait prête à partir dans une heure. Je lui ai dit que je voulais piquer une tête dans la piscine pour me rafraîchir. Je dispose donc de quarante minutes avant de me mouiller et de rentrer me changer.

Le sac de golf serré contre sa poitrine, il courut à son cabinet de travail. Une seconde plus tard, il disparut derrière le faux rayon de bibliothèque, dévala les marches et atteignit l'ancien *speakeasy*, dont il referma soigneusement la porte derrière lui.

— Merci, grand-père, merci d'avoir construit cette pièce secrète, murmura-t-il.

Il tira le cordon d'allumage de l'ampoule et sortit avec un luxe de précautions le violon et l'archet du sac de golf. Il frémissait de joie, des larmes lui brouillaient la vision. Ça y est ! J'ai gagné ! J'ai gagné ! se répéta-t-il comme une litanie. Je tiens enfin ce violon magique qui m'apportera la chance ! Ce violon qui emplissait ma demeure d'une si belle musique il y a quelques minutes à peine !

Il lança un regard courroucé à l'ampoule qui dispensait une lumière jaunâtre. Il fait trop sombre, ici. Je veux pouvoir l'admirer dans toute sa splendeur et en tirer moi aussi des sons harmonieux au grand jour. Mais... la maison d'amis est vide, maintenant ! Ils sont tous partis. Je peux y aller jouer du violon tant qu'il me plaira ! Ou, du moins, jusqu'au moment de partir pour le concert.

Le violon dans les bras, il se précipita vers le tunnel en fredonnant le grand air du *Violon sur le toit* : *Ah ! si j'étais riche, tra la la la la la la la...*

— C'est moi qui jouerai le rôle, personne n'est capable de le tenir en jouant aussi du violon ! s'écria-t-il d'une voix qui résonna en échos caverneux dans l'espace confiné du souterrain.

Titubant de surexcitation, trébuchant tous les deux pas, il ouvrit enfin la porte du sous-sol en remerciant le ciel de ne plus être obligé de marcher sur la pointe des pieds. Toujours fredonnant, il gravit les marches, tourna la poignée de la porte donnant dans la salle commune, poussa. La porte résista. Que veut dire ceci ? pensa-t-il, en proie à une soudaine panique. Il poussa plus fort, la porte s'entrouvrit d'un doigt. Hein, quoi ? Le dossier du canapé ? Bon Dieu, qui leur a permis de déplacer ce canapé ? Y avait-il un autre cinglé du *feng-shui* parmi eux ? Il s'élança de tout son poids contre la porte, mais le pesant canapé ne daigna céder que de quelques centimètres. Un gémissement de dépit et de découragement lui échappa.

Tant pis, après tout, se dit-il. Inutile de me luxer l'épaule. J'ai le violon magique en ma possession, c'est l'essentiel. J'aurai tout le temps que je voudrai pour revenir plus tard en jouer à la lumière du jour. Pour le moment, je me contenterai de la pièce secrète de mon cher grand-père. D'ailleurs, je n'ai plus beaucoup de temps devant moi.

Chappy redescendit les marches, traversa le sous-sol en courant, enfila le souterrain jusqu'à l'ancien club privé des sieurs Tinka. Alors, une fois dans cet abri où s'étaient écoulés tant de moments heureux de son existence, il s'assit dans son fauteuil de prédilection, contempla avec des battements de cœur les initiales C.T. gravées dans le bois des fées, leva l'archet et commença à jouer.

Il ne se doutait pas le moins du monde de la présence derrière la porte de deux personnes, qui écoutaient attentivement les miaulements discordants qu'il tirait de l'instrument magique.

Dans la salle de classe qui lui avait été assignée en guise de loge, Darla Wells se préparait à son grand moment. Son mari n'était pas encore arrivé, mais il ne devait pas tarder.

On frappa à la porte. Elle alla ouvrir et se trouva en face de Ned, l'homme du *feng-shui*, les bras chargés d'une gerbe de fleurs et accompagné d'une blonde qu'elle jugea d'allure plutôt ordinaire.

— Claudia et moi tenions à vous souhaiter bonne chance, déclara Ned en se déchargeant de son odorant fardeau. Voulez-vous que je réorganise ces sièges ? Ils sont disposés n'importe comment.

Lorsque Duke s'engagea dans la longue allée du

Welth College, interdite à la circulation sauf aux véhicules officiels, le visage de Brigid s'éclaira d'un large sourire. Les pelouses étaient bondées d'amateurs de musique qui trompaient leur attente en pique-niquant et en bavardant les uns avec les autres.

— Où voulez-vous que je vous dépose ? demanda Duke.

— En haut à gauche, près du stand de la station de radio, répondit Regan. Brigid doit y rencontrer le gagnant du concours. Et vous, Duke, qu'allez-vous faire ?

— Je pensais aller garer la voiture, boire une bière et revenir au début du concert.

— Bon programme, approuva Brigid. A tout à l'heure.

Il les déposa donc au sommet de la côte, près de la scène et devant le bâtiment de l'administration où la station Country 113 avait installé son studio mobile. La sono diffusait des disques, les badauds allaient et venaient. Brad et Chuck avaient revêtu pour la circonstance leur plus belle tenue de cow-boy.

Regan et Brigid s'approchaient du studio quand une frêle vieille dame d'au moins quatre-vingts ans les arrêta en les saisissant chacune par un bras d'une poigne étonnamment ferme.

Quelle chance ! s'écria-t-elle d'une voix chevrotante. Rencontrer notre grande vedette en chair et en os ! J'ai toujours rêvé de chanter, moi aussi. Vous êtes merveilleuse, jeune fille. Je vous admire et je vous envie.

— Merci, dit Brigid avec un sourire aimable.

— Et vous, n'êtes-vous pas la Regan Reilly dont la mère écrit ces livres captivants ?

— Oui, admit Regan.

— Alors, pourriez-vous me donner un auto-
graphe ? Mon petit-fils les collectionne, il sera aux
anges.

Elle pêcha dans son sac à main deux bristols
blancs, dont elle tendit le premier à Brigid qui le
signa promptement.

— Et vous, mademoiselle Reilly, auriez-vous
l'obligeance de demander à votre mère... Oh ! que
je suis maladroite !

Son sac lui avait échappé. Un étui à lunettes, un
portefeuille, une poignée de pièces de monnaie,
deux mouchoirs, des pastilles contre la toux, des
photos de famille, des flacons de médicaments
divers, une pile de bristols blancs encore vierges
d'autographes, des trousseaux de clefs et un poudrier, sans compter d'autres objets non identifiés,
étaient disséminés dans l'herbe.

Regan et Brigid se penchaient pour aider la
vieille dame à les ramasser quand Brad sortit du
stand de la station de radio et tapa sur l'épaule de
Brigid pour attirer son attention.

— Brigid, le gagnant du concours est arrivé,
mais il est dans tous ses états et ne veut pas nous
dire pourquoi. Il faudrait le calmer au moins suf-
fisamment pour qu'il reçoive sa récompense en
direct à l'antenne. Nous avons fait un tel battage
autour de ce concours que nous passerions pour
des andouilles si nous n'arrivions pas à la lui
remettre. Il nous a dit qu'il préférait rentrer chez
lui.

— Le pauvre garçon ! Pourquoi est-il bouleversé à ce point ?

— Si je le savais... Oh ! Le voilà qui s'en va !
s'écria Brad en montrant du doigt un jeune
homme en casquette de base-ball bleue qui s'éloi-

gnait en direction du parking. Je cours le chercher...

Brigid le retint d'une main :

— Laissez-moi plutôt essayer.

— Mon Dieu ! s'écria la vieille dame. Mes lunettes ont perdu un verre ! Aidez-moi, Regan, il ne faut pas qu'on marche dessus.

Derrière elle, Regan entendait les voix de Brad et de Brigid sans saisir clairement ce qu'ils se disaient.

— Nous le retrouverons, répondit-elle d'un ton rassurant en tâtant l'herbe autour d'elle. Il ne peut pas être bien loin.

Je suis trop bête ! pensa-t-il en se mouchant et en essuyant ses yeux qui s'emplissaient de larmes. Je me fais honte. Mais il y a trop de monde, c'est impossible. Impossible ! Je vais remonter en voiture et m'en aller, voilà tout. Je mettrai une cassette de Brigid en tournant le volume à fond. Comment ai-je pu m'imaginer que je pourrais l'emmener d'ici ?

Il était presque arrivé à sa voiture quand il s'entendit appeler. Il se retourna : Brigid accourait vers lui, son étui à violon à la main.

C'est elle ! Elle m'appelle, moi ! Elle me veut ! Elle m'aime déjà !

— Ohé ! Attendez ! dit Brigid, hors d'haleine. Pourquoi partez-vous ? Il parait que vous êtes le gagnant du concours ?

— Oui, bredouilla-t-il.

— Vous ne voulez pas venir avec moi recevoir votre récompense ?

Je préférerais plutôt que vous veniez avec moi,
pensa-t-il.

— Oui, mais... est-ce que je peux d'abord vous
prendre en photo ? Ma mère ne croira jamais que
je vous ai rencontrée si je ne lui montre pas une
photo de vous prise avec mon appareil.

— Si vous voulez. Où est votre appareil ?

— Dans ma voiture, tout près.

Elle était en effet garée à deux pas, dans un des
emplacements réservés aux visiteurs officiels. Il y
courut, ouvrit la portière, prit son appareil posé
sur le siège et se retourna vers Brigid qui l'avait
suivi.

— Cela vous ennuierait de vous asseoir
dedans ? demanda-t-il timidement. Tout le monde
trouvera très drôle que je sois arrivé à faire monter Brigid O'Neill dans ma vieille bagnole.

— D'accord, dit Brigid.

Elle s'assit sur le siège du passager, en laissant
la portière ouverte et ses jambes à l'extérieur. Le
jeune homme à la casquette de base-ball bleue
visa, appuya sur le déclencheur, se rapprocha.

— Il me faudrait un gros plan, dit-il en se penchant vers elle.

Il la poussa de toutes ses forces à l'intérieur. Brigid bascula en se cognant la tête contre le volant.
Le violon lui échappa des mains et tomba dans
l'herbe. Le jeune homme claqua la portière et
contourna la voiture en courant.

J'ai enfin réussi ! pensa-t-il. Je l'emmène avec
moi !

Regan sentit enfin le verre de lunette sous ses
doigts, le tendit à la vieille dame et regarda autour
d'elle. Brigid avait disparu.

— Brad ! cria-t-elle. Où est Brigid ?

Sans se retourner, il désigna le parking d'un geste :

— Par là, avec le type qui a gagné le concours !

Regan regarda dans la direction indiquée et vit Brigid monter dans la voiture d'un homme qui tenait un appareil photo. Il n'avait pas fini de pousser Brigid et de claquer la portière que Regan se ruait déjà en hurlant :

— Arrêtez-le ! Arrêtez-le !

Il tournait la clef de contact quand Regan atteignit la voiture, ouvrit la portière et arracha la clef du tableau de bord. Alertés par ses cris, des gens accouraient de toutes parts.

— Ne bougez pas ! ordonna-t-elle en haletant.

— Allez-vous-en ! Je veux rester seul avec Brigid ! protesta le jeune homme avec des larmes dans la voix.

C'est alors que Regan le reconnut. Le type du snack ! Celui qui n'aimait que les œufs. Son hypothèse sur la mystérieuse présence des coquilles d'œuf sous la terrasse de Chappy était donc juste.

A l'intérieur, Brigid se frottait la tête.

— Brigid, tu es blessée ? demanda Regan avec inquiétude.

— Non, rien de grave. Ça va.

Ned, Claudia et Darla arrivaient en courant après avoir entendu eux aussi les cris de Regan.

— Il avait disposé sa voiture dans une position parfaite pour prendre la fuite, fit observer Ned.

— Ça va, Brigid ? s'enquit Darla avec sollicitude.

— Oui, ça ira. Ne vous inquiétez pas.

— C'est vous, sans doute, qui avez écrit ces charmantes lettres à Brigid et qui lui avez offert cette poupée ? demanda Regan au ravisseur déconfit, qui sanglotait comme un enfant.

— Non, c'est pas moi, répondit-il en reniflant.

— Bien sûr. Et vous n'avez pas non plus essayé de la kidnapper, sale type ! Descendez de cette voiture.

Quand il eut obéi, Regan vit la cassette de Brigid engagée dans le lecteur.

— Je vois aussi que vous aimez les cassettes. Cela vous amuse sans doute de les briser à coups de marteau et de les laisser bien en vue à la porte des gens ?

— Non ! Je n'ai rien fait de ce que vous dites ! Je voulais juste être seul avec Brigid !

Deux agents de sécurité du collège le ceinturèrent, lui passèrent les menottes et l'entraînèrent, encore secoué de sanglots.

— Je vous aime, Brigid ! cria-t-il d'un air lamentable. J'ai entendu votre chanson quand on m'a mis en prison. C'était pour moi que vous la chantiez, n'est-ce pas ? Je ne vous aurais jamais fait de mal !

Les badauds s'attroupaient. Regan examina la tête de Brigid :

— Il t'a donné un sale coup. Tu as une bosse au même endroit que Louisa. Viens, je t'emmène à l'intérieur.

Cet individu a l'air d'aimer pousser les gens, pensa-t-elle en ramassant l'étui à violon. J'ai hâte de savoir s'il a un alibi pour le soir où Louisa est tombée dans la piscine.

Elles arrivaient à la porte du bâtiment quand Arnold Baker vint au-devant d'elles, visiblement affligé par l'incident qui compromettait le bon déroulement de son cher festival.

— Montons dans mon bureau. Il y a un canapé,

Brigid pourra s'étendre et se remettre de ses émotions.

C'est alors qu'une voix familière retentit derrière elles :

— Brigid !

Stupéfaite, elle se retourna : Malachy se tenait à deux pas de là à côté de Pammy, les bras tendus et le sourire aux lèvres.

— Malachy ! s'écria Brigid en se laissant embrasser. Je n'en crois pas mes yeux ! Que fais-tu ici ?

— Je n'aurais manqué ton premier grand concert pour rien au monde, voyons ! Tu as encore des ennuis ?

— Les nouvelles vont vite... Je n'arrive pas à croire que c'est bien toi.

— Il te cherchait en coulisse, expliqua Pammy. Je lui ai dit que tu étais sans doute dans ta loge et je l'ai guidé jusqu'ici.

— Poursuivez plutôt vos retrouvailles à l'intérieur, intervint Regan, qui résuma en quelques mots ce qui venait de se produire.

Ils montèrent tous dans le bureau d'Arnold Baker. Brigid s'étendit sur le canapé. Regan posa le violon par terre, à côté d'elle.

— Et maintenant, déclara Pammy avec autorité en lui mettant un coussin sous la tête, il faut que tu te reposes.

— Hé ! Malachy, dit Brigid en riant, ce violon est peut-être vraiment maudit, en fin de compte.

— Oh, ma chérie ! protesta Malachy. Veux-tu bien ne pas dire des choses pareilles !

Arnold Baker attendait près de la porte, mal à l'aise :

— Bon, je vais vous laisser tranquilles. Je serai

du côté de la scène, si jamais vous avez besoin de moi.

Après son départ, Malachy s'agenouilla près de Brigid.

— Laisse-moi regarder mon vieil ami, dit-il en ouvrant l'étui à violon. Mais... ce n'est pas notre violon ! s'écria-t-il en l'examinant et en palpant le bois du bout des doigts.

— Je t'en prie, Malachy, pas de mauvaises plaisanteries, dit Brigid en rouvrant les yeux.

— Je ne plaisante pas, ma chérie. Celui-ci est une belle copie, je ne dis pas le contraire, mais ce n'est pas le vrai. Avant de te le donner, j'avais gravé tes initiales B.O.N. en toutes petites lettres sur le côté. On ne les voit que si on sait où elles sont.

— Ecoute, Malachy, j'ai joué dessus il n'y a pas trois quarts d'heure.

— Et moi pendant près de cinquante ans. Cet instrument n'est pas le bon. S'il y avait eu tes initiales en plus des lettres C.T., je ne me serais peut-être pas rendu compte de la différence. Mais elles n'y sont pas, je suis formel. Aurait-on pu dérober le violon magique comme on a volé l'autre chez moi, sous mon nez ?

Pendant ce dialogue, Regan repassait à toute vitesse dans sa mémoire l'enchaînement des événements depuis que Brigid avait joué du violon chez Chappy.

— Et d'ailleurs, poursuivit Malachy, je suis désormais convaincu que le voleur du vieux violon en Irlande venait des Hamptons. Regardez ce que j'ai trouvé chez moi en faisant le ménage, ajouta-t-il en tendant à Regan un morceau de papier. Il est certainement tombé de la poche du voleur.

Un coupon vert du Hamptons Car Wash ! Le

même que ceux que Chappy collectionnait. Le même que celui que Duke avait reconnu avoir perdu quelques semaines auparavant, c'est-à-dire au moment du vol du violon de Malachy.

Les morceaux du puzzle s'emboîtaient enfin. Il n'y avait pas de clubs de golf dans le sac que Duke avait sorti du coffre de la Rolls. Y avait-il caché le vrai violon après lui avoir substitué la copie ? Et que disait le vieil homme en arrivant chez Chappy, l'autre jour ? « Il est exactement pareil. » De quoi parlait-il, sinon du violon ? Pourquoi Chappy, sans raison valable, avait-il tant insisté pour recevoir Brigid chez lui à l'occasion du festival ? Croyait-il sérieusement que les initiales C.T. signifiaient Chappy Tinka ?

— J'ai idée de l'endroit où se trouve le violon, déclara Regan.

Brigid, Malachy et Pammy lui lancèrent un regard étonné.

— Où donc ? voulut savoir Brigid.

— Chez Chappy. Je pense que Duke a opéré la substitution quand nous sommes montées en voiture.

— Ça alors ! s'exclama Brigid. Il faut le récupérer ! Crois-tu pouvoir forcer Chappy à me le restituer ?

— Oui, mais je ne veux surtout plus te laisser seule.

— Mon violon ! gémit Brigid, les larmes aux yeux. Malachy me l'avait donné et il a disparu...

— Regan, intervint Malachy, pensez-vous vraiment pouvoir remettre la main sur ce violon ? Je resterai ici avec Brigid, je vous le promets.

— Moi aussi, dit Pammy.

Regan réfléchit un instant.

— Bon, j'y vais. Mais Brigid ne doit quitter

cette pièce sous aucun prétexte jusqu'à mon retour. C'est bien compris ?

— Elle ne mettra même pas le bout du nez dehors, je m'y engage, déclara Pammy. Nous resterons avec elle et la porte sera fermée à clef.

— Merci, Regan, dit Brigid. Préviens aussi la police.

— Non, pas encore. Nous n'avons pas de preuves contre Duke ou Chappy et je voudrais le prendre au dépourvu.

— D'accord, mais sois prudente, je t'en supplie ! lui lança Brigid avant qu'elle referme la porte derrière elle.

Pleine d'une appréhension qu'elle ne parvenait pas à dominer, Regan partit en courant, dévala l'escalier et, sans ralentir, se dirigea vers le fond du parking, où elle savait que les deux musiciens du groupe avaient garé le vieux break rouge pour que Kit le ramène au domaine. Trouvant comme prévu les clefs sous le siège, elle allait démarrer quand elle s'entendit appeler et reconnut Earl, le gardien du collège, qui remontait du tennis avec un inconnu.

Regan s'arrêta, baissa sa vitre.

— J'ai retrouvé l'homme qui jouait au tennis dimanche dernier, quand on a déposé la poupée devant la porte ! annonça-t-il.

— Merci, dit Regan. Je n'ai pas beaucoup de temps, je crois que nous avons démasqué le coupable, mais dites-moi quand même si vous avez remarqué quelque chose pendant que vous étiez sur le court. Avez-vous vu une voiture, par exemple ?

Le tennisman la regarda avec étonnement.

— Oui, en effet. J'ai vu une voiture s'arrêter sur le parking de la direction.

— Quel genre de voiture ?

— Mais... vous êtes dedans ! répondit l'autre en riant.

— Vous voulez dire, une voiture comme celle-ci ?

— Non, il s'agissait bel et bien de celle-ci. Combien reste-t-il de vieux breaks rouges en circulation dans les parages ? Je l'ai remarquée parce que c'est pratiquement une pièce de musée.

Vous l'avez vue dimanche dernier ? répéta Regan, incrédule.

— Oui, affirma le tennisman.

Le break, ici ? C'était absurde...

— Tu as une vilaine bosse, dit Pammy à Brigid. Malachy, poursuivit-elle en se tournant vers lui, il y a un distributeur de sodas dans le hall d'entrée. Voudriez-vous descendre voir si on peut obtenir de la glace ou à la rigueur une boîte bien fraîche ? Je la poserai sur la bosse de Brigid pour la soulager.

— Bien sûr, répondit Malachy, tout heureux de se rendre utile.

Il se leva, sortit en hâte. Pammy tourna la clef dans la serrure avant de revenir près de Brigid.

Les yeux clos, Brigid ne put voir le rictus menaçant qui déformait soudain les lèvres de Pammy.

— Merci beaucoup, dit Regan. Il faut que je me dépêche, mais je vous rappellerai plus tard pour vous demander des détails.

— Avec plaisir, répondit le jeune homme.

Il s'éloignait avec le gardien et Regan s'apprêtait enfin à démarrer quand elle s'entendit de nouveau héler. Avant qu'elle ait eu le temps de réagir,

333

la portière du passager s'ouvrit et Louisa, hors d'haleine, se laissa tomber à côté d'elle.

— Désolée, Louisa, je n'ai pas une minute à perdre, lui dit Regan sèchement.

— Lisez, c'est très important ! répondit Louisa en lui mettant une feuille de papier dans la main.

— Qu'est-ce que c'est ?

— Une lettre adressée à Brigid sur Internet. J'en ai fait un tirage.

Regan la parcourut rapidement :

Chère Brigid O'Neill,

J'adore votre musique, c'est pourquoi je vous écris sur votre site web après y avoir vu la photo du groupe. J'ai cru reconnaître Pammy Wagner avec vous. Si c'est bien elle, attention ! Cette fille est une criminelle.

Il n'y a jamais eu de preuve formelle de sa culpabilité, mais il s'est produit il y a une dizaine d'années un fait plus que troublant dans notre petite ville, dont Pammy est originaire. Sa cousine est morte noyée. Pammy l'avait fait boire plus que de raison ce jour-là avant de l'emmener se baigner en pleine nuit dans un lac des environs. Elles étaient seules. Tout le monde ici savait que sa cousine n'avait pas l'habitude de boire et qu'elle n'était pas bonne nageuse. Pourquoi Pammy a-t-elle fait une chose pareille ? Parce que sa cousine sortait avec un garçon qui lui avait tapé dans l'œil.

Cette fille est une psychopathe, elle est folle à lier. Comment a-t-elle pu plaire à ce beau garçon qui fait partie de votre groupe ?

Bien à vous,

Votre fan n° 1.

Désormais seule avec Brigid dans le bureau d'Arnold Baker, Pammy se posta derrière elle.

— Je vais te faire un massage du cou, cela te soulagera en attendant la glace.

— Si tu veux.

— Sais-tu ce qui vient de m'arriver, Brigid ?

— Non. Quoi ?

— Kieran a rompu avec moi. Il m'a déclaré froidement que c'était fini entre nous. Il prétend me garder de la reconnaissance pour l'aide que je lui ai apportée, mais il ne m'aime plus. Il m'a même dit qu'il ne m'aimait plus depuis un bon bout de temps.

— Je suis désolée pour toi, Pammy.

— Non, tu ne l'es pas ! Tu es ravie, au contraire, de te débarrasser de moi pour de bon. Crois-tu que je ne vois pas les regards que vous vous lancez, tous les deux ?

— Mais non, je..., commença Brigid.

— Si. Oh, si ! Mais puisque je ne peux plus avoir Kieran, tu ne l'auras pas non plus.

Sur quoi, elle glissa un sac en plastique sur la tête de Brigid en le lui appliquant sur le nez et la bouche afin de l'étouffer.

— Alors, qu'en pensez-vous ? demanda Louisa.

— C'est incroyable... Le tennisman affirme avoir vu cette voiture sur le campus le jour où la poupée a été déposée. Or, le dimanche matin, les garçons étaient partis jouer au golf et Pammy était avec eux. Mais elle m'a dit qu'elle ne jouait pas et qu'elle restait au *clubhouse* en les attendant. Elle aurait donc pris la voiture et déposé le paquet pendant qu'ils faisaient leur parcours.

— C'est possible. Où est-elle, en ce moment ?

— Avec Brigid et Malachy, dans le bureau du président. Grands dieux !... Cramponnez-vous, Louisa.

Regan écrasa l'accélérateur, freina en catastrophe devant la porte du bâtiment directorial et sauta de la voiture à peine arrêtée, Louisa sur ses talons. Elle entra dans le hall au moment où Malachy, un seau à glace à la main, commençait à monter l'escalier.

— Brigid est seule là-haut avec Pammy ! lui cria-t-elle.

Sans attendre sa réponse, elle escalada les marches deux à deux et courut à toutes jambes jusqu'à la porte du bureau, qu'elle trouva fermée à clef. Pendant qu'elle tambourinait à coups de poing en criant à Pammy d'ouvrir, elle l'entendait à l'intérieur hurler d'une voix hystérique : « Je ne veux plus que tu chantes cette chanson ! Je hais la manière dont Kieran et toi la chantez ! Je hais la manière dont vous vous regardez en la chantant ! Je te hais, toi ! »

— Poussez-vous, Regan, fit la voix de Malachy derrière elle.

Regan s'écarta. Malachy prit de l'élan et se jeta de tout son poids contre la porte, qui céda avec un sourd craquement tandis que Malachy s'étalait de tout son long sur le parquet.

La main droite de Brigid pendait, inerte, sa gauche tentait faiblement d'arracher le plastique que Pammy lui maintenait sur le visage. D'un bond, Regan se jeta sur Pammy pendant que Louisa déchirait le sac à coups d'ongles et appliquait sa bouche contre celle de Brigid pour la ramener à la vie.

Un instant plus tard, alors que Regan maîtrisait Pammy en lui tordant les bras derrière le dos et que Brigid retrouvait sa respiration, une escouade d'agents de sécurité, alertés par la course folle du break rouge, envahit le bureau.

— Dieu merci, elle a eu plus de peur que de mal, dit Regan à Malachy. Je vous la confie, il me reste une tâche urgente à accomplir.

Chappy était au septième ciel. S'il devait admettre que le violon ne produisait pas entre ses mains de sons aussi harmonieux qu'entre celles de Brigid, il ne se décourageait pas pour autant. Avec de l'entraînement et des exercices, se répétait-il, il y arriverait.

Derrière la porte de la pièce secrète, les deux personnages qui tendaient l'oreille grimaçaient de douleur aux crissements discordants de l'archet sur la chanterelle quand Tootsie arriva au galop dans le souterrain en jappant gaiement, la queue frétillante.

— Je t'avais dit d'enfermer ce sac à puces dans ta chambre, gronda l'un des deux.

Bettina voulut prendre la chienne dans ses bras, mais Tootsie l'esquiva et se mit à gambader de plus belle.

— Je croyais pourtant avoir fermé la porte. Elle est si intelligente, la fifille à sa maman.

— Retourne là-haut l'enfermer, bon sang ! Il ne manquerait plus qu'elle revienne nous aboyer aux chausses pendant qu'on endormira l'autre crétin !

Bettina fit une moue réprobatrice.

— Elle est d'humeur à jouer à cache-cache la pauvre chérie. Viens dans les bras de maman, mon bébé. Viens.

Pourvu qu'un flic ne se lance pas à mes trousses, pensait Regan en violant toutes les limitations de vitesse. Je n'ai aucune envie d'arriver accompagnée par un concert de sirènes...

Elle pénétra en trombe dans le parc, stoppa devant le perron du château, sauta à terre et sonna. Pas de réponse. Elle essaya la poignée de la porte, la trouva fermée comme elle s'y attendait. Elle courut alors au camping-car de l'Homme de Paix, frappa. Pas de réponse non plus ; la porte, elle aussi, était verrouillée.

Elle contourna la maison jusqu'à la terrasse, s'approcha des baies vitrées, regarda à travers. Aucun signe de vie.

— Où sont-ils tous fourrés ? grommela-t-elle, agacée.

Bien malgré lui, Chappy dut mettre fin à ses envolées musicales. Il était plus que temps de rejoindre Bettina et d'aller au concert. Il posa avec précaution le violon sur une chaise, ouvrit la porte... et se figea, stupéfait de découvrir avec qui il se trouvait nez à nez.

— Bettina ! Homme de Paix ! Qu'est-ce que vous faites ici ?

— L'Homme de Paix a formulé pour toi des vitamines spéciales que nous voulons te faire goûter, répondit Bettina.

— Mais il faut que nous partions au concert ! répondit nerveusement Chappy.

— Nous ne partons pas au concert, déclara Bettina. Tu n'entendras jamais plus de musique.

Sans se faire remarquer, Tootsie avait traversé la pièce et s'engouffrait dans le long tunnel qui s'ouvrait à l'autre bout.

— Rentrez, dit alors l'Homme de Paix en braquant un revolver sur la tête de Chappy.

— Mais... du calme, voyons ! Pas de geste inconsidéré ! plaida Chappy. Nous pouvons sûrement négocier !

Debout sur la terrasse, Regan tendit l'oreille. Qu'avait-elle entendu, malgré le grondement du ressac sur la plage ? On aurait dit les aboiements étouffés de la petite chienne de Bettina. Elle écouta encore. Oui, ils semblaient provenir de la maison d'amis.

Allons voir, décida-t-elle.

Plus elle s'approchait, plus les aboiements devenaient nets. Ils sortaient des fenêtres ouvertes au rez-de-chaussée. Se félicitant de n'avoir pas fermé la porte à clef avant leur départ, Regan entra.

Tootsie, car c'était bien elle, lui sauta amicalement contre la jambe en quêtant des caresses.

— Bonjour, Tootsie. Où est tout le monde ?

Tootsie courut vers le canapé. Regan constata alors que la porte sans poignée, qui l'avait si souvent intriguée, était entrebâillée et que le canapé était légèrement en biais, comme si on avait essayé de le pousser de derrière la porte.

Tootsie continuant d'aboyer en essayant vainement de se faufiler derrière le meuble, Regan le tira non sans mal afin de se ménager un passage, puis elle suivit la petite chienne qui descendait déjà l'escalier menant au sous-sol et filait vers une porte ouverte.

D'instinct, Regan prit son pistolet et courut derrière elle, stupéfaite de découvrir derrière la porte non pas une autre cave mais l'entrée d'un tunnel. Les aboiements de Tootsie se répercutaient dans l'étroit passage obscur, au bout duquel une lumière brillait faiblement.

Non sans appréhension, Regan s'y engagea à pas lents et ralentit encore en entendant une voix.

La voix de Bettina !

— Avale les pilules de l'Homme de Paix !

— Je ne veux pas ! J'ai toujours eu du mal à

avaler les pilules, tu le sais bien ! Je te donnerai tout l'argent que tu voudras.

— Ton argent sera à moi de toute façon et ta mère s'en retournera dans sa tombe, gloussa Bettina avec un ricanement mauvais. Elle m'a toujours détestée, cette vieille chouette.

— Je comprends pourquoi, maintenant. Je comprends aussi pourquoi tu étudies de si près les cours de la Bourse depuis quelque temps. Tu calcules déjà ce que mon argent te rapportera !

— Garrett m'a appris des choses très utiles sur les investissements et la gestion d'un portefeuille. Je lui disais que j'avais des petites économies à faire fructifier... Pourquoi t'imagines-tu que j'ai tenu à louer les anciens communs, cet été ? Je ne voulais plus voir tout ce bon argent gaspillé dans ton maudit théâtre, puisque je savais que nous nous débarrasserions de toi cet été ! Et quel meilleur moment pour faire croire à ton suicide que maintenant, alors que tu es en possession d'un violon volé ? On croira que tu as finalement perdu la raison, tu seras déshonoré et tout le monde me plaindra.

— Ce qui me choque le plus, c'est vous, Homme de Paix ! dit Chappy avec accablement. Duke m'avait dit, certes, que vous étiez un bon acteur.

— Le compliment me touche. Je suivais ces cours dans le seul but d'être invité à votre soirée de Noël.

— Non ! C'est vrai ?

— Absolument, confirma Bettina d'un air réjoui. Nous voulions qu'on croie que nous venions tout juste de faire connaissance.

— Parce que... vous vous connaissiez déjà ?

340

— Bien sûr, répondit Bettina. Je te présente mon deuxième mari.

— Quoi ? explosa Chappy. Arthur, c'est lui ? Tu ne manques pas de culot, Bettina !

— J'en conviens, répondit-elle sans se démonter. Nous avions peur que quelqu'un le découvre trop tôt, c'est pourquoi il a poussé cette enquiquineuse de Louisa dans la piscine. Elle fourrait son nez partout, il fallait la stopper. Ensuite, il a prétendu faire sa cure de sept jours de silence pour l'empêcher de l'interviewer.

— Je constate qu'il a retrouvé la parole, observa Chappy avec amertume.

— A ton seul bénéfice. Arthur et moi nous nous aimions, vois-tu, mais nous étions fauchés. Alors, nous avons divorcé pour que je puisse me remarier avec toi. Ce n'est pas un vrai gourou, au fait.

— Pff ! fit Chappy.

— Pff toi-même. Je lui avais dit que je ne retournerais avec toi qu'une fois ta vieille chipie de mère morte et enterrée. J'ai beau être intéressée, aucune fortune au monde n'aurait pu me donner le courage de la subir encore je ne sais combien de temps.

— Ne parle pas de ma mère sur ce ton !

— Réjouis-toi, tu la retrouveras bientôt. Dis-lui quand même bonjour de ma part. Si tu refuses les pilules d'Arthur, qui t'endormiront paisiblement, nous serons obligés de te tuer à coups de revolver. A toi de choisir.

Donc, ils sont armés, se dit Regan en armant son pistolet.

— Bon, donne-moi les pilules, dit Chappy avec résignation.

Duke me retrouvera peut-être avant qu'il soit trop tard, pensa-t-il. On pourra me faire un lavage d'estomac. Mère m'a raconté que j'avais bu de la térébenthine quand j'étais petit et que les médecins avaient été stupéfaits de ma résistance.

— Nous t'avons même apporté une bouteille d'eau minérale pour les faire passer, précisa Bettina.

— Allez-y, avalez, dit Arthur, alias l'Homme de Paix, en lui mettant une poignée de pilules dans la main.

Il est temps que j'intervienne, se dit Regan qui fit irruption dans la pièce.

— Ne bougez plus ! cria-t-elle.

Bettina et l'Homme de Paix sursautèrent. Chappy recracha ses pilules.

— Regan ! Que je suis heureux de vous revoir ! s'écria-t-il.

— Lâchez votre arme ! ordonna Regan à l'Homme de Paix.

Il obéit en lui décochant un regard haineux.

— Maintenant, Bettina et vous, mettez-vous contre le mur les mains en l'air ! Et je ne plaisante pas.

Ils s'exécutèrent de mauvaise grâce. Chappy éclata en sanglots de soulagement. Et Tootsie, qui s'était éclipsée depuis quelques minutes, refit son entrée en aboyant à tue-tête.

— Cette chienne vous a sauvé la vie, dit Regan à Chappy.

Eperdu de reconnaissance, il se pencha vers Tootsie qui sauta dans ses bras.

— Je vois aussi que le violon volé est ici, reprit Regan.

— Je n'ai rien à voir dans cette affaire ! protesta Bettina.

— Taisez-vous et ne bougez pas ! la rabroua Regan.

342

— C'est moi qui l'ai volé, avoua Chappy pendant que Tootsie léchait ses joues ruisselantes de larmes. Je m'en veux, j'ai honte... Et puisque j'ai commencé ma confession, autant aller jusqu'au bout. C'est moi qui ai dit à Duke d'aller en Irlande dérober l'autre violon qui est là, dans le coin de la pièce. Maintenant que j'ai retrouvé la vie, je dois laver ma conscience.

Regan l'avait écouté avec une mine tellement indignée que les larmes de Chappy redoublèrent.

— Je ferai toutes les pénitences que vous voudrez ! Tout ! Mais avant que vous me fassiez jeter en prison, puis-je vous demander à titre de dernière faveur de me laisser aller au concert avec Tootsie ?

— J'y réfléchirai, répondit Regan. Maintenant, montez appeler la police.

Après que la police eut emmené Bettina et l'Homme de Paix menottes aux poignets, Regan accorda de nouveau son attention à Chappy.

— Je vous laisse venir au concert parce que vous avez échappé de peu à un assassinat, lui dit-elle avec sévérité. Mais je ne peux pas vous dire ce que Brigid pensera de vous ni si elle décidera ou non de porter plainte. Je ne chercherai à l'influencer ni dans un sens ni dans l'autre. Ce qui m'intéresse pour le moment, c'est de remettre entre ses mains ce maudit violon — et je dis bien *maudit*.

— Vous êtes une merveilleuse jeune femme, Regan Reilly, bafouilla Chappy dans un flot de larmes.

— Oui, je sais, on me l'a déjà dit. En voiture !

Grâce à l'escorte de police, ils arrivèrent au

campus en un temps record. Brad et Chuck étaient déjà en scène pour présenter Brigid et son groupe au public quand le cortège entra sur le parking dans un vrombissement de moteurs.

Luke et Nora, Louisa et Herbert, Ned et Claudia étaient installés dans les premiers rangs avec le groupe de Kit au complet. Darla elle-même s'était jointe à eux avec son mari après son passage en vedette américaine. Elle avait été très applaudie mais, depuis qu'elle était témoin des mésaventures de Brigid, son envie de devenir célèbre s'était considérablement refroidie. A moins, bien sûr, qu'un producteur de disques lui fasse une proposition vraiment irrésistible...

Regan et Chappy coururent derrière la scène, où Malachy rongeait son frein.

— Voilà quelque chose que vous aimerez sûrement donner vous-même à Brigid, lui dit Regan en lui tendant le violon.

— Ah, Regan, vous êtes formidable !

Il monta sur la scène, donna le violon à Brigid qui embrassa Malachy et brandit son instrument pour le montrer au public.

— Brigid a retrouvé son violon ! clama Brad au micro.

— Ce violon magique dont vous avez tant entendu parler s'était envolé tout à l'heure, enchaîna Brigid. Mais grâce à mon amie Regan Reilly, il est de retour, pour ma plus grande joie et la vôtre.

Le public applaudit avec enthousiasme.

— J'aurais aimé jouer un duo avec mon cher vieil ami Malachy, reprit Brigid. Malheureusement, son violon lui a été volé en Irlande et nous ne l'avons pas encore retrouvé.

— Si ! Le voilà ! cria Chappy qui surgit sur la

344

scène, Tootsie sous un bras et le vieux violon sous l'autre.

— Merci mille fois, lui dit Brigid.

Il n'y a vraiment pas de quoi, marmonna Regan.

— Eh bien, les amis, déclara Brad tandis que Regan et Chappy allaient prendre leurs places dans le public, vous aurez droit ce soir à un vrai régal ! Malachy Sheerin, ancien violoneux champion de toutes les Irlandes, va jouer pour vous en duo avec Brigid O'Neill, la petite fille à qui il enseignait son art quand elle avait treize ans !

Le public salua ces paroles d'une bruyante ovation.

En voyant Chappy s'asseoir à côté de Regan, Nora lui lança un regard interrogateur.

— Pas de questions pour le moment, chuchota Regan.

Elle s'était déjà tournée vers la scène, où Brigid et Malachy commençaient à jouer ensemble, comme ils l'avaient si souvent fait au fil des ans dans le petit village irlandais de l'autre côté de l'océan.

Et lorsque Kieran et Brigid attaquèrent leur première chanson, nul ne put ignorer la magie qui les réunissait. Une harmonie qu'en dépit des efforts de deux fous rien ne pourrait briser.

J'ai la nette impression, pensa Regan, qu'ils feront longtemps encore de la belle musique ensemble.

53

Jeudi 8 juillet, Restaurant Chez Elaine, New York

Regan considéra le groupe réuni autour de la grande table. Tous avaient, en effet, quelque chose à célébrer ce soir-là.

Brigid et Kieran étaient assis côte à côte. Qu'ils soient amoureux l'un de l'autre crevait les yeux de l'observateur le plus distrait. « Je me sentais tenu par mes obligations envers Pammy, avait dit Kieran, jusqu'au jour où j'ai pris conscience de ne plus pouvoir feindre. C'était Brigid que j'aimais, il fallait mettre mes actes en accord avec mes sentiments. »

Apprendre que Pammy était une criminelle avait dû sensiblement adoucir ses scrupules, pensa Regan. Dire que c'est elle qui avait écrit les lettres anonymes, mutilé la poupée et brisé la cassette ! Dans son cas, l'expression « perdre la raison » relevait de l'euphémisme...

A l'autre bout de la table, Luke et Nora siégeaient à côté de Louisa et Herbert. Grâce à son ordinateur, Louisa méritait d'être le héros de la fête, se dit Regan. Si elle ne m'avait pas interceptée pour me faire lire cette lettre, Brigid n'aurait pas survécu. Et si elle a reçu depuis plusieurs propositions flatteuses pour son reportage sur les Hamptons, ce n'est que justice, en fin de compte.

Pammy, l'Homme de Paix, Bettina et Horace Helm, l'amateur d'œufs, étaient tous derrière les barreaux, d'où ils contemplaient un panorama moins enchanteur que celui du Domaine Chappy. Les deux lycéens qui avaient tenté avec tant de maladresse de voler le violon de Brigid payaient, eux aussi, leur méfait. Horace Helm était le seul du lot à pouvoir inspirer la pitié. Regan avait appris qu'il avait déjà fait de la prison... pour avoir volé des poules ! Cela prouvait, au moins, qu'il ne manquait pas d'un certain sens pratique.

Regan posa ensuite son regard sur Chappy. Duke et lui devaient à la générosité de Brigid et de Malachy de ne pas partager le sort des autres délinquants.

En fait, Brigid avait conclu un marché avec Chappy :

— Malachy et moi en avons discuté, lui avait-elle déclaré. Ce violon m'a procuré sans aucun doute de grandes joies, mais aussi de trop nombreux problèmes. Ayant vu à plusieurs reprises la mort de près à cause de lui, nous en avons conclu qu'il était réellement ensorcelé et, en conséquence, nous avons décidé de le rapatrier en Irlande. Je ne porterai donc pas plainte contre vous, Chappy, si vous acceptez de financer la construction d'une école de musique en Irlande occidentale. Le violon restera désormais là où les fées ne pourront plus le maudire ! Il sera extrait une fois par an de son abri pour être utilisé par le meilleur élève, de sorte qu'il continuera à produire de la belle musique et à porter chance à de jeunes musiciens. Bien entendu, l'école sera baptisée du nom de Malachy.

— Tout ce que vous voudrez ! s'était aussitôt écrié Chappy, éperdu de reconnaissance. Tout ce que vous voudrez !

Brigid avait ensuite enjoint à Duke de s'enrôler à l'automne dans une association caritative, ce qu'il avait accepté sans rechigner. Il était assis près d'Angela, qui avait trouvé le moyen de se faire inviter à leur fête. Qui sait, se dit Regan en les observant, ces deux-là sont peut-être faits l'un pour l'autre, après tout.

Malachy était engagé avec Hank et Teddy dans une discussion animée sur la musique et les ballades irlandaises. Kit était assise à côté de Regan, qui avait pour voisins Brad et Chuck, les cow-boys de la station de radio des Hamptons. Brigid les avait invités et ils avaient accepté sans se faire prier.

Ned et Claudia se trouvaient à côté de Chappy auquel, tout bien considéré, l'initiative de Ned de déplacer le canapé avait sauvé la vie. En tendant l'oreille, Regan entendit Ned déclarer pour la énième fois depuis le début de la soirée : « Sans le *feng-shui*, cette porte n'aurait pas été entrouverte, Tootsie n'aurait pas aboyé et... »

Ils avaient tous assisté à l'enregistrement du show télévisé de Conan O'Brien et, le matin, écouté l'interview de Brigid à la radio. Quant à Tootsie, elle attendait sagement dans la limousine garée devant la porte les restes succulents que ne manquerait pas de lui apporter son maître — pardon, son cher papa.

Le restaurant était bondé de célébrités, dont beaucoup faisaient halte à leur table pour féliciter Brigid et ses musiciens. Nora et Luke, qui y étaient souvent venus dîner ou participer à un cocktail de lancement d'un livre, en retrouvaient avec plaisir le cadre chaleureux. Elaine, la propriétaire, avait tenu à contribuer aux festivités en offrant le champagne.

Chappy attira l'attention en s'éclaircissant la voix :

— Si voulez bien m'accorder un instant, j'aimerais porter un toast.

Tous les regards se tournèrent vers lui. Le silence se fit.

— Je lève mon verre à Brigid, déclara-t-il. Si l'erreur est humaine, le pardon est divin. Et Brigid est divine !

— Bravo ! Bien dit ! murmura-t-on autour de la table.

— Je veux aussi profiter de cette occasion pour vous inviter, vous tous ici présents, le 4 juillet prochain, au Domaine Chappy pour l'inauguration de mon Théâtre de la Mer !

Dieu nous protège ! pensa Regan en se retenant de rire.

— Si je vous promets solennellement de faire mes gammes et mes exercices tous les jours pendant toute l'année, ajouta-t-il en se tournant vers Brigid, daignerez-vous monter sur scène et jouer une fois un duo avec moi ? Une seule fois ?

Avec un sourire amusé, Brigid leva son verre.

— Qu'en penses-tu, Regan ? Prendrais-je un risque en acceptant ?

Toi, peut-être pas, s'abstint-elle de répondre. Mais le public, c'est une autre histoire...

— Accepte, répondit Regan en riant. Et nous, nous serons au premier rang pour vous applaudir tous les deux.

Composition réalisée par JOUVE

Achevé d'imprimer en avril 2006 en Espagne par
LIBERDUPLEX
Sant Llorenç d'Hortons (08791)
N° d'éditeur : 71152
Dépôt Légal 1ère publication : octobre 2000
Edition 06 – avril 2006
LIBRAIRIE GÉNÉRALE FRANÇAISE – 31, rue de Fleurus – 75278 Paris cedex 06.